내가 누워 죽어갈 때

부클래식
041

# 내가 누워 죽어갈 때

윌리엄 포크너
김경민 옮김

부북스

할 스미스에게

## 차 례

내가 누워 죽어갈 때 • 7

옮긴이의 말 • 300

## 일러두기

-번역 원본으로는 William Faulkner, *As I Lay Dying*, Penguin Books 1963년판의 1981년 재판본을 사용했습니다.
-각주는 옮긴이의 주입니다.

# 달


주얼과 나는 앞뒤로 나란히 길을 따라 들판에서 올라온다. 내가 15피트[1] 앞에 있기는 하지만 목화 창고에서 우리를 보는 사람이라면 누구나 나보다 머리 하나는 족히 더 올라와 있는 해지고 찢어진 주얼의 밀짚모자를 볼 수 있다.

녹색으로 줄지어 놓인 목화 수확물 사이로 들판 한가운데에 있는 목화 창고까지 측연선처럼 쭉 뻗은 길을 사람들이 지나다니며 매끈하게 다져 놓아 7월 햇볕에 벽돌처럼 단단해져 있다. 목화 창고의 둥근 네 귀퉁이를 휘돌아 감싸고 다시 들판 쪽으로 뻗은 길이 멀어질수록 사람 발길에 다져진 흔적이 점점 흐릿해진다.

목화 창고는 거친 통나무로 만들어졌고, 통나무 사이에 발라

---

1) 1피트는 약 30cm.

놓은 진흙이 떨어진 지 오래다. 한쪽으로 기울어진 깨진 지붕이 얹힌 네모난 목화 창고가 햇빛 속에서 공허하고 희미하게 반짝이며 퇴락해 기울어져 있고, 마주보는 벽 두 개에 큰 창이 하나씩 길 쪽으로 나 있다. 목화창고에 도착해서 나는 창고 주변에 난 길로 꺾어 들어간다. 주얼은 15피트 뒤에서 앞을 똑바로 보면서 한걸음에 창문 안으로 발을 들인다. 나무 같은 얼굴에 나무처럼 창백한 눈으로 계속 앞을 똑바로 보면서, 기운 작업복을 입고 엉덩이 아래쪽에 생명이 깃든 담뱃가게 인디언에게 있을 법한 경직된 엄숙함으로 주얼이 네 걸음에 바닥을 지나 한걸음에 반대쪽 창문으로 걸어 나오는데 때마침 내가 모퉁이를 돌아 나온다. 이제는 주얼이 5피트 앞장선 채 우리는 앞뒤로 나란히 절벽 맨 아래로 가는 길을 올라간다.

툴 아저씨의 마차가 가로대에 매여 우물 옆에 서 있고, 고삐는 의자 받침대에 감겨 있다. 마차 바닥에는 의자가 두 개 있다. 주얼이 우물가에 멈춰 서서 버드나무 가지에 걸린 조롱박으로 물을 떠 마신다. 그를 지나쳐 길을 올라가자 캐시의 톱질 소리가 들리기 시작한다.

내가 다 올라가서 보니 캐시가 톱질을 멈췄다. 여러 조각이 어지럽게 널린 곳에 서서 판자 두 개를 맞추고 있다. 그늘 사이로 보니 판자는 금빛처럼 노란, 그러니까 연한 금빛인데 옆면에 부드러운 물결처럼 까뀌 날 자국을 품고 있다. 훌륭한 목수다, 캐시는. 완성된 관 네 면 중 하나의 모서리에 맞춰 받침대 위에서 널빤지 두 개를 잡는다. 무릎을 꿇고 눈을 가늘게 뜨고 모서리를 따라 훑어보더니, 널빤지를 내리고 까뀌를 집어 든다. 훌륭한 목수다. 애디 번드런이 눕기에 더할 나위 없이 좋은 관이다. 어머니가 안심하고 편안함을 느낄 것이다. 내가 집으로 가니   척,   척,    척 하며 까뀌 소리가 따라온다.

# 코라

모아둔 계란으로 어제 케이크를 구웠다. 케이크가 꽤 괜찮게 됐다. 우리에게 닭은 정말 중요한 존재다. 주머니쥐 같은 것들이 지나간 후 몇 안 남은 닭들인데 알을 잘 낳는다. 여름에는 뱀도 있었다. 뱀이야말로 닭장을 가장 빨리 부술 것이다. 툴 씨가 생각한 것보다 훨씬 더 많이 돈이 들었을 거고, 내가 모자라는 계란 수를 채워 놓겠다고 약속한 이후 닭을 사는 최종 결정권은 내게 있었기 때문에 난 그 어느 때보다 신중해야 했다. 좀 더 싼 닭을 칠 수도 있었겠지만, 툴 씨가 소나 돼지도 좋은 종자는 종국에 그 값을 한다고 했기 때문에 로윙턴 부인이 좋은 종자를 키우라고 권했을 때 내가 그렇게 하겠노라 약속을 했던 것이다. 닭을 그렇게 많이 잃었을 때 우리 먹자고 계란을 쓸 수는 없었던 것이 닭을 산 건 내 권한이라 툴 씨에게 책망을 들을 수는 없었기 때문이다. 그래서 로윙턴 부인이 케이크 이야기를 했을 때 내가 만들면 지금 가진 닭의 순 가치가 닭 두 마리로 뛸 정도의 돈을 단번에 벌 수 있을 거라 생각했다. 또 계란을 한 번에 하나씩 모아두면 계란 값도 아예 안 들 거라고 말이다. 그리고 그 주에 닭들이 알을 몹시도 잘 낳아 주어서 내다팔고 케이크 만드는 데 쓰려고 했던 것보다도 많이 모았을 뿐만 아니라 밀가루랑 설탕이랑 장작 값도 하나도 안 들 정도로 모은 것이다. 그래서 어제 내 생애 그 어느 때보다도 신중하게 케이크를 구웠고 꽤 괜찮은 케이크가 나왔다. 그런데 오늘 아침 시내에 갔을 때 로윙턴 부인이 그 여자분이 마음을 바꾸어 결국 파티를 하지 않게 됐다고 이야기해 줬다.

"그래도 그 여자가 케이크는 가져갔어야죠." 케이트가 말한다.

"그게." 내가 말한다. "케이크 쓸 일이 아예 없었나봐."

"가져갔어야죠." 케이트가 말한다. "돈 많은 시내 여자들은 마음을 바꿀 수 있는 거겠죠. 가난한 사람들은 못 그러고."

주님은 마음을 꿰뚫어 보실 수 있기 때문에 주님 앞에서 재물은 아무것도 아니다. "토요일에 장이 서면 내가 팔아볼 수도 있지." 내가 말한다. 케이크는 정말 잘됐으니까.

"하나에 2달러도 못 받아요." 케이트가 말한다.

"뭐, 케이크 만드는 데 돈이 들어간 것도 아니잖아." 내가 말한다. 난 계란을 모아서 12개를 설탕과 밀가루로 바꿔 왔다. 툴 씨도 알게 된 것처럼 내가 모은 계란이 우리가 팔려고 했던 것보다 차고 넘쳤기 때문에 케이크 만드는 데 돈이 들어간 것도 아니라서 계란을 찾아냈거나 계란이 거저 생긴 셈이었다.

"저번에 와서 케이크 만들어 달라고 했을 때 그 여자가 가져갔어야 하는 건데요." 케이트가 말한다. 주님은 마음을 꿰뚫어 보실 수 있다. 사람마다 정직에 대한 생각이 다른 것이 주님의 뜻이라면 난 주님의 뜻을 의심할 계제가 아니다.

"케이크 쓸 일이 아예 없었나 봐." 내가 말한다. 케이크도 정말 잘됐는데.

날이 더웠지만 이불이 애디의 턱까지 덮여 있고 양손과 얼굴만 나와 있다. 베개를 받치고 머리만 내밀어 애디가 창문 밖을 볼 수 있도록 했고, 캐시가 까뀌나 톱을 집을 때마다 소리가 들린다. 우리가 귀가 먹었다고 해도 애디의 얼굴만 보면 캐시를 보고 들을 수 있을 정도다. 애디의 얼굴이 여위어서 뼈가 피부 바로 밑에서 하얀 선을 그리고 있다. 눈은 양초 두 개 같아서 보고 있으면 철제 촛대 구멍으로 촛농이 흘러내리는 것 같다. 하지만 애디에게는 영원하고 변치 않는 구원과 은총이 내리지 않았다.

"케이크가 정말 잘됐는데." 내가 말한다. "그렇지만 애디가 굽던 케이크 같진 않아." 여자애가 다림질한 적이 있을까 싶은 베갯잇을 빨고 다림질하는 모습이 눈에 들어온다. 아마 그 모습이 남자 넷과 말괄량이 여자애의 처분과 보살핌을 받으며 거기 누워있는 애디에게 스스로의 무지를 보여줄 것이다. "이 동네에서 애디 번드런만큼 빵 잘 굽는 여자는 없지." 내가 말한다. "애디가 일어나서 다시 빵을 굽게 되면 우리 건 아예 팔지도 못하게 되리라는 걸 알고 있어." 이불 속에 애디는 딱 철로 정도로만 솟아 있고, 숨 쉬고 있다는 유일한 증거는 매트리스에서 부스럭거리는 소리다. 바로 옆에 서서 부채로 부채질을 해주는 여자애가 있었지만 뺨에 붙은 머리카락도 움직이지 않는다. 우리가 보는 앞에서 그 아이가 부채질을 멈추지 않고 부채를 다른 손으로 바꿔 잡는다.

"주무시는 거야?" 케이트가 속삭인다.

"저쪽에 있는 캐시를 못 보고 계셔서." 여자애가 말한다. 판자에 톱질하는 소리가 들린다. 코 고는 소리 같다. 율라가 트렁크 위에서 몸을 돌려 창밖을 내다본다. 율라가 한 목걸이가 빨간 모자와 정말 잘 어울린다. 고작 25센트짜리로는 보이지 않을 거다.

"그 케이크는 그 여자가 가져갔어야 했다고요." 케이트가 말한다.

그 돈을 정말 잘 썼을 수도 있다. 하지만 빵 구운 거 말고는 돈이 들어간 것도 아니다. 난 실수는 누구나 할 수 있지만 모두가 손해 보지 않고 만회할 수 있는 건 아니라고 버논에게 말해줄 수 있다. 누구나 실수를 무마할 수 있는 건 아니라고 그이에게 말해줄 수 있다.

누군가 복도를 지나온다. 달이다. 문을 지나치면서 들여다보지는 않는다. 계속 걸어가고 시야에 들어왔다가 다시 뒤쪽으로 지나치는 달을 율라가 본다. 율라의 손이 올라와 목걸이 구슬을, 그 다음에는 머리카락을 가볍게 만진다. 내가 쳐다보고 있다는 걸 느끼자 율라의 눈이 텅 비어간다.

달

아버지와 버논 아저씨가 뒷베란다에 앉아 있다. 아버지가 코담뱃갑 뚜껑에서 코담배를 기울여 엄지와 검지로 잡아 내민 아랫입술로 가져가고 있다. 내가 베란다를 가로질러 조롱박을 물통에 담가 물을 떠 마시는데 두 분이 주위를 둘러본다.

"주얼은 어딜 간 거냐?" 아버지가 말한다. 나는 삼나무 통에 물을 얼마간 부어 놓으면 물맛이 훨씬 더 좋다는 걸 어렸을 때 처음 알게 되었다. 따뜻한 듯하면서도 시원한 것이 뜨거운 7월의 바람 속에 스민 삼나무 향 같은 맛이 희미하게 난다. 적어도 여섯 시간은 두어야 하고 조롱박으로 마셔야 제맛이다. 물은 금속에 담아 마셔서는 절대 안 되는 법이다.

그리고 밤에는 물맛이 훨씬 더 좋다. 예전에는 복도에 있는 받침대에 누워 모두가 잠든 걸 들을 수 있을 때까지 기다렸다가 일어나서 물통에 다시 가곤 했다. 검겠지, 선반도 검을 것이고, 물의 잔잔한 표면은 무(無) 속에 있는 둥근 구멍이라서 내가 바가지로 휘저어 깨우기 전엔 물통에서 별 한두 개, 그리고 마시기 전엔 바가지에서 별 한두 개를 볼 수도 있었겠지. 그러고 나면 난 더 커졌고, 나이가 들었다. 그런 다음 모두가 자러 갈 때까지 기다렸다가 셔츠 자락을 걷어 올리고 누워 다들 잠든 소리를 듣고 자위하지 않고도 스스로를 느끼고 그곳 위로 불어오는 시원한 침묵을 느끼면서, 내가 하고 싶어 했거나 할 수 있게 되기까지 지난 2년간 캐시도 어둠 속에서 그 짓을 하는지 궁금해 하곤 했다.

아버지는 심각한 평발이고 발가락은 붙어 있고 구부러지고 뒤틀렸으며, 어렸을 때 집에서 만든 축축한 신발을 신고 너무 고되게 일을 해서 새끼발가락에는 발톱이 아예 없다. 아버지 의자 옆에는 투박한 단화가 놓여 있다. 무딘 선철(銑鐵) 도끼로 난도질 당한 것 같다. 버논 아저씨는 시내에 갔다. 나는 아버지가 작업복을 입고 시내에 가는 걸 한 번도 본 적이 없다. 사람들이 그러던데. 부인이 한때 학교에서 선생 노릇을 했다지.

나는 바가지에 남은 걸 땅에 뿌려 버리고 소매로 입을 쓱 닦는다. 아침 전에 비가 오려고 한다. 아마도 어두워지기 전에. "헛간에 내려가 볼게요." 내가 말한다. "마구(馬具) 채우러."

저 아래에서 저 말 좀 가지고 놀러. 말이 헛간을 지나 풀밭으로 가겠지. 말은 안 보일 테지. 저 위 소나무 묘목 사이에, 시원한 곳에 말이 있다. 주얼이 새된 휘파람을 한 번 분다. 말이 힝힝거리자 주얼이 보는데 푸른 그림자 사이로 말이 한순간 번쩍 번득인다. 주얼이 다시 휘파람을 분다. 말이 다리는 뻣뻣이, 귀는 쫑긋 세워 홱 움직이고, 짝눈은 굴리면서 언덕을 내려와 20피트 떨어진 곳에서 옆구리를 보이고 서서는 수줍은 듯 장난기를 보이며 어깨 너머로 주얼을 초롱초롱하게 본다.

"이리 와 보시죠." 주얼이 말한다. 말이 움직인다. 그렇게 빨리 움직이자 털이 쏠리고 혀가 수많은 불꽃처럼 소용돌이친다. 갈기와 꼬리를 휘날리고 눈을 굴리면서 말이 다시 짧게 도약하듯 돌진했다가 발을 모으고 주얼을 바라보며 다시 멈춘다. 주얼이 손을 허리에 걸치고 말 쪽으로 척척 걸어간다. 주얼의 다리를 빼고 보면 야만인을 묘사하는 작품에 들어갈 조각상 두 개가 햇빛을 받고 있는 것 같다.

주얼의 손이 닿을 듯하자 말이 뒷다리로 서서 주얼에게 달려든다. 그러자 날개의 환영인 듯 반짝이는 말굽의 미로에 주얼이 에워싸인다. 치켜든 가슴 아래에서 말발굽 사이로 주얼이 뱀과도 같이 놀랍도록 유연하게 움직인다. 갑작스레 양팔이 밀쳐지기 직전에 몸 전체가 땅에 닿지 않고 수평으로 뱀처럼 휙 움직이는 모습을 보다가 말의 콧구멍과 마주치고는 주얼이 다시 땅을 짚는다. 그때 둘은 딱딱하게 굳어 미동도 않고 멋진데, 말은 고개를 숙인 채 경직되고 떨리는 다리로 서서 등을 펴고 있다. 주얼이 뒤꿈치를 땅에 박은 채 한 손으로는 말의 콧김을 막고, 다른 손으로는 수도 없이 짧게 쓰다듬듯 말의 목을 툭툭 치면서 말에게 맹렬히 욕을 퍼붓는다.

둘은 딱딱하고 멋진 모습으로 멈춘 채 서 있고, 말은 떨면서 신음하고 있다. 그러다가 주얼이 말의 등에 올라타 있다. 채찍을 휘갈기는 것처럼 구부러진 소용돌이 모양으로 주얼이 위쪽으로 흘러가 그의 몸이 공중에서 말 모양을 하고 있다. 그러더니 말이 고개를 숙이고 다리를 벌리고 서 있다가 갑자기 움직인다. 둘은 계속해서 상체를 들썩이는 뜀박질을 하며 언덕을 내려가고, 말의 어깨 위에서 주얼이 높이, 거머리같이 울타리 쪽으로 달려간다. 울타리 앞에서 말이 발을 모으더니 종종걸음을 치며 다시 멈춰 선다.

"자." 주얼이 말한다. "이제 실컷 했으면 그만해도 돼."

헛간 안에서 말이 멈추기 전에 주얼이 미끄러지듯 땅에 뛰어내린다. 말이 마구간으로 들어가고 주얼이 따른다. 뒤도 돌아보지 않고 말이 주얼을 차는데 권총 같은 폭발음을 내면서 발굽 하나를 벽에 처박아 넣는다. 주얼이 말의 배를 걷어찬다. 말이 목을 뒤로 들어 올리자 짧은 이빨이 보인다. 주얼이 주먹으로 말의 얼굴을 갈기고 여물통 위로 미끄러지듯 올라가 그 위에 선다. 건초 시렁에 매달려 고개를 숙이고 마구간 위편과 출입구 저편을 내다본다. 길은 비어 있다. 여기에서는 캐시의 톱질 소리도 들리지 않는다. 주얼이 위쪽으로 손을 뻗어 건초를 한 아름 서둘러 끌어내리고 시렁에 쑤셔 넣는다.

"먹어." 주얼이 말한다. "할 수 있을 때 이 빌어먹을 걸 먹어 치우란 말이야, 이 밥통만 큰 놈아. 귀여운 자식." 주얼이 말한다.

# 주얼

 이건 캐시가 창문 바로 아래 밖에서 그 망할 판에 망치질하고 톱질하기 때문이다. 엄마가 볼 수 있는 곳에서. 엄마가 들이마시는 모든 숨이 캐시의 망치질과 톱질로 가득 찬 곳에서, 봐요, 엄마를 위해서 내가 얼마나 좋은 걸 만들고 있는지, 하고 말하는 걸 엄마가 볼 수 있는 곳에서. 나는 캐시에게 다른 곳으로 가라고 이야기했다. 맙소사 엄마가 거기 들어가 있는 걸 보고 싶은 거야 하고 말했다. 캐시가 어렸을 때 비료가 있으면 꽃을 좀 키워 볼 텐데 하고 엄마가 말하자 캐시가 빵틀을 가져가 헛간에서 똥을 가득 담아 왔던 것과 비슷하다.

 그런데 이제 다른 이들이 저기에 대머리수리처럼 앉아 있는 것이다. 기다리고 부채질하면서. 사람이 잠도 못 잘 정도로 톱질과 못질을 해대지 않았으면 좋겠다고 내가 말했는데 이불 위에 놓여 있는 엄마의 양손은 꺼내서 씻으려고 해도 깨끗하게 할 수 없는 뿌리 같다. 부채와 듀이 델의 팔이 보인다. 엄마를 그냥 좀 내버려 두면 좋겠다고 내가 말했다. 톱질에 망치질 때문에 엄마의 얼굴 위로 공기가 항상 너무 빨리 움직이게 두어서 피곤하면 숨도 못 쉬는데, 저 망할 까뀌가 한 켜씩. 한 켜씩. 한 켜씩 길 가는 모든 사람이 멈춰서 보고 자신이 얼마나 훌륭한 목수인지 말할 때까지 깎아 내는 것이다. 교회에서 떨어진 게 캐시가 아니라 나였다면 그리고 아버지가 나무 더미에 깔려 몸져누웠을 때 그게 나이기만 했다면, 동네에 있는 인간들이 전부 와서 엄마를 뚫어지게 보지는 않을 텐데 하느님이 있다면 대체 뭣 때문에 있느냔 말이다. 높은 언덕에 나랑 엄마랑 둘이서만 있고 내가 언덕에서 그 인간들 얼굴에 돌을 굴리고, 돌을 주워서 맹세코 얼굴이든 이든 뭐든 간에 언덕 아래로 다 던지면 엄마가 조용히 있고 저 망할 까뀌가 한 켜씩. 한 켜씩 깎아 내지도 않고 우리가 조용하게 지낼 수 있을 텐데.

# 달

우리는 아저씨가 모퉁이를 돌아 계단 올라가는 걸 본다. 아저씨는 우릴 보지 않는다. "준비 됐냐?" 그가 말한다.

"마구를 다 채우시면요." 내가 말한다. 나는 "기다리세요." 하고 말한다. 아저씨가 멈춰서 아버지를 본다. 버논 아저씨가 움직이지도 않고 침을 뱉는다. 점잖게 잰 듯이 정확하게 현관 아래 움푹 파인 먼지에 침을 뱉는다. 아버지가 천천히 무릎에 손을 비빈다. 절벽 꼭대기 위와 땅 저편을 내다보고 있다. 주얼이 아버지를 잠시 보더니 들통으로 가서 다시 물을 마신다.

"난 다른 사람들만큼이나 우유부단한 걸 싫어한다." 아버지가 말한다.

"3달러가 생기는 일이에요." 내가 말한다. 아버지 혹의 반대편 셔츠가 다른 부분보다 더 옅게 빛이 바래 있다. 아버지 셔츠에는 땀자국이 없다. 아버지 셔츠에서 땀자국을 본 적이 없다.

아버지가 22살이었을 때 땡볕에서 일하다가 아픈 적이 있었는데 사람들에게 자신은 땀을 흘리면 죽을 것이라 말한다. 아버지는 그걸 믿는 것 같다.

"하지만 네가 돌아올 때까지 엄마가 못 버티면 말이지." 아버지가 말한다. "엄마가 실망할 거다."

버논 아저씨가 먼지 구덩이로 침을 뱉는다. 그런데 아침 전에 비가 올 것이다.

"엄만 믿고 있어." 아버지가 말한다. "바로 출발하고 싶어 할 거야. 내가 엄마를 알아. 내가 여기에 노새를 준비해 놓으마고 약속했고, 엄만 믿고 있어."

"그렇다면 더더욱 그 3달러가 필요해질 거예요." 내가 말한다. 아버지가 무릎에 손을 문지르면서 땅 저편을 내다본다. 이가 빠진 이후 아버지가 입을 오므릴 때마다 입이 천천히 계속해서 움푹 들어간다. 까칠하게 자란 수염 때문에 아버지의 하관이 늙은 개처럼 보인다. "곧 마음을 정하셔야 저희가 가서 어두워지기 전에 실어 오죠." 내가 말한다.

"엄마가 그렇게까지 아픈 건 아니잖아." 주얼이 말한다. "닥쳐, 달."

"그건 그래." 버논 아저씨가 말한다. "지난 한 주보다 오늘이 더 좋아 보이신다. 너랑 주얼이 돌아올 때쯤엔 털고 일어나실 거다."

"아저씬 잘 아시겠죠." 주얼이 말한다. "여기 자주 와서 들여다 보시잖아요. 아저씨나 아저씨 식구들 말이에요." 버논 아저씨가 주얼을 본다. 주얼의 눈이 혈색 좋은 그의 얼굴에서 연한 나무처럼 보인다. 예전부터 주얼은 우리보다 단연 머리 하나가 더 크다. 나는 다른 애들한테 그래서 엄마가 항상 주얼에게 매를 더 들고 더 쓰다듬어 준 거라 말했다. 주얼이 더 골골거리며 집 안을 돌아다녔으니까. 그래서 엄마가 이름을 주얼[2]이라 지은 거라고 내가 애들에게 말해 주었다.

"닥쳐, 주얼." 아버지가 말하는데 별로 듣고 있었던 것 같지가 않다. 무릎을 문지르면서 땅 저편을 지그시 내다본다.

"네가 버논 아저씨네 노새를 빌리면 우리가 따라잡을 수도 있어." 내가 말한다. "엄마가 우릴 안 기다려준다면 말이야."

"아, 빌어먹을 입 좀 닥쳐." 주얼이 말한다.

"엄만 우리 노새로 가고 싶어 할 거다." 아버지가 말한다. 무릎을 문지른다. "나처럼 이 상황을 싫어하는 사람도 없지."

"저기 있네, 캐시가 저 망할 물건을 깎아 내는 걸 보는……" 주얼이 말한다. 거칠고 사납게 말하지만 그 단어를 입에 올리지는 않는다. 어둠 속에 있는 어린애가 마구 용기를 내어 보이다가 자기가 내는 소리에 갑자기 겁을 내 조용해지는 것처럼.

"엄마가 원했지 엄만 우리 마차로 가고 싶어 해." 아버지가 말한다. "좋은 마차고 눈에 안 띈다는 걸 알면 더 잘 쉴 거다. 엄만

---

[2] 보석이라는 뜻.

늘 나서길 싫어했지. 너희도 잘 알잖아."

"그럼 눈에 안 띄게 해요." 주얼이 말한다. "그런데 도대체 어떻게 그럴 거라고 생각하실 수가……" 나무 같은 창백한 눈으로 주얼이 아버지의 뒤통수를 쳐다본다.

"물론," 버논 아저씨가 말한다. "어머닌 다 될 때까지 버텨 주실 게다. 모든 게 준비될 때까지, 스스로 편해질 때까지 버텨 주실 거야. 그리고 길 상태가 지금 같다면 시내로 모시는 데 시간이 얼마 걸리지도 않을 거야."

"비가 올 것 같은데." 아버지가 말한다. "난 운 없는 사람이야. 늘 그랬지." 아버지가 무릎에 양손을 문지른다. "그 망할 의사 양반, 언제라도 오게 돼 있지. 이렇게 될 때까지 말을 전할 수가 없었어. 의사가 내일 와서 때가 됐다고 하면 저 사람은 안 기다릴 거야. 내가 알아. 마차가 있든 없든 저 사람은 안 기다릴 거야. 그러면 언짢아할 거고, 난 저 사람이 살아 있는 동안 언짢게 하지 않을 거야. 제퍼슨에 있는 가족묘지하고 저 사람 기다리고 있는 핏줄 생각에 조급해하겠지. 노새가 걸을 수 있는 거리니까 나하고 애들이 데려다 주겠다고, 그래서 조용히 쉴 수 있게 해주겠다고 내가 약속했어." 아버지가 무릎에 양손을 문지른다. "나보다 이 상황을 더 싫어하는 사람이 있으려고."

"모두가 엄마를 거기로 데려다주려고 안달내지 않으면 좋을 텐데." 주얼이 그 거칠고 사나운 목소리로 말한다. "캐시가 창문 바로 밑에서 하루 종일 망치질하고 톱질해서 그걸……"

"엄마 소원이었어." 아버지가 말한다. "넌 엄마에게 애착도 정도 없구나. 넌 그랬던 적이 없어. 우린 그 누구에게도 빚지지 않게 되는 거다." 아버지가 말한다. "나랑 엄마 말이야. 아직 누구에게 빚진 적도 없고 엄마가 그걸 알면, 그리고 자기 핏줄이 판자를 톱으로 켜고 못을 박았다는 걸 알면 더 조용히 쉴 테지. 엄만 마무리가 깔끔한 사람이니까."

"3달러가 생기는 일이에요." 내가 말한다. "갈까요, 아니면 가지 말까요?" 아버지가 무릎을 문지른다. "저흰 내일 해질녘까지는 돌아올 거예요."

"음……" 아버지가 말한다. 헝클어진 머리로 코담배를 천천히 잇몸에 가져다대면서 아버지가 땅 저편을 내다본다.

"어서요." 주얼이 말한다. 계단을 내려간다. 버논 아저씨가 먼지 구덩이에 깔끔하게 침을 뱉는다.

"해질녘까지다, 그럼." 아버지가 말한다. "난 엄말 계속 기다리게 하지 않을 거다."

주얼이 흘끗 돌아보더니 집 주위를 돌아다닌다. 복도에 들어서자 문에 닿기도 전에 여러 목소리가 들린다. 언덕 아래쪽으로 약간 기울어진 우리 집처럼 산들바람이 위쪽 경사를 타고 항상 복도를 지난다. 앞문 근처에 떨어진 깃털이 올라가 천장을 쓸고 뒤쪽으로 기울어져 뒷문에서 아래쪽으로 향하는 기류에 닿겠지. 사람들의 목소리도 그럴 것이다. 복도에 들어서면 그 목소리들이 머리 주변의 공기에서 이야기하는 것처럼 들린다.

# 코라

그건 내가 본 중 가장 흐뭇한 일이었다. 달은 어머니를 다시는 못 보리라는 것을, 앤스 번드런이 그 아이가 어머니의 임종을 지키지 못하게 해서 이 세상에서 다시는 어머니를 보지 못하도록 하고 있다는 사실을 알고 있는 듯했다. 난 달이 다른 애들과는 다르다고 항상 말했다. 달이 자식들 중에서 제 어머니의 성격, 타고난 애정을 닮은 유일한 아이라고 늘 말했다. 부인이 낳느라 그 고생을 하고 그렇게 애지중지했던 주얼, 떼를 쓰거나 뾰로통해져서는 나 같았으면 몇 번이고 때려 버릴 정도로 못된 장난을 걸어 부인을 못 살게 군 주얼 그 아이는 안 된다. 와서 부인에게 잘 가라고 인사하는 게 그 아이여서는 안 된다. 어머니에게 마지막 입맞춤을 하는 대신 3달러를 더 벌 기회를 놓치지 않는 그 아이는 안 된다. 아무도 사랑하지 않고 어떻게 하면 일을 가장 적게 해서 무언가를 얻을 수 있을까 말고는 상관도 안

하는 뼛속까지 번드런 가(家) 사람인 아이다. 달이 기다려달라고 했다고 툴 씨가 말한다. 거의 무릎을 꿇고 지금 같은 상태에서 제 어머니 곁을 떠나게 하지 말아 달라고 빌었다고 했다. 하지만 앤스와 주얼은 그 3달러를 벌어야 하는 사람들이니 아무 소용이 없었겠지. 앤스를 아는 사람이라면 달리 생각할 수 없었겠지만, 그 아이, 오랜 기간의 자기 부정과 노골적인 편애를 돈에 팔아 버린 저 주얼을 생각해보면 나를 속일 수는 없었다. 툴 씨는 번드런 부인이 주얼을 제일 덜 예뻐했다고 말하지만 난 그게 아니라는 걸 알고 있었다. 3달러에 죽어 가는 제 어머니에게 마지막 입맞춤을 하지 않는 그 아이를 부인이 독살시켰어야 했다고 툴 씨가 말했을 때 나는 부인이 주얼을 편애하고, 앤스 번드런을 참을 수 있게 하는 자질, 주얼에게 있는 바로 그 자질을 편애한다는 걸 알아보았다.

아니, 지난 3주 동안 나는 올 수 있을 때마다 내 가족과 의무를 소홀히 하면서까지 마지막 순간에 부인 곁에 누군가 있도록, 그래서 용기를 줄 친숙한 이의 얼굴을 보지 못하고 부인이 위대한 미지의 존재를 만나지 않도록 하기 위해 때때로 오지 말았어야 했을 때에도 왔다. 내가 생색을 내려는 게 아니다. 내가 죽을 때에도 그렇겠지. 하지만 다행히도 내 사랑하는 친척, 내 혈육이 곁을 지킬 것이다. 때로는 시련이었지만 남편과 아이들 틈에서 나는 다른 사람들보다 더 축복받았으니까.

부인은 외로운 여자로, 자존심을 내세우는 외로운 여자로 지

내며, 사람들이 달리 생각하도록 애쓰면서 사람들이 그저 자신을 참아 주고 있다는 사실을 숨기면서 살았다. 신의 의지를 무시하고 40마일 떨어진 곳으로 옮겨 묻어주기 전까지 부인은 관 속에서 차갑게 식지 않을 테니 말이다. 지긋지긋한 번드런 가 사람들과 같은 땅에 묻히도록 두지 않겠다는 거다.

"하지만 부인이 그러고 싶어 했어." 툴 씨가 말했다. "친정 쪽 사람들과 함께 묻히고 싶어 했다고."

"그러면 왜 살아서는 안 갔답니까?" 내가 말했다. "이제는 좀 더 커서 이기적이고 그 집 사람들처럼 목석 같은 막내 녀석까지, 아무도 부인을 막지 않았을 텐데요."

"부인의 소원이었다고 하잖아." 툴 씨가 말했다. "앤스가 그렇게 말하는 걸 들었어."

"당신은 앤스가 하는 말을 믿겠죠, 물론." 내가 말했다. "당신 같은 사람이라면 그러겠죠. 난 아니에요."

"난 앤스가 말을 안 해서 나한테 뭔가 뜯어낼 게 있다고 기대할 수 없는 부분에 대해선 앤스를 믿을 거야." 툴 씨가 말했다.

"난 아니라고요." 내가 말했다. "여자가 있어야 할 곳은 살아서도 죽어서도 남편과 아이들 곁이에요. 내가 갈 때가 되면 앨라배마로 돌아가서 당신과 우리 딸들 곁을 떠나고 싶어 할 거라고, 그래서 내 의지로 떠나서 좋을 때나 나쁠 때나 죽을 때까지, 그리고 죽어서도 당신과 운명을 같이 하리라고 생각하는 거예요?"

"글쎄, 사람마다 다른 거니까." 그가 말했다.

그러기를 바라야겠다. 난 크리스천인 내 남편의 명예와 평안, 그리고 크리스천인 내 아이들의 사랑과 존경을 위해 신과 사람들 앞에서 올바로 살려고 애썼다. 그래서 내 의무과 보상을 자각하며 나를 내려놓을 때 내가 사랑하는 얼굴들에 둘러싸여 사랑하는 이들 모두의 작별 입맞춤을 상으로 받도록. 애디 번드런처럼 혼자 죽어가면서 자존심과 다친 마음을 감추고 싶지 않다. 기꺼이 가야지. 자리에 누워 머리를 받쳐 캐시가 관 만드는 모습을 보고, 그걸 봐야 캐시가 관 만드는 데 인색하게 굴지 않을 것이고, 보나마나 다른 남자들은 비가 와서 건너지 못할 정도로 강물이 너무 불어나 버리기 전에 3달러를 더 벌 시간이 있는지만 걱정할 것이다. 보나마나 그 마지막 짐을 만들지 결정하지 않았다면 애디를 이불 깐 마차에 실어서 우선 강을 건넌 다음 멈추어서 크리스천다운 죽음을 맞이할 수 있도록 시간을 주었을 것이다.

달은 빼고. 내가 본 중 가장 흐뭇한 일이었다. 때때로 나는 잠시 인간 본성에 대한 믿음을 잃는다. 의심이라는 공격을 받는다. 하지만 주님께서 항상 내 믿음을 돌려주시고 피조물에 대한 주님의 넘치는 사랑을 내게 보여주신다. 애디가 항상 애지중지한 주얼, 그 아이는 아니다. 주얼은 그 3달러를 버는 데 혈안이 돼 있었다. 사람들이 별나고 게으르고 앤스와 마찬가지로 여기저기 빈둥거린다고 하는 건 달이었고, 캐시는 훌륭한 목수이고 할 수 있는 것보다 항상 더 만들고, 주얼은 항상 돈을 좀 벌거나 구설수에 오르는 일을 하고, 거의 벌거벗은 저 여자애는 항상 부채를 들고 애디 곁에 서서 누군가 애디에게 말을 걸거나 기운을 북돋워 줄라 치면, 애디 곁에 아무도 얼씬거리지 못하게 하려는 것처럼 재빨리 애디 대신 대답을 해 버린다.

달이었다. 달이 문가에 와 서서는 죽어 가는 제 어머니를 바라본다. 달이 그저 바라보았을 뿐인데 나는 다시 주님의 넘치는 사랑과 자비를 느꼈다. 주얼과 있을 때 애디는 속이고 있었을 뿐이지만, 이해와 진정한 사랑은 애디와 달 사이에 있었음을 나는 보았다. 달은 앤스가 자신을 쫓아내고 있었고 애디를 다시는 보지 못하리라는 사실을 알면서도 애디가 자신을 보고 언짢아할까 들어오지도 않고 그저 바라만 보았다.

"무슨 일이야, 달?" 듀이 델이 부채질을 멈추지도 않고 재빨리 크게 말하면서 달조차도 애디에게서 떨어뜨려 놓고 있었다. 달은 대답하지 않았다. 달은 말로 하기에는 너무나도 꽉 찬 마음을 안고 서서 죽어가는 제 어머니를 보기만 했다.

# 듀이 델

처음으로 나와 레이프가 줄을 따라 따 내려갔을 때였다. 아버지는 병에 걸려 죽을까 봐 땀을 흘리지 않기 때문에 모두가 우리를 도우러 온다. 주얼은 아무것에도 신경 쓰지 않는다 우리와는 다른 부분에 신경을 쓰는 다른 종자다. 캐시는 길고 덥고 슬프고 노란 나날을 톱질해서 판자로 만들고 못질해서 무언가를 만드는 걸 좋아한다. 아버지는 이웃들이 항상 저런 식으로 서로를 대할 거라 생각하는데 항상 이웃들이 자신에게 뭔가 해주도록 하느라 바빠서 모르기 때문이다. 저녁상 앞에 앉아서 음식과 등불보다 더 먼 곳을 바라보는 달의 눈에 해골에서 파낸 흙과 저 너머 땅까지의 거리로 채워진 구멍이 가득 차서 나는 달도 그럴 것이라 생각하지 않았다.

줄을 따라 따 내려가자 숲이 점점 더 가까워 왔고, 우리는 비밀스런 그늘로, 나와 레이프의 자루를 가지고 비밀스런 그늘로 들어가 계속 땄다. 주머니의 반이 차면 내가 할까 안 할까 하고 내가 말했으니까 우리가 숲에 갔을 때 주머니가 가득 차 있다면 내가 한 게 아닐 거라고 말했으니까. 내가 하는 게 아니라면 주머니는 가득 차지 않을 것이고 나는 다음 줄로 방향을 틀겠지만 주머니가 가득 찬다면 어쩔 수 없다고 했지. 나는 항상 해야 했고 어쩔 수 없는 일이 될 테니까. 그리고 우리는 비밀스런 그늘을 향해 계속 땄고 우리의 눈은 그와 내 손을 어루만지며 잠길 것이었고 난 아무 말도 하지 않았다. 내가 "뭐하고 있어?"라고 말했고 그는 "따서 네 주머니에 넣고 있어."라고 말했다. 그래서 우리가 줄 끝에 디디랐을 때 주머니는 가득 차 있었고 나는 어쩔 수 없었다.

그러니까 이건 내가 어쩔 수 없었기 때문이었다. 바로 그때, 그리고 그때 나는 달을 보았고 달이 알아버렸다. 엄마가 말없이 죽을 거라 내게 말해 준 것처럼 달은 그 말은 하지 않고 알았다고 말했고, 달이 알고 있다고 말하면서 그 말을 했다면 달이 거기 있었고 우리를 보았다는 걸 내가 믿지 않았을 것이기 때문에 달이 알았다는 걸 나는 알았다. 하지만 달은 몰랐다고 말했고 나는 "아버지한테 얘기할 거야 아버지 죽일 거야?"라고 그 말은 하지 않고 말했다 내가 그렇게 말했고 달은 "왜?"라고 그 말은 하지 않고 말했다. 그래서 내가 알면서도 싫으면서도 달이 알고 있으니 달에게 말할 수 있는 거다.

달이 문 안쪽에 서서 엄마를 보고 있다.

"무슨 일이야, 달?" 내가 말한다.

"엄만 죽을 거야." 달이 말한다. 그리고 늙은 대머리수리 같은 툴 아저씨가 엄마가 죽는 걸 보러 오고 있지만 난 저들을 속일 수 있다.

"엄마 언제 죽는데?" 내가 말한다.

"우리 오기 전에." 달이 말한다.

"그럼 왜 주얼을 데려가는데?" 내가 말한다.

"짐 싣는 거 도와줬으면 해서." 달이 말한다.

# 툴

앤스가 계속 무릎을 문지른다. 작업복은 빛이 비랬다. 한쪽 무릎에는 나들이 바지에서 잘라낸 모직 조각이 철판처럼 매끈하게 해져있다. "나보다 이 상황을 더 싫어하는 사람은 없어." 앤스가 말한다.

"사람은 때때로 앞일을 생각해야 하지." 내가 말한다. "하지만 길든 짧든 어떤 식으로든 해가 되는 일은 없을 거야."

"저 사람은 바로 출발하고 싶어 할 텐데." 앤스가 말한다. "제퍼슨까지는 아무리 잘 봐도 꽤 먼 거리이니."

"그렇지만 지금은 길 상태가 좋잖아." 내가 말한다. 오늘 밤에는 비도 올 것이다. 앤스 쪽 친척들은 3마일도 채 떨어져 있지 않는 뉴 호프에 묘를 쓴다. 그렇지만 꼬박 하루거리에 있는 곳에서 태어난 여자와 결혼하고 그 여자가 자기 위에서 죽도록 하는 건 너무나도 그다웠다.

앤스는 무릎을 문지르면서 땅 저편을 내다본다. "이렇게나 이런 상황을 싫어하는 사람도 없지." 그가 말한다.

"애들이 돌아오려면 한참 걸릴 텐데." 내가 말한다. "나 같으면 아무 걱정도 하지 않겠어."

"3달러가 생기는 일이야." 앤스가 말한다.

"걔들이 서둘러 올 필요가 전혀 없을 수도 있지." 내가 말한다. "그러길 바라."

"저 사람 가고 있어." 앤스가 말한다. "마음을 굳혔어." 사실 여자들에겐 힘든 삶이다. 일부 여자들에게는. 나는 어머니가 70살이 넘을 때까지 사신 일을 생각한다. 매일같이 비가 오나 맑으나 일했다. 막내를 낳은 이후 하루도 아픈 적이 없다가 어느 날 주위를 둘러보더니 가서 45년 동안 지니고 있으면서 한 번도 꺼내 입지 않던 레이스 장식이 있는 잠옷을 장에서 꺼내 입고는 침대에 누워 커버를 끌어올리고 눈을 감았다. "너희 모두 최선을 다해서 아버지를 보살펴 드려야 해." 어머니가 말했다. "피곤하구나."

앤스가 무릎에 양손을 문지른다. "주님께서 주시니." 그가 말한다. 캐시가 모퉁이 너머에서 망치질하고 톱질하는 소리가 들린다.

맞다. 이렇게 진실한 숨결이 또 어디에 있겠는가. "주님께서 주시니." 내가 말한다.

그 아이가 언덕을 올라온다. 거의 자기 키만 한 물고기를 들고 있다. 물고기를 바닥에 패대기치더니 "하" 소리를 내고는 어른처럼 어깨 너머로 침을 뱉는다. 그 아이만큼 무진장 길다.

"저게 뭐냐?" 내가 말한다. "돼지냐? 어디서 났어?"

"다리 아래에서요." 아이가 말한다. 물고기를 뒤집으니 아랫면에는 젖은 곳에 먼지가 뭉쳐 있고, 먼지가 덕지덕지 붙은 눈이 흙 속에서 툭 튀어나와 있다.

"거기에 그거 놓고 가려는 거냐?" 앤스가 말한다.

"엄마한테 보여주려고요." 바더만이 말한다. 문 쪽을 본다. 외풍을 타고 이야기 소리가 들린다. 캐시가 판자에 대고 두드리고 망치질하는 소리도 들려온다. "안에 누가 있어요." 바더만이 말한다.

"우리 식구들이야." 내가 말한다. "다들 물고기 보고 좋아할 거다."

바더만은 문을 보며 아무 말도 하지 않는다. 그러더니 먼지 속에 있는 물고기를 내려다본다. 발로 물고기를 뒤집더니 튀어나온 눈을 발가락으로 찌르면서 쑤신다. 앤스는 땅 저편을 내다보고 있다. 바더만이 앤스 얼굴을 보더니 문을 바라본다. 몸을 돌려 집 모퉁이 쪽으로 가는데 앤스가 돌아보지도 않고 바더만을 부른다.

"그 물고기 네가 치워라." 앤스가 말한다.

바더만이 멈춘다. "듀이 델이 하면 안 돼요?" 바더만이 말한다.

"네가 물고기 치워라." 앤스가 말한다.

"아, 아버지." 바더만이 말한다.

"네가 치워." 앤스가 말한다. 돌아보지 않는다. 바더만이 돌아와 물고기를 집어 든다. 손에서 미끄러져 나와 젖은 먼지를 바더만에게 묻히더니 툭 떨어져 다시 더러워지고, 입은 벌린 채 눈은 퉁방울처럼 불거져서는 죽은 게 부끄러운 듯, 서둘러 다시 숨고 싶은 듯 먼지 속으로 숨어든다. 바더만이 물고기에 대고 욕을 한다. 물고기 위로 다리를 벌리고 서서 다 큰 남자처럼 욕을 한다. 앤스는 돌아보지 않는다. 바더만이 다시 물고기를 주워 든다. 나무를 한 아름 든 것처럼 양팔로 머리와 꼬리 양 끝이 포개지도록 물고기를 들고는 집 쪽으로 간다. 거의 바더만만큼 무진장 크다.

앤스의 손목이 소매 밖에서 달랑거린다. 내 평생 앤스가 자기 것으로 보이는 셔츠를 입은 걸 한 번도 본 적이 없다. 앤스의 셔츠는 전부 다 주얼이 입던 낡은 옷을 받은 것처럼 보였다. 그래도 주얼이 준 건 아니다. 주얼은 마르기는 했지만 팔이 길다. 다만 땀이 안 나지. 그걸 보면 틀림없이 다른 누구도 아닌 앤스의 셔츠라는 걸 알 수 있다. 앤스의 눈이 다 타버린 재가 얼굴에 박혀 땅 저편을 내다보고 있는 것 같다.

그림자가 계단에 닿자 앤스가 "다섯 시다."라고 말한다.

내가 일어나자 때마침 코라가 문 쪽으로 와서 갈 시간이라고 말한다. 앤스가 신발에 손을 뻗는다. "자, 번드런 씨." 코라가 말한다. "이제 일어나시겠어요." 앤스는 자신이 모든 일을 한다는 듯이, 정말로 할 수 없으니 그만둘 수 있기를 항상 바란다는 듯이 쿵쿵거리며 신발에 발을 쑤셔 넣어 신는다. 우리가 복도로 올라가자 철로 만든 신발인 것처럼 바닥을 쿵쾅거리며 딛는 소리가 들린다. 애디가 있는 곳의 문 쪽으로 앤스가 와서 눈을 깜빡여 앞을 본다. 애디가 의자에 앉아 있거나 바닥을 쓸고 있기를 바라는 것처럼 쳐다보고는 그 놀란 눈으로 문 안쪽을 들여다보니 애디가 여느 때처럼 여전히 침대에 누워 있고 여전히 부채로 부채질을 해주는 듀이 델이 있다. 다시 움직이거나 아무것도 하지 않으려는 듯 앤스가 그 자리에 서 있다.

"자, 우린 가는 게 좋겠어요." 코라가 말한다. "닭 모이를 줘야 하거든요." 곧 비도 올 것이었다. 저런 구름은 틀림이 없고 주님이 보내신 목화는 매일같이 자란다. 앤스에게는 뭔가 다른 문제일 테지. 캐시는 아직도 판자를 다듬고 있다. "우리가 할 수 있는 일이 있다면 뭐든 말씀하세요." 코라가 말한다.

"앤스가 알려줄 거야." 내가 말한다.

앤스는 우릴 쳐다보지 않는다. 놀라는 데 지쳤다는 듯이, 그리고 심지어 그것 때문에 놀랐다는 듯이 그 놀란 눈으로 깜빡이며 둘러본다. 캐시가 우리 헛간에서 저렇게 조심스럽게만 일해준다면 좋으련만.

"앤스에게 그럴 필요 없을 거라 얘기했어." 내가 말한다. "그러기를 바라."

"저 사람 마음을 굳혔어." 앤스가 말한다. "곧 갈 건가 봐."

"우리 모두가 겪는 일이에요." 코라가 말한다. "주님께서 평안케 하시기를."

"옥수수 말인데." 내가 말한다. 부인이 아프다 뭐다 해서 힘들어지면 내가 돕겠노라 앤스에게 다시 말한다. 이 주변 사람들 대부분과 마찬가지로 이미 그를 너무 많이 도와줬기 때문에 이제 와서 그만둘 수가 없다.

"오늘 하려고 했어." 앤스가 말한다. "내가 어디에도 집중을 못하는 것 같아."

"자네가 묻힐 때까지 부인이 버텨줄 수도 있겠지." 내가 말한다.

"신께서 허락하신다면." 앤스가 말한다.

"주님께서 평안케 하시기를." 코라가 말한다.

캐시가 우리 헛간에서 저렇게 조심스럽게만 일해 준다면 좋으련만. 우리가 지나가자 캐시가 올려다본다. "이번 주에 자네한테 연락할 거라 생각하지 말게." 앤스가 말한다.

"급할 것도 없지." 내가 말한다. "자네가 시간 날 때 언제든지."

우리는 마차에 오른다. 코라가 케이크 상자를 무릎에 놓는다. 분명히 곧 비가 내릴 것이다.

"저 사람이 뭘 하려는지 모르겠어요." 코라가 말한다. "정말 모르겠어요."

"불쌍한 앤스." 내가 말한다. "부인이 30년 남짓 앤스에게 일을 시켰잖아. 부인이 피곤한가 봐."

"아줌마가 30년은 더 아저씨 뒤를 받쳐줄 거라 생각하는데요." 케이트가 말한다. "아줌마가 아니라면 아저씨는 목화 따기 전에 다른 부인을 얻겠죠."

"이제 캐시하고 달은 결혼할 수 있을 것 같은데." 율라가 말한다.

"불쌍한 녀석." 코라가 말한다. "안쓰러운 녀석 같으니."

"주얼은?" 케이트가 말한다.

"주얼도 할 수 있지." 율라가 말한다.

"흥." 케이트가 말한다. "걘 할 것 같아. 그럴 거야. 주얼이 어디에 묶이는 걸 보고 싶어 하지 않는 여자애들이 이 주변에 많을 걸. 그럼, 걔네가 걱정할 필요는 없는 거네."

"아니, 케이트!" 코라가 말한다. 마차가 덜컹거리기 시작한다. "안쓰러운 녀석 같으니." 코라가 말한다.

오늘 밤에 비가 올 것이다. 그렇고말고. 버드셀 마차[3]가 덜컹거리다니 날씨가 몹시 건조하다. 그렇지만 해결될 것이다. 정말 그럴 것이다.

"케이크를 가져간다고 했으면 가져갔어야지." 케이트가 말한다.

---

3) 농장에서 쓰는 고급 마차.

# 앤스

 망할 길 같으니라고. 곧 비도 올 것이다. 여기 서서 나는 애들의 뒤를, 그리고 애들과 내가 한 약속 사이를 벽처럼 막는 것을 투시하듯 볼 수 있다. 나는 무엇에든 집중하는 만큼 최선을 다하는데, 망할 녀석들 같으니라고.

 우리 집 문간 바로 앞에는 오고 가는 모든 악운이 찾게 되어 있다. 나는 애디에게 여기에 오는 운은 길가에 사는 아무 운은 아니라고 말했고 애디는 여느 여자처럼 "일어나서 이사해요, 그럼."이라고 말했다. 하지만 나는 애디에게 주님이 지나다니라고 길을 놓으셨기 때문에 길에 아무 운이나 있는 게 아니라고 말했다. 왜 주님은 땅 위에 평평하게 길을 놓으셨을까. 주께서 무언가가 항상 움직이도록 하신다면 길이나 말, 마차처럼 길게 만드시지만, 무언가가 머무르도록 하신다면 나무나 사람처럼 위아래로 만드신다. 그렇다면 주께서는 사람들이 길가에 살도록 하신

적이 없다는 건데, 그러니까 내 말은 길과 집 가운데 무엇이 더 먼저 닿느냐는 거다. 주께서 집 근처에 길을 놓으신다는 사실을 알기나 했냐고. 아니 전혀, 그러니까 사람은 마차를 타고 지나가는 모든 이가 현관에 침을 뱉을 수 있는 집을 얻을 때까지는 항상 쉴 수가 없어서 불안해하고 일어나서 다른 데로 가고 싶어 하는데, 주께서는 나무나 옥수수 줄기처럼 사람을 한 곳에 머무르도록 하신 것이다. 신께서 사람을 항상 움직이고 다른 곳으로 돌아다니도록 하셨다면 뱀처럼 길게 만들어 배로 기어 다니도록 하지 않으셨을까? 그러시리라 보는 것이 이치에 맞다.

집을 지으면 돌아다니는 모든 악운이 집을 찾아낼 수 있고 우리 집 문으로 바로 올 수 있는데, 거기다가 세금까지 물린다. 저기에서 들어오는 길이 없었다면 캐시가 목수 될 생각은 안 했을 텐데 그런 생각을 하는 바람에 내가 돈을 대 주게 된 것이다. 캐시가 교회에서 떨어져 여섯 달 동안 손가락 까딱도 안 하는 바람에 나와 애디는 노예처럼 일만 했는데, 캐시가 톱질을 하려고 들었다면 이곳에서 할 수 있었던 톱질 일은 많다.

그리고 달도 마찬가지다. 달을 빼 가려고 하다니, 빌어먹을 인간들 같으니, 내가 일하는 걸 무서워하는 게 아니다. 난 항상 나 자신과 식구들에게 먹을 것과 살 곳을 주었다. 식구들 때문에 일손이 부족하다는 것이 문제인데, 달은 자기 일만 하고 눈에 항상 땅을 가득 담고 있기 때문이다. 그때는 땅이 위아래로 있었기 때문에 처음에는 달이 눈에 땅을 가득 담고 있는 게 괜찮다고 식구들에게 말했다. 길이 전부 들어서고 주변의 땅이 길게 바뀌었는데도 달의 눈이 아직도 땅을 가득 담고 있었을 때가 되어서야 그들은 법에 기대 내 일손을 줄이려 달을 빼 가려고 협박을 하기 시작했던 것이다.

나더러 돈을 내게 하다니. 저 길만 아니면 저 사람은 여느 여자처럼 몸이 좋고 건강했는데. 그냥 누워서 자기 침대에서 쉬면서 아무것도 부탁하지 않고 있는 것이다. "당신 아픈 거야, 애디?" 내가 말했다.

"나 안 아파요." 애디가 말했다.

"누워서 쉬어." 내가 말했다. "당신 안 아픈 거 알아. 그냥 피곤한 거지. 누워서 쉬어."

"나 안 아파요." 애디가 말했다. "일어날 거예요."

"가만히 누워서 쉬어." 내가 말했다. "당신 그냥 피곤한 거야. 내일 일어날 수 있어." 그리고 저 길만 아니면 저 사람은 여느 여자처럼 몸이 좋고 건강하게 누워 있었던 건데.

"선생 부른 적 없습니다." 내가 말했다. "연락드린 적 없다고 선생을 증인으로 세울까요."

"안 부른 것 아네." 피바디가 말했다. "확실히 알지. 애디 어디 있나?"

"누워 있습니다." 내가 말했다. "그냥 조금 피곤한 것뿐인데 저 사람……"

"나가 있게, 앤스." 피바디가 말했다. "잠시 현관에 가 앉아 있게."

그러니까 지금 이가 하나도 없는 내가 사람으로서 마땅히 신께서 주시는 양식을 먹을 수 있도록 적당히 성공해서 입을 고치기를, 그리고 저 사람이 그날까지 이 세상 여느 여자처럼 건강하고 몸이 좋아지기를 바라면서 내가 돈을 내야 하는 것이다. 그 3달러를 필요로 하는 상황에 대해 대가를 치러야겠지. 아이들이 가서 그 돈을 벌어 와야 한다는 것에 대가를 치러야겠지. 그리고 이제 비가 우리 사이를 막는 모습을, 살아 있는 땅에 비가 한 집 걸러 오는 게 아니라는 듯 빌어먹을 인간처럼 저 길이 올라오는 모습을 투시하는 것처럼 볼 수 있다.

사람들이 운에 대해 욕하는 걸 들은 적이 있는데, 그래, 그건 그들이 죄를 지었으니까. 하지만 나는 욕먹을 만한 짓을 하지 않았으니 나에 대한 저주라고는 말하지 않겠다. 내가 독실하지는 않은 것 같다. 그렇지만 평화가 곧 내 마음이다. 그렇고말고. 난 아닌 척하는 사람에 비해서 더 좋지도 나쁘지도 않은 일을 했고 신이 떨어지는 참새만큼 나를 보살펴 주리라는 걸 알고 있다. 하지만 곤경에 처한 사람이 길에 이렇게나 무시당할 수 있다는 건 가혹한 것 같다.

바더만이 돼지처럼 무릎까지 피를 묻히고 집 쪽으로 오는데, 그 물고기는 보나마나 도끼로 잘게 썰렸거나 개 먹잇감으로 여기저기 던져졌을지도 모르겠다. 아, 저 녀석의 다 큰 형들보다 저 녀석에게 더 기대할 수는 없겠구나 싶다. 바더만이 집을 보며 오더니 조용히 계단에 앉는다. "휴." 바더만이 말한다.
"정말 피곤해요."

"가서 손 씻어라." 내가 말한다. 하지만 어른이든 아이든 애디만큼 말을 잘 듣게 하려고 애쓰는 여자는 없을 것이다. 애디에게 이 말을 해줘야겠다.

"피하고 내장이 돼지처럼 가득 차 있었어요." 바더만이 말한다. 하지만 여기 날씨도 기운을 빼고 있어 난 그 무엇에도 마음을 둘 수가 없는 것 같다. "아버지." 바더만이 말한다. "엄마가 더 아픈가요?"

"가서 손 씻어라." 내가 말한다. 하지만 거기에 마음을 둘 수가 없는 것만 같다.

# 달

주얼이 이번 주에 시내에 다녀왔다. 목 뒤가 바짝 다듬어져 있는데, 머리카락과 햇볕에 탄 자국 사이에 흰 뼈 관절 같은 흰 줄이 그어져 있다. 주얼은 한 번도 뒤돌아보지 않았다.

"주얼." 내가 말한다. 마차가 리본인 것처럼, 그리고 앞 차축은 실타래인 것처럼 마차 아래로 길이 사라지고 뒤로 물러나면서, 까닥거리는 노새의 귀 두 쌍 사이로 터널이 생긴다. "엄마 죽는 거 알아, 주얼?"

사람을 만드는 데는 둘이 필요하고, 죽는 데는 하나면 족하다. 세상은 그렇게 끝날 것이다.

내가 듀이 델에게 말한다. "넌 엄마가 죽어서 네가 시내로 갈 수 있기를 바라고 있어. 그런 거야?" 듀이 델은 우리 둘 다 아는 사실을 말하려 하지 않을 거다. "네가 그렇다고 얘기하지 않는 건 말이지, 그렇다고 하면, 그러니까 혼잣말로라도 그렇다고 하면 그게 사실이라는 걸 알게 될 테니까. 그런 거야? 하지만 이제는 그게 사실인 걸 알잖아. 난 네가 안 날이 언제인지 알 것 같은데. 왜 말을 안 하려고 해, 혼잣말로라도?" 듀이 델은 말하지 않을 것이다. 아버지한테 얘기할 거야? 그 사람 죽일 거야? 하는 말만 계속 한다. "네가 사실이라고 믿을 수가 없는 건 듀이 델이, 듀이 델 번드런이 그렇게 운이 없다는 걸 믿을 수가 없어서야. 그런 거야?"

수평선보다 한 시간 위에 떠 있는 해가 적란운 꼭대기에 얹힌 혈란(血卵)처럼 걸려 있다. 번개 냄새를 풍기며 불길한 눈과 지옥불 같은 코에서 햇빛이 구릿빛으로 변했다. 피바디 선생이 오면 밧줄을 써야 할 것이다. 그는 생채소로 어마어마하게 배를 채웠다. 밧줄을 써서 피바디 선생을 길로, 지옥불 같은 공기로 풍선처럼 끌어올리겠지.

"주얼." 내가 말한다. "애디 번드런이 죽는 거 알아? 애디 번드런이 죽는 걸?"

# 피바디

앤스가 마침내 동의를 해서 내게 연락해 왔을 때 나는 "결국 부인을 지치게 했군."이라고 말했다. 그리고 나는 더럽게 좋은 말을 했고 내가 가서 할 수 있는 일 때문에 부인을 붙잡아둘까 봐 처음에는 맹세코 가지 않으려 했다. 천국에는 의대에나 있는 바보 같은 윤리가 있나, 그리고 버논은 항상 일을 할 때 자기 돈도 그렇고 앤스 돈에서 최대한 본전을 뽑는 사람이니 아슬아슬하게 때를 맞추어 나를 데려오라는 연락을 전하는 게 버논 툴이 아닐까 생각했다. 하지만 시간이 한참 흘러 날씨가 어떨지 읽을 수 있을 정도가 되자 앤스 말고는 연락을 취할 사람이 없다는 사실을 알게 되었다. 운 없는 사람이 아니고서야 사이클론이 온다는 데 의사가 필요할 사람이 없음을 알게 된 것이다. 그리고 마침내 앤스가 의사가 필요하다는 생각을 했다면 이미 너무 늦었다는 것도 알았다.

내가 우물가에 다다라 내려서 노새를 매어 두자 위쪽이 더 커다란 산맥처럼, 숯을 한 짐 저쪽에 던져 놓은 것처럼 해가 먹구름 층을 뒤로 하고 떨어졌고 바람은 잠잠하다. 도착하기 1마일 전부터 캐시가 톱질하는 소리가 들렸다. 앤스가 길 위쪽 절벽 꼭대기에 서 있다.

"말은 어디 있나?" 내가 말한다.

"주얼이 데리고 갔습니다." 앤스가 말한다. "아무도 못 잡죠. 걸어 올라가셔야 할 것 같은데요."

"몸무게가 225파운드[4]인 나보고 걸어 올라가라고?" 내가 말한다. "저 망할 벽을 걸어 올라가라고?" 앤스가 나무 옆에 서 있다. 주님께서 나무에게는 뿌리를 주시고 주님이 만드신 앤스 번드런에게는 발과 다리를 주시는 실수를 하시다니 정말 안타까운 일이다. 주님께서 저 둘을 바꾸시기만 했다면 이 지역 삼림이 언젠가 황폐해지리라는 걱정 따위는 없을 텐데. 아니 그 어떤 지역도. "나한테 어쩌라는 건가?" 내가 말한다. "여기 있다가 저 구름이 갈라지면 동네 밖으로 완전히 날아가라고?" 말을 타고 간다고 해도 풀밭을 가로질러 산등성이 위로 올라가 집에 도착하려면 15분은 걸릴 것이다. 길이 절벽에 부딪쳐 구부러진 팔다리처럼 보인다. 앤스는 12년 동안 시내에 나가지 않았다. 어떻게 그의 어머니가 거기까지 가서 그를 낳았는지, 모전자전이다.

---

4) 1파운드는 약 453.592그램.

"바더만이 줄을 가져올 겁니다." 앤스가 말한다.

얼마 후 바더만이 쟁기 줄을 들고 나타난다. 줄 끝을 앤스에게 주더니 길을 따라 줄을 풀면서 내려온다.

"꽉 잡게." 내가 말한다. "이번 왕진은 이미 장부에 기록했으니 가든 못 가든 똑같이 청구할 걸세."

"알겠습니다." 앤스가 말한다. "올라오세요."

내가 왜 그만두지 않는지 도대체 알 수가 없다. 나이는 70살에 몸무게가 200파운드 남짓인 남자가 밧줄을 잡고 망할 산에서 위로 아래로 끌려 다니다니. 내가 그만둘 때까지 사망 확진 5만 달러 기록을 넘겨야 하기 때문인 것이다. "자네 부인 말이야." 내가 말한다. "도대체 왜 망할 산꼭대기에서 병들어 있는 건가?"

"정말 죄송합니다." 앤스가 말한다. 줄을 놓고 그냥 떨어뜨리더니 집 쪽으로 몸을 돌렸다. 아직도 유황성냥 빛깔의 햇빛이 조금 남아 있다. 판자가 유황 조각 같다. 캐시는 뒤돌아보지 않는다. 캐시가 판자 조각을 창문까지 들어 올려 부인에게 괜찮은지 보여준다고 버논 툴이 말한다. 사내아이가 우리를 앞지른다. 앤스가 아이를 되돌아본다. "밧줄은 어디 있습니까?" 앤스가 말한다.

"자네가 둔 곳에 있네." 내가 말한다. "밧줄은 신경 쓰지 말게. 절벽을 다시 내려가야 할 테니까. 저 태풍이 여기까지 날 따라오게 할 생각은 없네. 일단 가게 되면 내가 너무 멀리 날아갈 테니까."

여자애가 침대 옆에 서서 부인에게 부채질을 하고 있다. 우리가 들어가자 부인이 고개를 돌려 우리를 본다. 지난 열흘 동안 부인은 죽어 있었다. 그런 게 너무 오랫동안 앤스의 일부분이 되어버려서 죽는 것도 변화라면 부인은 그런 변화를 시도조차 할 수 없게 되었나 보다. 어렸을 때 죽음이 신체적인 현상이라 생각했던 때가 기억난다. 이제는 죽음이 마음의 작용일 뿐이라는 것을, 그러니까 상을 당한 이들의 마음이 작용한 결과라는 걸 안다. 허무주의자들은 죽음이 끝이라 한다. 근본주의자들은 시작이라 한다. 하지만 실제로는 세 들어 살던 사람이나 가족이 집이나 마을에서 나오는 것에 불과하다.

부인이 우리를 본다. 눈만 움직이는 것 같다. 눈길이나 감각이 아니라 호스에서 나오는 물줄기가, 뿜어져 나오는 순간 처음부터 아예 없었던 것처럼 노즐에서 분리되는 물줄기가 만지는 것처럼 부인의 눈이 우리를 만지는 듯하다. 부인은 앤스를 아예 쳐다보지 않는다. 나를 보더니 그 아이를 본다. 이불 아래 있는 부인은 썩은 막대 뭉치에 지나지 않는다.

"저, 애디 부인." 내가 말한다. 여자애가 부채질을 멈추지 않는다. "좀 어떠십니까, 자매님?" 내가 말한다. 부인의 머리가 베개 위에 초췌하게 놓여 사내아이를 보고 있다. "아주 좋은 때에 저를 이리로 부르고 태풍까지 몰고 오셨습니다." 그러고 나서 나는 앤스와 그 아이를 내보낸다. 부인이 방을 나가는 아이를 본다. 눈을 제외하고는 움직이지 않았다.

내가 나오자 아이와 앤스가 현관에 있는데, 아이는 계단에 앉아 있고 앤스는 기둥 옆에 기대지도 않고 서서 팔은 달랑 내놓고 머리는 젖은 수탉처럼 붙여 올렸다. 앤스가 고개를 돌리더니 나를 보고 눈을 깜빡인다.

"왜 더 일찍 내게 연락하지 않은 건가?" 내가 말한다.

"그냥 이런저런 일이 있었습니다." 앤스가 말한다. "저랑 아이들은 옥수수도 손봐야 하고 듀이 델이 저 사람 잘 돌보고 있고, 사람들이 와서 돕는다, 뭐다 해서 저는 그냥……"

"빌어먹을 돈 때문이지." 내가 말한다. "내가 언제 돈 낼 준비도 안 된 사람한테 돈 받을 걱정하는 거 봤나?"

"돈 탓을 하시면 안 되죠." 앤스가 말한다. "그냥 생각을 해 봤는데…… 저 사람 갈 거잖아요, 그렇지요?" 유황색 빛을 받으니 어느 때보다 더 작아 보이는 저 망할 쪼그만 녀석이 제일 윗계단에 앉아 있다. 그게 이 지역의 문제다. 날씨를 비롯해서 모든 것이 너무 오래 지속된다. 우리 강, 우리 땅처럼. 불투명하고 느리고 폭력적이다. 확고하고 음울한 모습 속에서 인간의 삶을 형성하고 만들어 가는 것이다. "전 알고 있었습니다." 앤스가 말한다. "그동안 확실히 알게 됐죠. 저 사람 마음을 굳혔어요."

"그리고 더럽게 좋은 일이기도 하지." 내가 말한다. "사소한……" 바더만이 빛바랜 작업복을 입고 움직이지 않은 채 왜소하게 제일 윗계단에 앉는다. 내가 나오자 나를 올려다보더니 앤스를 보았다. 하지만 앤스는 이제 우리에게서 눈길을 거두었다.

그냥 그 자리에 앉아 있다.

"저 사람에게 말씀하셨습니까?" 앤스가 말한다.

"뭐 때문에?" 내가 말한다. "도대체 뭐 때문에?"

"저 사람 알 겁니다. 선생을 보고 글로 쓴 것처럼 분명히 알았을 거예요. 말할 필요 없으실 겁니다. 저 사람 마음이……"

우리 뒤에서 여자애가 "아버지."라고 말한다. 나는 그 아이를, 그 아이 얼굴을 본다.

"빨리 가보는 게 좋을 거요." 내가 말한다.

우리가 방으로 들어가니 부인이 문을 보고 있다. 부인이 나를 본다. 부인의 눈은 기름이 떨어지기 직전 요란하게 빛나는 등불 같다. "엄마가 선생님은 나가 주셨으면 한대요." 여자애가 말한다.

"자, 애디." 앤스가 말한다. "선생이 당신 낫게 해주려고 제퍼슨에서 여기까지 오셨는데?" 부인이 나를 본다. 시선을 느낄 수 있다. 눈으로 나를 밀쳐 내는 것 같다. 전에 여자들이 그러는 걸 본 적이 있다. 연민과 동정, 실질적인 도움은 방 밖으로 몰아내고 자신을 기껏해야 짐 나르는 말로밖에 여기지 않던 하찮은 짐승 같은 사람에게 매달리는 여자들을 본 적이 있다. 여자들은 그걸 사랑이라고 하는데 이해가 안 된다. 그 자존심이, 우리가 이곳으로 가져오는, 수술실에 가지고 가는, 고집스럽게 그리고 맹렬하게 다시 땅으로 가지고 가는, 비참하게 벌거벗은 모습을 감추려는 맹렬한 욕망이. 나는 방을 나간다. 현관 너머 캐시의 톱이 계속해서 판자에 박히며 코 고는 소리를 낸다. 얼마 후 부인이 거칠고 강한 목소리로 캐시의 이름을 부른다.

"캐시." 부인이 말한다. "얘, 캐시!"

# 달

아버지가 침대 옆에 서 있다. 아버지 다리 뒤에서 동그란 머리에 동그란 눈을 하고 입이 막 벌어지려는 바더만이 유심히 보고 있다. 어머니가 아버지를 본다. 어머니의 무너지는 삶 전부가 급하게, 치유할 수도 없이 눈으로 빠져나가고 있는 듯하다. "엄마가 원하는 건 주얼이야." 듀이 델이 말한다.

"있잖아, 애디." 아버지가 말한다. "주얼하고 달은 한 번 더 짐을 실으러 갔어. 시간이 있다고 생각했나 봐. 당신이 기다릴 거라고, 그리고 3달러하고 다……" 아버지가 어머니 손에 자기 손을 얹으며 상체를 구부린다. 얼마간 어머니는 자신의 눈만이 돌이킬 수 없이 멈춘 아버지 목소리에 귀 기울인다는 듯 책망하지 않고 아무것도 하지 않고 아버지를 바라본다. 그러더니 움직이지 않던 어머니가 열흘 만에 몸을 일으켰다. 듀이 델이 몸을 구부려 어머니 등을 받치려 한다.

"엄마." 듀이 델이 말한다. "엄마."

캐시가 희미해지는 빛 속에서 판자 위로 계속 몸을 구부려 톱질이 스스로의 움직임을 밝히고 판자와 톱을 만들어낸다는 듯이 어둠을 향해, 그리고 어둠 속으로 계속해서 일하는 모습을 어머니가 창밖으로 내다본다.

"얘, 캐시." 어머니가 거칠면서 강하고 약해지지 않은 목소리로 소리친다. "얘, 캐시!"

캐시가 저물녘 창문 안에 들어온 수척한 얼굴을 올려다 본다. 캐시가 어릴 때부터 지금까지 본 모습을 합성한 사진이다. 움직이지 않고 있는 얼굴을 담은 창문을 보면서 어머니가 볼 수 있도록 캐시가 톱을 놓고 판자를 들어올린다. 두 번째 판자를 끌어다 놓고 판자 두 개를 마지막으로 나란히 놓일 위치에 기울이는데, 아직 바닥에 있는 판자 쪽을 가리키면서 빈손으로는 완성된 상자 모양을 몸짓으로 해 보인다. 얼마간 어머니는 질책도 허락도 하지 않고 합성사진 같은 모습으로 캐시를 내려다보고 있다. 그러고 나서 어머니의 얼굴이 사라진다.

어머니는 다시 누워 아버지를 쳐다보지도 않고 고개를 돌린다. 바더만을 본다. 어머니의 눈, 그 안의 생명이 갑자기 눈으로 몰린다. 불꽃 두 개가 한동안 타오른다. 그러더니 누군가 몸을 굽혀 불어 버린 것처럼 꺼져 버린다.

"엄마." 듀이 델이 말한다. "엄마!" 침대 위로 몸을 숙이고 손은 약간 든 채 열흘 동안 그랬던 것처럼 부채가 여전히 움직이는 가운데 듀이 델이 울부짖기 시작한다. 듀이 델의 목소리는 강하고 앳되고 떨리면서 청아하고 음색과 성량만으로 푹 빠질 듯하고, 부채는 아직도 계속해서 위아래로 움직이며 쓸데없이 공기만 속살거린다. 그러더니 듀이 델이 애디 번드런의 무릎 위로 몸을 던져 어머니를 붙잡고 젊은 사람의 맹렬한 힘으로 흔들더니 갑자기 애디 번드런이 남긴 썩은 뼈 한 움큼 위로 널브러지는 바람에 침대 전체를 쿵 쳐서 매트리스가 바스락대며 부딪쳐 쉬쉬하는 소리를 낸다. 듀이 델의 팔이 쭉 뻗어 있고 한 손에 쥔 부채가 아직도 꺼져 가는 숨을 이불 속으로 펄럭이고 있다.

아버지의 다리 뒤에서 바더만이 유심히 본다. 입을 헤벌리고 있어서 얼굴색이 모두 입으로 빠져나가는데, 어떤 식으로든 입으로 빨면서 자신의 몸에 이를 찔러 넣은 것 같다. 바더만이 침대에서 서서히 뒤쪽으로 움직이기 시작하다가 둥근 눈, 창백한 얼굴이 무너지는 벽에 붙은 종이 한 장처럼 황혼 속으로 희미해지더니 그렇게 문밖으로 나간다.

저물녘 아버지가 침대 위로 몸을 숙인다. 그 구부정한 실루엣이 깃털이 엉망이 된 채 불만에 차서 격노한 올빼미 같은 모습을 하고 있는데, 그 안에는 침착한 생각을 하기에는 너무나도 심오하거나 너무나도 무기력한 지혜가 숨어 있다.

"망할 녀석들 같으니라고." 그가 말한다.

주얼, 내가 말한다. 머리 위로 하루가 평평한 잿빛으로 실주하고, 잿빛 창이 날아가면서 해를 가린다. 빗속에서 진흙이 튀어 누레진 노새들이 입김을 피우고, 떨어져 있던 노새 한 마리가 도랑 위로 난 길 옆쪽으로 미끄러지듯 돌진해서 매달린다. 기울어진 목재가 칙칙한 노란색으로 빛나고, 물에 흠뻑 젖어 납덩이처럼 무거워져 부러진 바퀴 위에 얹혀 급경사 각으로 기울어져서는 도랑에 처박힌다. 산산조각 난 바퀴살과 주얼의 발목 주변에 물도 아니고 흙먼지 소용돌이도 아닌 노란색 작은 도랑이, 흙도 아니고 물도 아닌 노란색 길과 함께 굽이쳐 언덕 아래로 흘러 흙도 아니고 하늘도 아닌 진한 녹색 덩어리로 녹아든다. 주얼, 내가 말한다.

캐시가 톱을 들고 문으로 온다. 아버지는 팔을 달랑 내놓고 구부정하게 침대 옆에 서 있다. 고개를 돌리는데 아버지의 초라한 옆모습, 코담배를 잇몸에 대면서 천천히 접히는 턱이 보인다.

"가셨어요." 캐시가 말한다.

"어머닌 가셨고 우릴 떠나셨다." 아버지가 말한다. 캐시는 아버지를 보지 않는다. "얼마나 한 거냐?" 아버지가 말한다. 캐시는 대답하지 않는다. 톱을 들고 들어온다. "마무리하는 게 좋을 것 같다." 아버지가 말한다. "애들이 저렇게 가 버렸으니 최선을 다해야 할 거다." 캐시가 어머니 얼굴을 내려다본다. 아버지가 하는 말을 전혀 듣고 있지 않다. 침대에 다가가지는 않는다. 톱을 다리에 대고 땀 흘리는 팔에 톱밥이 가볍게 덮인 채 캐시가 차분한 얼굴로 바닥 중간에 멈춰 선다. "힘들어지면 여기 내일 와서 도와줄 사람들이 있을 거다." 아버지가 말한다. "버논이 도와줄 수도 있어." 캐시는 듣고 있지 않다. 어둠이 궁극의 땅에 감도는 전조라도 되는 듯 황혼 속으로 희미해져 가는 어머니의 평화롭고 굳어진 얼굴을 내려다보는데, 마침내 어머니 얼굴이 스러진 잎의 상(像)처럼 가볍게 떨어져 나와 떠다니는 것 같다. "널 도와줄 크리스천은 충분히 있어." 아버지가 말한다. 캐시는 듣고 있지 않다. 얼마 후 몸을 돌려 아버지를 쳐다보지도 않고 방을 나간다. 그러고 나서 톱이 다시 코 고는 소리를 내기 시작한다. "그 사람들이 슬픔에 빠진 우리를 도와줄 거다." 아버지가 말한다.

꾸준하고 능숙하고 느긋하며 죽어 가는 빛을 흔드는 톱질 소리 때문에 톱질을 할 때마다 어머니 얼굴이 조금씩 깨어나, 톱질 수를 세듯이 듣고 기다리는 표정으로 변해 가는 것 같다. 아버지가 어머니 얼굴을, 검게 퍼진 듀이 델의 머리칼을, 쭉 뻗은 팔을, 이제는 빛이 바래 가는 이불 위에서 움직이지도 않은 채 움켜잡은 부채를 내려다본다. "너는 저녁 준비를 하는 게 좋겠구나." 아버지가 말한다.

듀이 델은 움직이지 않는다.

"일어나, 자, 저녁 준비해." 아버지가 말한다. "힘을 내야지. 피바디 선생도 여기까지 오느라 배가 고플 거다. 그리고 캐시는 빨리 먹고 일해야 제시간에 끝낼 수 있어."

듀이 델이 일어나 멈춰 선다. 어머니 얼굴을 내려다본다. 빛이 바래가는 청동 주물을 베개 위에 놓은 것 같은데, 아직도 약간의 생명이라도 깃든 것처럼 보이는 건 손뿐이다. 구부러지고 비틀린 무기력함. 지속될 수 없음을 자신도 알면서, 뿔처럼 두드러지면서도 심히 빈곤한 기민함으로 단절을 경계하며 휴식의 실재조차 의심하는 듯 피로, 탈진, 고생이 아직 떠나지 않은, 소진되었지만 기민한 모습.

듀이 델이 몸을 구부려 아래에서부터 이불을 쓸어 턱까지 끌어다 덮은 후 매만져 반듯하게 당긴다. 그러더니 아버지를 보지 않고 침대를 돌아 방을 나간다.

듀이 델은 피바디 선생이 있는 곳으로 가겠지, 듀이 델이 황혼녘에 서서 선생의 등을 그런 표정으로 바라보면 시선을 느끼고 몸을 돌려 그가 이렇게 말하겠지. 지금 그것 때문에 슬퍼하지는 않을 거야. 어머니는 나이가 많고 아프시기도 했잖니. 우리가 아는 것보다 더 고통 받으셨고, 더 나아지시지 않았을 거다. 바더만이 이제 크고 있고, 네가 모두를 잘 보살펴야 해. 나라면 그것 때문에 슬퍼하지 않으려 할 거다. 가서 저녁 준비를 하는 게 좋겠구나. 많이 할 필요 없다. 하지만 다들 먹어야 할 거고, 듀이 델은 선생을 보며 말하겠지, 하려고만 하신다면 저를 정말 많이 도우실 수 있을 텐데. 그걸 아신다면 말예요. 저는 저고 선생님은 선생님이고 저는 알고 선생님은 모르시고 하려고만 하신다면 저를 정말 많이 도우실 수 있을 테고 하려고만 하신다면 전 말씀드릴 수 있을 거고 그러면 선생님과 저, 달을 뺀 다른 사람들은 알 필요가 없을 거예요.

아버지가 팔을 달랑 내놓고 움직이지도 않고 침대를 내려다보며 구부정하게 서 있다. 손을 머리까지 들어 머리칼을 구석구석 쓸면서 톱질 소리를 듣는다. 아버지가 더 가까이 와서 손과 손바닥, 손등을 허벅지에 문지르더니 어머니 얼굴에, 그 다음에는 어머니의 손 때문에 튀어나온 이불 위에 자신의 손을 얹는다. 듀이 델이 한 것처럼 이불을 만지면서 턱까지 반듯하게 하려 했지만 오히려 흐트러뜨리고 만다. 다시 서투르게 매만지려고 하는데 손이 발톱처럼 어색해서 아버지가 만들어 놓은, 그리고 이상하게도 아버지의 손이 지나는 곳마다 아래에 생겨나는 주름을 펴려고 하다가 마침내 그만두고는 손을 옆으로 내리고 다시 손과 손바닥, 손등을 허벅지에 살살 문지른다. 코 고는 듯한 톱 소리가 계속해서 방으로 들어온다. 아버지가 조용하고 거칠게 숨을 쉬면서 잇몸에 코담배를 가져다 댄다. "신의 뜻이야." 아버지가 말한다. "이제 이를 해 넣을 수 있겠군."

주얼의 모자가 목 주변에 축 늘어져 어깨에 멘 흠뻑 젖은 마대로 물을 흘려보내고 있고, 발목까지 빠지는 물 흐르는 도랑에서 주얼이 미끄러운 2×4인치 재목과 썩어 가는 통나무 조각을 받침대 삼아 차축을 살펴본다. 주얼, 내가 말한다, 엄마가 죽었어, 주얼. 애디 번드런이 죽었다고.

# 바더만

그때 난 뛰기 시작한다. 뒤쪽으로 달려서 현관 끄트머리에 다다라 멈춰 선다. 그러고는 울기 시작한다. 먼지 속 어디에 물고기가 있었는지 느낄 수 있다. 이제는 여러 토막이 나 물고기가 아니게 되었고, 손과 작업복에 묻은 것도 피가 아니게 되었다. 전에는 이렇지 않았다. 그땐 이런 일이 일어나지 않았다. 그리고 이제 엄마가 너무 멀리 앞서 나가서 내가 잡을 수가 없다.

더운 날 시원한 먼지 속으로 흐트러질 때 보면 나무가 닭 같다. 내가 현관에서 뛰어내리면 물고기가 있던 곳으로 갈 텐데, 물고기는 지금 토막 나서 물고기가 아니게 되었다. 침대와 엄마 얼굴과 그들의 소리가 들리고 와서 일을 저지른 그 사람이 걸을 때 바닥이 울리는 게 느껴진다. 괜찮았던 엄마에게 와서 일을 저지른 그 사람이 와서 일을 저질렀다.

"저 망할 뚱보 새끼."

나는 현관에서 뛰어내려 달려 나간다. 황혼을 뚫고 헛간 지붕이 낚아채듯 다가온다. 뛰어내리면 서커스에 나오는 분홍 옷 여자처럼 헛간을 뚫고 기다릴 필요 없이 따뜻한 냄새 속으로 갈 수 있다. 손으로 덤불을 잡는다. 발밑에서 돌과 먼지가 굴러 내려가 무더기를 이룬다.

그러고 나니 따뜻한 냄새 속에서 다시 숨을 쉴 수 있다. 내가 마구간에 들어가 말을 만지려 하는데 그때 나는 울 수 있고 그런 다음 울음을 토해 낸다. 말이 발길질을 다 하자마자 내가 찰 수 있고 그런 다음 울 수 있고, 울음이 찰 수 있다.

"그 사람이 엄말 죽였어. 그 사람이 엄말 죽였어."

말 안의 생명이 살갗과 내 손 아래에서 흐르고 얼룩 속으로 빠르게 흘러서, 아픔이 울음을 토해 내며 울기 시작한 내 코 안에까지 냄새를 풍기고, 그러고 나면 나는 숨을 토해 내며 숨 쉴 수 있다. 큰 소리가 난다. 내 손 밑에서부터 팔을 타고 올라오는 생명의 냄새를 맡고 나서 마구간을 나설 수 있다.

난 찾을 수가 없다. 어둠 속에서 먼지와 벽을 따라 찾을 수가 없다. 울음이 큰 소리를 낸다. 그렇게 큰 소리를 안 냈으면 좋겠다. 그때 내가 마차 바닥의 먼지 구덩이에 있는 그걸 찾아 마당을 가로질러 길로 뛰어드는데 막대기가 내 어깨에서 덜렁거린다.

내가 달려가자 말들이 나를 보는데, 뒤로 홱 움직이면서 눈을 굴리고 콧김을 내뿜고 끌채를 뒤로 홱 당긴다. 내가 내리친다. 막대기가 부딪치는 소리가 들린다. 그것들이 뒷다리로 서고 고꾸라지면서 아예 빗맞기도 하지만 막대기가 머리, 가슴의 멍에를 후려치는 걸 보는데 기분이 좋다.

"너희가 우리 엄말 죽였어!"

막대기가 부러지고, 그것들은 뒷다리로 서서 콧김을 내뿜고, 발굽이 땅에 부딪치는 소리가 크게 난다. 소리가 큰 건 비가 올 것이고 비를 맞으러 공기가 비어 있기 때문이다. 하지만 막대기는 아직도 충분히 길다. 그것들이 뒷다리로 서고 끌채를 홱 잡아채는 동안 나는 후려치면서 이리저리 뛰어다닌다.

"너희가 죽였어!"

내가 후려치자 후려치는 대로 그것들은 크게 펄쩍거리며 돌고, 바퀴 두 개가 달린 마차는 땅에 못 박힌 듯 미동도 없고 말들도 회전판 한가운데에 뒷발로 못 박힌 듯 미동이 없다.

나는 먼지 속을 달린다. 나는 바퀴 두 개에 기대어 놓은 마차가 사라져 가는, 빨아들이는 듯한 먼지 속을 달리고 있어서 볼 수가 없다. 내가 후려치자 막대기가 땅을 치고 튀어 올라 먼지를 찌르고 다시 공기를 찌르더니, 그 안에 차가 있다고 해도 그보다 더 빠르게 먼지가 길을 빨아들인다. 그러면 나는 막대기를 보면서 울 수 있다. 막대기가 손에 잡힌 만큼 남아서 긴 막대기였던 땔나무보다 길지 않게 됐다. 막대기를 던져 버리고 난 울 수 있다. 이제는 그렇게 큰 소리가 나지 않는다.

젖소가 되새김질을 하며 헛간 문에 서 있다. 내가 마당에 들어서는 걸 보자 젖소가 채소를 한입 가득 문 채 혀를 퍼덕이며 낮게 음매 하고 운다.

"네 우유 짜 주지 않을 거야. 저 사람들 좋은 일 아무것도 안 할 거야."

내가 지나치자 젖소가 몸을 돌리는 소리가 난다. 내가 몸을 돌리자 달콤하고 뜨겁고 단단한 입김을 내쉬며 젖소가 바로 내 뒤에 있다.

"내가 우유 안 짜 줄 거라고 했지?"

젖소가 쿵쿵대며 나를 조금씩 밀어댄다. 입을 다문 채 안쪽 깊은 곳에서부터 신음소리를 낸다. 주얼이 하는 것처럼 내가 욕을 퍼부으며 손을 홱 치운다.

"저리 가라고."

나는 손을 내려 땅을 짚고 젖소를 향해 달린다. 젖소가 뒤로 뛰어올라 저만치 돌더니 멈추고는 나를 쳐다본다. 신음소리를 낸다. 길 쪽으로 나가더니 거기 서서 길을 올려다본다.

헛간 안은 어둡고 따뜻하고 냄새가 나면서 조용하다. 나는 언덕 꼭대기를 바라보면서 조용히 울 수 있다.

캐시가 교회에서 떨어진 쪽 다리를 절뚝거리며 언덕으로 온다. 우물을 내려다보더니 길을 올려다보고 고개를 돌려 헛간을 바라본다. 뻣뻣하게 길을 내려와 부러진 끌채를 보고 길 위의 먼지를 보더니 먼지가 사라진 길을 올려다본다.

"지금쯤이면 툴 아저씨네 집을 완전히 지났겠지. 그랬으면 좋겠어."

캐시가 몸을 돌려 절뚝거리며 길로 올라선다.

"망할 자식. 난 보여줬는데. 망할 자식."

난 이제 울고 있지 않다. 난 무엇도 아니다. 듀이 델이 언덕으로 와서 나를 부른다. "바더만." 난 무엇도 아니다. "얘, 바더만." 내 눈물을 느끼고 들으면서 이제 조용히 울 수 있다.

"그땐 그게 없었어. 그땐 그런 일이 일어나지 않았는데. 저기 땅에 있었어. 그리고 이제 누나가 요리를 하려고 해."

어둡다. 나무, 고요가 들린다. 내가 아는 소리다. 하지만 살아 있는 소리, 심지어 말이 내는 소리도 아니다. 어둠이 저 온진한 걸 관계없는 요소로, 그러니까 쿵쿵거림과 발 구르기, 차가워지는 살과 암모니아 털의 냄새로 분리하는 것 같다. 안에서 분리되고 비밀스럽고 익숙한 한 존재가 내 존재와는 다른, 얼룩이 있는 가죽과 튼튼한 뼈가 조율된 전체라는 환영으로. 다리, 굴리는 눈, 차가운 불꽃처럼 요란한 얼룩으로 말이 분해되고 희미하게 녹아 어둠 위로 떠오르는 모습이 보인다. 모두 하나지만 둘 다 아닌. 둘 다 맞지만 아무것도 아닌. 소리가 말을 휘감아 어루만지고 단단한 형체, 그러니까 말굽 위 돌기와 엉덩이, 어깨, 머리를 만들어내는 모습이 보인다. 냄새와 소리도. 난 두렵지 않다.

"익혀서 먹었어. 익혀서 먹었어."

# 듀이 델

하려고만 한다면 선생은 나를 정말 많이 도울 수 있을 것이다. 내게 모든 것을 해줄 수 있을 것이다. 날 위해 존재하는 세상 모든 것들은 내장으로 꽉 찬 통 안에 있는 것 같아서 아주 중요한 다른 게 들어갈 자리가 어떻게 조금이라도 있을 수 있는지 궁금해진다. 선생은 내장을 담은 큰 통이고 나는 내장을 담은 작은 통인데 내장을 담은 큰 통에 중요한 다른 게 들어갈 자리가 조금도 없다면 내장을 담은 작은 통에 어떻게 그런 자리가 있을 수 있는 걸까. 하지만 난 신이 여자에게는 나쁜 일이 생겼을 때 신호를 주셨기 때문에 들어갈 자리가 있다는 걸 안다.

그건 내가 혼자이기 때문이다. 내가 느낄 수만 있다면 달라질 텐데, 그러면 나는 혼자가 아닐 테니까. 하지만 내가 혼자가 아니라면 모두가 알겠지. 그리고 선생은 나를 정말 많이 도와줄 수 있을 것이고, 그러면 난 혼자가 아닐 것이다. 그렇게 되면 혼자서도 괜찮을 텐데.

달이 나와 레이프 사이에 들어온 것처럼 선생이 나와 레이프 사이에 들어오도록 하면 레이프도 혼자다. 그는 레이프이고 난 듀이 델이고, 엄마가 돌아가셨을 때 슬퍼하려면 나와 레이프와 달을 넘어 벗어나야 했는데, 선생이 나를 정말 많이 도와줄 수 있으면서도 그걸 모르고 있기 때문이다. 선생은 알지도 못한다.

뒷베란다에서는 헛간을 볼 수 없다. 그때 캐시가 톱질하는 소리가 그쪽에서 들려온다. 집 밖에 있는 개가 집 주변을 돌며 왔다 갔다 하다가 어느 문이든 사람이 오기만 하면 가서 들어가려고 기다리는 것 같다. 그는 나보다 더 걱정하고 있다고 말했고 나는 그가 걱정이 뭔지 몰라서 내가 걱정할 수 없다고 했다. 걱정하려 하지만 걱정할 만큼 오래 생각할 수가 없다.

부엌 등불을 켠다. 들쭉날쭉하게 토막 난 물고기가 냄비 속에서 조용히 피 흘리고 있다. 복도에서 나는 소리를 들으며 재빨리 찬장 안으로 집어넣는다. 엄마가 돌아가시는 데 열흘이 걸렸다. 자신이 죽었다는 걸 아직 모를지도 모른다. 캐시를 기다리면서 안 갈지도 모른다. 아니면 주얼을 기다리면서. 난 찬장에서 채소 접시를 꺼내고 차가운 스토브에서 빵틀을 꺼낸 다음 문을 보며 멈춘다.

"바더만은 어디 있어?" 캐시가 말한다. 톱밥이 덮인 캐시의 팔이 등불 빛에 모래처럼 보인다.

"몰라. 못 봤어."

"피바디 선생의 노새가 도망갔어. 바더만을 찾을 수 있는지 좀 봐 줘. 그 말이 있으면 선생이 노새를 잡을 수 있을 거야."

"아. 저녁들 드시라고 해 줘."

헛간이 보이지 않는다. 난 걱정할 줄 모른다고 말했다. 울 줄 모른다. 울려고 해 봤지만 안 된다. 얼마 후 톱질 소리가 먼지 낀 어둠 속에서 바닥을 따라 어둡게 들려온다. 그리고 판자 위에서 위아래로 움직이는 캐시가 보인다.

"저녁 먹으러 들어와." 내가 말한다. "선생한테 얘기해." 선생은 나를 위해 모든 걸 할 수 있다. 그리고 그걸 모르고 있다. 선생은 선생의 내장이고 난 내 내장이다. 그리고 난 레이프의 내장이다. 그런 거다. 그가 왜 시내에 머물지 않았는지 모르겠다. 우린 시골 사람이라 시내 사람들만큼 훌륭하지 않다. 그가 왜 그러지 않았는지 모르겠다. 그때 헛간 지붕이 보인다. 젖소가 낮게 음매 하고 울면서 길 아래쪽에 서 있다. 몸을 돌리자 캐시가 없다.

내가 버터밀크를 들고 들어간다. 아버지와 캐시와 선생이 식탁 앞에 앉아 있다.

"바더만이 잡은 큰 물고기는 어디 있지, 자매님?" 선생이 말한다.

내가 식탁에 우유를 놓는다. "요리할 시간이 없었어요."

"순무 채소 쪼가리는 이 정도 덩치인 남자가 먹기에는 너무 빈약한데." 선생이 말한다. 캐시는 먹고 있다. 머리 둘레에 난 모자 자국이 땀에 절어 머리카락과 범벅이다. 셔츠가 땀으로 얼룩져 있다. 손이랑 팔은 안 씻었다.

"시간을 냈어야지." 아버지가 말한다. "바더만은 어디 있어?"

내가 문 쪽으로 간다. "찾을 수가 없어요."

"여기, 자매님." 선생이 말한다. "물고기는 신경 쓰지 마. 괜찮을 거야. 이리 와서 앉지."

"신경 안 써요." 내가 말한다. "비 오기 전에 우유 좀 짜 올게요."

아버지가 음식을 덜고 접시를 밀어 놓는다. 하지만 먹지 않는다. 접시 양쪽을 손으로 반쯤 잡고 고개를 약간 숙이고 있는데 흐트러진 머리카락이 등불 속에 솟아 있다. 아버지는 큰 망치로 때리자마자 자신이 더 이상 살아 있지도 않은데 죽은 것도 아직 모르는 수송아지처럼 보인다.

하지만 캐시는 먹고 있고, 선생도 먹고 있다. "뭘 좀 먹는 게 좋을 걸세." 선생이 말한다. 아버지를 보고 있다. "캐시와 나처럼. 그래야 할 걸세."

"아아." 아버지가 말한다. 연못에 무릎을 꿇고 있다가 누군가 달려오는 순간의 송아지처럼 아버지가 일어난다. "내가 먹는다고 저 사람이 서운해 하지는 않겠죠."

집에서 안 보이게 되자 나는 빨리 움직인다. 젖소가 절벽 아래에서 낮게 음매 하고 운다. 쿵쿵대며 나를 밀어 대면서 치마를 파고들어 뜨거운 내 맨살에 달큼하고 뜨거운 숨을 훅 불며 신음소리를 낸다. "조금 기다려야 해. 그러고 나서 살펴 줄게." 내가 헛간에 양동이를 내려놓는데 그 안까지 따라온다. 신음소리를 내면서 양동이 안에 숨을 내쉰다. "말했잖아. 조금만 기다리라고. 내가 살필 수 있는 것보다 할 일이 더 많단 말이야." 헛간이 어둡다. 내가 지나가자 말이 벽을 한 번 걷어찬다. 나는 계속 간다. 부러진 판자가 끄트머리로 서 있는 창백한 판자 같다. 그때 비탈이 보이고 내 얼굴 위로 천천히, 옅게, 덜 어둡게 그리고 빈 곳을 보듯 움직이는 공기가 다시 느껴지는데, 소나무가 기울어진 비탈에 비밀스럽고 기다리는 듯이 얼룩덜룩 무리 지어 있다.

문에 비친 실루엣의 젖소가 신음소리를 내며 양동이 실루엣을 밀어댄다.

그러고 나서 나는 마구간을 지난다. 거의 지나갔다. 그게 그 말을 하기 전부터 난 오랫동안 그 말소리를 들었고 그 말을 할 시간이 없을 수도 있어 듣는 게 두렵다. 내 몸이, 뼈가, 살이 분리되면서 혼자인 것들을 향해 열리는 게 느껴지고, 혼자가 아닌 채로 돌아오는 과정은 끔찍하다. 레이프, 레이프. "레이프" 레이프. 레이프. 나는 미처 딛지 못한 한 발을 앞으로 내밀며 몸을 약간 앞으로 기울인다. 어둠이 내 가슴과 젖소를 향해 돌진하듯 지나가는 걸 느낀다. 어둠을 향해 달려 나가지만 젖소가 나를 막고, 달콤하게 훅 밀려드는 신음하는 듯한, 나무와 침묵으로 가득 찬 젖소의 숨결을 향해 어둠이 달린다.

"바더만. 얘, 바더만."

바더만이 마구간에서 나온다. "이 망할 뱀 같은 녀석. 이 망할 뱀 같은 녀석 같으니라고!"

바더만이 저항하지 않는다. 돌진해 오는 어둠의 마지막이 쌩하니 달아나며 멀어진다. "뭐? 나 아무것도 안 했어."

"이 망할 뱀 같은 녀석!" 내 손이 바더만을 세게 흔든다. 난 손을 멈출 수 없었을 것이다. 그렇게 세게 흔들 줄은 몰랐다. 손이 떨리면서 우리 둘 다를 흔든다.

"난 한 적 없어." 바더만이 말한다. "난 손댄 적도 없어."

내 손이 흔들기를 멈췄지만 나는 여전히 바더만을 잡고 있다. "여기서 뭐 하니? 내가 불렀을 때 왜 대답 안 했어?"

"아무것도 안 하고 있었어."

"집에 가서 저녁 먹어."

바더만이 물러난다. 내가 바더만을 잡고 있다. "이제 그만해. 나 두고 가."

"여기서 뭐 하고 있었어? 나 몰래 여기까지 쫓아 내려온 건 아니지?"

"절대 아냐. 절대로 아냐. 이제 그만해. 난 네가 여기 있는지도 몰랐어. 나 두고 가."

바더만의 얼굴을 보고 내 눈으로 느끼려고 몸을 숙이면서 바더만을 잡고 있다. 바더만이 곧 울 것 같다. "이제 가. 저녁 해 놨고 우유 짜는 대로 곧 갈게. 선생이 다 먹어 치우기 전에 가는 게 좋겠어. 노새가 곧장 제퍼슨으로 돌아가면 좋겠다."

"그 사람이 엄말 죽였어." 바더만이 말한다. 울기 시작한다.

"쉿."

"엄마는 그 사람을 다치게 한 적이 없는데 그 사람이 와서 엄말 죽였어."

"쉿." 바더만이 버둥거린다. 내가 바더만을 잡고 있다. "쉿."

"그 사람이 죽였어." 젖소가 신음소리를 내며 우리 뒤로 온다. 내가 바더만을 다시 흔든다.

"이제 그만 좀 해. 그만하라고. 이러다가 아프면 넌 시내에도 못 가. 집에 가서 저녁 먹어."

"저녁 먹기 싫어. 시내 나가기 싫어."

"그러면 우린 널 여기 놓고 가야 해. 얌전히 굴지 않으면 너 놓고 갈 거야. 이제 가, 채소 먹는 그 내장 담은 늙은 통이 네 거 다 뺏어 먹기 전에." 바더만이 언덕 속으로 천천히 사라져 간다. 산마루, 나무, 집 지붕이 하늘을 배경으로 솟아있다. 젖소가 신음소리를 내며 나를 밀어 댄다. "좀 기다려야 해. 너도 여자라지만 네 안에 있는 건 내 안에 있는 거에 비하면 아무것도 아냐." 신음소리를 내며 젖소가 나를 따라온다. 그러자 내 얼굴 위로 그 죽어 있고 따뜻하고 옅은 공기가 다시 불어온다. 하려고만 한다면 선생은 괜찮게 해결할 수 있다. 그런데 선생은 그걸 알지도 못한다. 알기만 한다면 나를 위해 모든 걸 할 수 있을 텐데. 젖소가 내 엉덩이와 등 위로 숨을 쉬고 있었고, 그 숨결은 따뜻하고 달큼하고 쌕쌕거리면서 신음소리 같다. 하늘이 비탈 아래로, 비밀스러운 나무 무리 위로 낮게 깔려 있다. 퍼진 번개가 얼룩을 만들듯 언덕 너머로 올라가다가 희미해진다. 눈으로 죽은 땅을 보고 빚는 것보다 더 멀리에서 죽은 공기가 죽은 어둠 속에서 죽은 땅을 빚는다. 죽은 공기가 내 위에서 따뜻하고 죽은 듯 펼쳐져 옷을 파고들어 맨살을 만진다. 넌 걱정이 뭔지 몰라 하고 내가 말했지. 그게 뭔지 난 모르겠다. 내가 걱정을 하고 있는 건지 아닌 건지 모르겠다. 내가 걱정을 할 수 있는지 없는지도. 내가 울 수 있는지 없는지 모르겠다. 내가 울려고 했는지 아닌지 모르겠다. 난 뜨겁고 눈 먼 땅에 멋모르고 떨어진 젖은 씨앗 같다.

# 바더만

그들이 그걸 다 만들면 엄마를 거기에 넣을 텐데 그러고 나서 오랫동안 나는 말할 수가 없었다. 어둠이 일어나 빙빙 돌아 물러가는 모습을 보았고 "엄마를 거기 넣고 못을 박을 거야, 캐시? 캐시? 캐시?"라고 말했다. 난 여물통에 갇혔고 새로 만든 문 그건 내게 너무 무거웠다 문이 닫혔다 쥐가 공기를 전부 다 들이마셔 버려서 난 숨을 쉴 수가 없었다. "거기다 못을 박아서 닫아 버릴 거야, 캐시? 못을 박아? 못을 박는다고?"

아버지가 돌아다닌다. 아버지 그림자가 톱 위에서 아래위로 움직이는 캐시 위로, 피 흘리는 판자에서 돌아다닌다.

듀이 델이 바나나가 조금 생길 거라고 말했다. 기차가 진열창 뒤에, 선로 위에 빨갛게 있다. 기차가 달리면 선로가 빛났다가 어두워졌다가 한다. 아버지는 밀가루랑 설탕이랑 커피가 너무 비싸다고 말했다. 난 시골 아이니까 시내 아이들은. 자전거.

밀가루랑 설탕이랑 커피는 시골 아이에게 왜 그렇게 비싼 걸까. "대신 바나나 좀 먹지 않을래?" 누가 먹어버려서 바나나가 없다. 없다. 기차가 달리면 선로가 다시 빛난다. "저는 왜 시내 아이가 아니에요, 아버지?" 난 신이 나를 만들었다고 말했다. 신에게 시골에서 나를 만들어 달라고 말하지는 않았는데. 신이 기차를 만들 수 있다면 왜 모두를 시내에서 만들 수 없는 걸까 밀가루랑 설탕이랑 커피 때문이지. "바나나 좀 먹지 않을래?"

아버지가 돌아다닌다. 아버지 그림자가 돌아다닌다.

엄마가 아니었다. 난 거기서 보고 있었다. 내가 봤다. 엄마라고 생각했지만 아니었다. 우리 엄마가 아니었다. 다른 사람이 엄마 침대에 누워 이불을 끌어올렸을 때 엄마가 가 버린 것이었다. 엄마가 가 버렸다. "엄만 시내까지 가셨나요?" "시내보다 멀리 가셨다." "토끼랑 주머니쥐 전부 다 시내보다 멀리 갔어요?" 신은 토끼와 주머니쥐를 만들었다. 기차를 만들었다. 엄마는 딱 토끼 같은데 왜 신은 그것들이 갈 곳을 따로 만들어야 하는 걸까.

아버지가 돌아다닌다. 아버지 그림자가 돌아다닌다. 톱 소리가 잠든 것 같다.

그러니까 캐시가 관에 못질을 해 버리면 엄마는 토끼가 아닌 거다. 그러니까 엄마가 토끼가 아니면 난 여물통에서 숨을 쉴 수 없었던 거고 캐시는 못질을 해 버릴 거다. 그러니까 엄마가 캐시에게 허락하면 엄마가 아닌 거다. 난 알고 있다. 내가 그 자리에 있었다. 엄마가 아닌 걸 내가 봤다. 내가 봤는데. 저들은 엄마라고 생각하고 캐시는 못질을 해 버릴 것이다.

엄마가 아니었던 건 물고기가 바로 저기 먼지 속에 누워 있었기 때문이다. 그리고 이제 전부 토막이 났다. 내가 토막을 냈다. 부엌에 피 흘리는 냄비에 누워 요리되어 먹히기를 기다리고 있다. 그때는 물고기가 없었고 엄마가 있었고, 이제는 물고기가 있고 엄마는 없었다. 그리고 내일 물고기는 요리되어 먹힐 거고 엄마는 선생과 아버지, 캐시, 듀이 델이 될 거고 관에는 아무것도 없을 거고 그러면 엄마는 숨을 쉴 수 있다. 물고기가 바로 저기 땅 위에 누워 있었다 버논 아저씨를 데려올 수도 있다. 아저씨는 그 자리에 있었고 물고기를 봤으니, 우리 둘이 있으면 물고기가 있을 것이고 그러다가 없어지겠지.

# 툴

 거의 자정이었고 아이가 우리를 깨웠을 때에는 비가 계속 내릴 기세로 내리기 시작했다. 태풍이 일어나려 하는 스산한 밤이었다. 무슨 일이라도 일어날 것 같아 가축에 먹이를 주고 나도 집에 가서 저녁을 먹고 잠자리에 들자 비가 오기 시작했고, 피바디의 노새가 거품을 물고 오는데 부러진 마구는 질질 끌리고 목에 맨 멍에는 녀석의 다리 사이로 떨어져 있어서 코라가 "애디 번 드른 때문이네. 애디가 결국 갔네."라고 말했다.

 "피바디는 이 근처에 있는 집 열두 군데는 다 가 봤을 거야." 내가 말한다. "그런데 피바디 노새라는 건 어떻게 안 거야?"

 "어, 아니에요?" 코라가 말한다. "묶어 놔요, 지금."

 "뭐 하러?" 내가 말한다. "애디가 죽었다고 해도 아침까지는 우리 아무것도 못해. 그리고 곧 태풍이 닥칠 거야."

 "내 의무예요." 코라가 말한다. "노새 들여놔요."

하지만 난 안 그럴 거다. "저쪽에서 우리가 필요하면 연락하는 게 순리지. 애디가 죽었는지도 당신 아직 모르잖아."

"저런, 저게 피바디 노새인 거 몰라요? 아니라고 하는 거예요? 좋아요, 그럼." 하지만 난 안 갈 거다. 누군가 내 도움을 필요로 할 때에는 상대가 연락해 올 때까지 기다리는 게 상책이라는 걸 알게 됐으니까. "이건 크리스천으로서 내 의무예요." 코라가 말한다. "내가 크리스천으로서의 의무를 못하게 가로막을 거예요?"

"원한다면 내일 거기 하루 종일 있을 수 있잖아." 내가 말한다.

코라가 나를 깨웠을 때에는 비가 계속 내릴 기세로 오고 있었다. 내가 등불을 들고 문 쪽으로 가는 동안 등불이 유리에 비쳐서 내가 간다는 걸 볼 수 있었을 텐데도 아이는 계속 문을 두드렸다. 두드리다가 잠이 들었나 싶게 크게는 아니지만 계속 두드렸는데, 문을 열어도 아무것도 보이지 않았을 때에야 나는 노크 소리가 얼마나 아래쪽에서 들려온 것인지 알게 되었다. 등불을 들어 올리자 등불을 스치며 비가 반짝거렸고 복도 뒤편에 있던 코라가 "누구예요, 버논?"이라고 말했지만 처음에는 아무도 보이지 않아 등불을 낮추어 아래쪽과 문 주변을 보았다.

모자도 쓰지 않은 채 작업복을 입고 4마일을 진창 속에서 걸어오느라 무릎까지 흙이 튀어 아이는 쫄딱 젖은 강아지처럼 보였다. "아, 이런 일이." 내가 말한다.

"누구예요, 버논?" 코라가 말한다.

아이가 나를 보는데 올빼미 얼굴에 빛을 비출 때처럼 눈이 둥글고 가운데가 검다. "그 물고기 기억하시죠." 아이가 말한다. "집으로 들어와." 내가 말한다. "무슨 일이냐? 너희 어머니가……"

"버논." 코라가 말한다.

아이는 어둠 속에서 약간 문 뒤쪽에 서 있었다. 비가 등불 위로 불어와 쉭쉭거리고 있어서 난 불이 꺼질까 봐 노심초사하고 있다. "거기 계셨죠." 아이가 말한다. "보셨잖아요."

그때 코라가 문가로 왔다. "빗속에 있지 말고 얼른 들어와." 아이를 끌어당기며 코라가 말하고 아이가 나를 본다. 아이는 꼭 쫄딱 젖은 강아지 같았다. "말했잖아요." 코라가 말한다. "이런 일이 일어나고 있다고 말했잖아요. 가서 노새 매 놓고 와요."

"그렇지만 쟤가 말을 안 했는데……" 내가 말한다.

바닥에 물을 뚝뚝 흘리며 아이가 나를 보았다. "얘가 양탄자를 망치고 있잖아요." 코라가 말한다. "애 데리고 부엌에 갈 테니 노새 잡아 놔요."

하지만 아이는 물을 뚝뚝 흘리면서 나를 보며 물러난다. "거기 계셨잖아요. 그게 거기 누워 있는 거 보셨잖아요. 캐시가 못질해서 엄마를 가두려고 하는데, 그게 바로 거기 땅에 있었어요. 보셨잖아요. 먼지 묻은 자국 보셨잖아요. 제가 여기로 출발하고 나서도 비가 안 왔어요. 그러니까 시간 맞춰서 돌아갈 수 있어요."

그때는 몰랐지만 정말이지 그것 때문에 소름이 돋지 않았다고는 말 못하겠다. 하지만 코라는 알고 있었다. "최대한 빨리 노새를 잡아요. 슬프고 걱정돼서 애 지금 제정신이 아니에요."

정말이지 그것 때문에 소름이 돋지 않았다고는 말 못하겠다. 때때로 생각한다. 이 세상 모든 슬픔과 고통에 대해서. 어떻게 슬픔과 고통이 번개처럼 어디에든 칠 수 있는지. 사람을 인도하기 위해서는 주님에 대한 강력한 믿음이 정말로 필요한 것 같은데, 가끔 보면 코라가 다른 사람들을 몰아내고 가장 가까이 가려는 듯 지나치게 신중하다는 생각이 든다. 그런데 이런 일이 일어나면 코라가 옳고 그 말에 따라야 할 것 같은데 코라가 이야기하듯 나는 신성함과 선행을 그토록 추구하는 아내를 두어 축복받았다고 생각한다.

때때로 생각하게 된다. 자주는 아니지만. 어느 게 좋은지. 왜냐하면 주님은 사람이 행동을 해야지 너무 많은 시간 동안 생각만 하라고 하시지는 않았는데, 그건 사람의 뇌가 기계와도 같기 때문이다. 너무 혹사시키면 버티지 못할 테니까. 그날 일을 하고 어느 한 부분도 필요 이상으로 사용하지 않으면서 똑같이 돌아가는 게 제일 좋다. 예전에도 말했고 지금도 또 이야기하는 것이지만 바로 그게 달에게 항상 중요한 문제다. 그 아이는 혼자 생각이 너무 많다. 코라는 달이 정신 차리게 해줄 부인만 있으면 된다고 말하는데 맞는 말이다. 그리고 생각해보면 결혼만으로 나아질 사람이라면 거의 희망이 없는 거다. 그렇지만 주님이 여자를 만든 이유가 남자는 눈에 보이더라도 자신에게 좋은 걸 모르기 때문이라는 코라의 말은 맞는 것 같다.

 노새를 끌고 집으로 돌아오자 둘은 부엌에 있었다. 코라는 잠옷 위에 옷을 겹쳐 입고 숄을 머리 위로 두르고 기름 먹인 천으로 감싼 성경과 우산을 들고 있었고, 아이는 코라의 지시대로 난로 함석판 위에 뒤집어 놓은 양동이에 앉아 바닥에 물을 뚝뚝 흘리고 있었다. "물고기 얘기 말고는 알아낼 수가 없네요." 코라가 말한다. "그 사람들에 대한 심판이에요. 주님께서 이 아이에게 손을 얹어 앤스 번드런을 심판하고 경고를 주는 게 보여요."

 "제가 출발하고 나서도 비가 안 왔어요." 아이가 말한다. "저는 출발했어요. 길을 가고 있었죠. 그리고 그게 거기 먼지 속에 있었어요. 보셨잖아요. 캐시가 엄마를 못질하려고 하는데, 그거 보셨잖아요."

 우리가 갔을 때 비가 많이 오고 있었고, 아이는 코라의 숄에 감싸여 우리 사이 자리에 앉아 있었다. 아이는 다른 말은 하지 않았고, 코라가 받쳐 주는 우산 아래 앉아 있기만 했다. 때때로 코라가 하던 노래를 멈추고 "이건 앤스 번드런에 대한 심판이에요. 이 일이 그가 디디고 있는 죄의 길을 보여주기를." 하고 말했다. 그러고 나서 노래를 다시 했고, 아이는 우리 사이에 앉아 노새가 성에 찰 정도로 빨리 가지 못한다는 듯 앞으로 몸을 약간 기울였다.

 "그게 바로 거기에 있었다고요." 아이가 말한다. "그런데 제가 출발하고 떠난 다음에 비가 왔어요. 캐시가 아직 엄마를 넣고 못질한 게 아니니까 제가 가서 창문을 열 수 있어요."

자정이 한참 지나서야 우리는 마지막 못을 박았고, 거의 희뿌연 새벽녘이 되어서야 나는 집에 돌아와 노새를 놓고 코라의 나이트캡이 옆 베개에 놓인 잠자리에 다시 들었다. 그리고 정말이지 그때에도 코라의 노래 소리가 들리고 그 아이가 노새보다 앞서려는 듯 우리 사이에 앉아 몸을 앞으로 기울이고, 캐시가 여전히 톱을 들고 아래위로 움직이고, 앤스가 허수아비처럼, 연못에서 무릎까지 빠진 자신에게 누군가가 다가와 연못을 세웠는데도 미끄러지지 않은 수송아지처럼 거기 서 있는 게 보이는 듯했다.

우리가 마지막 못을 박고 부인이 침대에 누워 있는 집으로, 창문이 열려 부인에게 비가 다시 들이치는 집 안으로 관을 나른 건 거의 동틀 녘이 다 되어서였다. 하품을 두 번 한 앤스가 졸려 죽을 것 같아 보여서 코라가 앤스 얼굴이 얼마 전 묻었다가 꺼낸 여기 크리스마스 기둥 같다고 말한다. 마침내 그들이 부인을 안에 넣고 못질을 해서 앤스가 더 이상 창문을 열어놓지 못하게 한다. 그리고 다음 날 아침 앤스는 넘어진 수송아지처럼 셔츠를 입고 바닥 위에 누워 잠들어 있었고, 상자 뚜껑에는 구멍이 숭숭 뚫려 있었으며 캐시의 새 나사송곳이 마지막 구멍에 끼어 부러져 있었다. 뚜껑을 들어 올리자 부인의 얼굴에 구멍 두 개가 뚫려 있었다.

심판이라 해도 이건 옳지 않다. 주님은 그것보다 할 일이 많을 텐데. 그래야 한다. 앤스 번드런이 져 본 유일한 부담은 바로 자신이니까. 그리고 사람들이 그에 대해 수군거릴 때 난 앤스가 그렇게 나쁜 사람이 아니라거나 이렇게 오래 스스로를 짊어질 수 없었을 것이라 혼자 생각한다.

이건 아니다. 만약 그렇다면 말도 안 된다. 고통 받는 어린 아이들아 내게로 오라고 주님이 말했다고 해서 이게 옳은 일이 되는 것도 아니다. 코라는 "난 주님께서 내게 보내신 당신을 짊어지고 있어요. 주님에 대한 내 신념이 강해서 날 떠받치고 지탱해 주기 때문에 두려움도 공포도 없이 직면했던 거예요. 당신에게 아들이 없는 건 주님의 지혜로 달리 명하셨기 때문이죠. 그리고 예전에도 그렇고 지금도 그렇고 주님의 피조물 중에서 내 인생은 모두에게 펼쳐진 책처럼 감출 게 없어요. 신과 내게 주어질 보상을 믿으니까요."라고 말했다.

난 코라가 옳다고 생각한다. 어디에든 신이 모든 것을 맡기고 마음 편히 떠날 수 있는 사람이 있다면 그게 코라이리라 생각한다. 그리고 신이 어떻게 하고 있었든지 간에 코라가 몇 가지 변화를 주리라 생각한다. 그리고 그런 변화가 인간에게 좋을 것이라고 생각한다. 적어도 우린 그런 변화를 좋아해야겠지. 적어도 우리가 했던 것처럼 계속 살아가게 만드는 게 좋겠지.

# 달

 랜턴이 그루터기에 놓여 있다. 녹이 슬고 기름 범벅에다가 금이 간 등피(燈皮) 한쪽에는 솟구치는 검댕 얼룩이 묻어 있고, 랜턴이 미약하지만 후텁지근한 불빛을 가대와 판자, 근처 흙 위에 뿜어낸다. 어두운 땅 위에 있는 나무 조각이 검은 캔버스 위에 아무렇게나 뿌려진 부드럽고 연한 페인트 자국처럼 보인다. 판자는 납작한 어둠에서 길고 매끄럽게 찢어내어 뒤집어 놓은 조각 같아 보인다.

 캐시가 받침대 주변에서 앞뒤로 오가며 보이지 않는 우물 바닥에서 판자를 들어 올리고 떨어뜨리는 듯이, 죽은 공기 속에서 길고 덜커덕거리는 반향을 일으키며 판자를 들었다 놓았다 하면서 일하고 있다. 어떤 움직임이라도 울림의 반복으로 주변 공기에서 소리를 없앨 수도 있다는 듯 그 소리가 사라지지는 않고 멈춘다. 캐시가 다시 톱질을 하자 팔꿈치가 천천히 비치고 가느다란 불 한 줄기가 톱날을 따라 흘러, 톱질을 할 때마다 위와 아래에서 끊어지지 않고 길게 없어졌다 나타났다 하면서 톱 길이가 6피트가 되어 아버지의 초라하고 방향을 잃은 실루엣 안팎을 들락날락하는 듯이 보인다. "저 판자 좀 주세요." 캐시가 말한다. "아뇨. 다른 거요." 캐시가 톱을 내려놓고 다가와서 원하는 판자를 집어 들더니 균형 잡힌 판자의 길고 일렁이는 희미한 빛으로 아버지를 치워 버린다.

공기에서 유황 같은 냄새가 난다. 감지할 수 없는 공기의 면 위로 벽 위에서처럼 그들의 그림자가 생기는데, 소리가 그렇듯 떨어지면서 아주 멀리 간 게 아니라 그저 한 순간, 잠시 사색에 잠긴 듯 굳어 버린 것 같았다. 몸을 희미한 불빛 쪽으로 반쯤 돌리고, 한쪽 허벅지와 꼬챙이처럼 마른 한쪽 팔에 단단히 힘을 주고, 지칠 줄 모르는 팔꿈치 위쪽으로 역동적이면서도 몰입한 듯 미동도 하지 않고 얼굴을 불빛 쪽으로 기울인 채 캐시가 계속 일한다. 퍼진 번개가 하늘 아래에서 깜빡 존다. 움직이지 않는 나무들이 번개를 배경으로 마지막 잔가지까지 헝클어져 젊음으로 타오르듯 부풀고 더 커져 있다.

비가 오기 시작한다. 후드득 드문드문 빠르게 내리는 처음의 빗방울들이 참기 힘든 긴장감에서 빠져나와 안도하듯 긴 한숨을 쉬며 이파리 사이와 땅을 가로질러 달려 나간다. 빗방울은 산탄(霰彈)만큼 크고 총에서 발사된 것처럼 따뜻하다. 사악하게 쉬익 하는 소리를 내며 랜턴을 휩쓸고 지나간다. 아버지가 입을 벌린 채 고개를 드는데 잇몸 아랫부분 가까이에 코담배의 축축한 검은 테두리가 묻어 있다. 축 처져 놀란 표정 뒤에서 아버지가 궁극의 분노에 대해 시간 저편에서부터인 듯 생각에 잠긴다. 캐시가 하늘을 한 번 보더니 랜턴을 본다. 톱질에는 흔들림이 없었고, 피스톤같이 움직이는 날에 흐르는 희미한 빛에도 끊어짐이 없었다. "랜턴 덮을 만한 것 좀 가져다주세요." 캐시가 말한다.

아버지가 집으로 간다. 천둥도 치지 않고 아무 경고도 없이 비가 갑자기 쏟아져 내린다. 아버지가 현관 가장자리까지 쓸려 가고 순식간에 캐시가 쫄딱 젖는다. 그렇지만 비가 의식의 환영이라는 차분한 확신을 바탕으로 톱과 팔이 제 역할을 다하는 듯 톱의 움직임에는 흔들림이 없었다. 그런 다음 캐시가 톱을 내려놓고 가서 랜턴 위에 쭈그리고 앉아 랜턴을 자기 몸으로 막자, 셔츠까지 전부 다 갑자기 뒤집힌 것처럼 살이 없고 비쩍 마른 캐시의 등이 젖은 셔츠에 드러난다.

아버지가 돌아온다. 주얼의 우비를 입고 듀이 델의 우비를 들고 있다. 랜턴 위로 쪼그려 앉으면서 캐시가 뒤로 팔을 뻗더니 막대기 네 개를 주워 땅에 박아 넣고 듀이 델의 우비를 아버지에게서 받아 막대 위로 펼쳐 랜턴 위에 지붕을 만들어 준다. 아버지가 캐시를 본다. "네가 뭘 하려는지 모르겠구나." 아버지가 말한다. "달은 제 우비를 가져갔다."

"젖는 거죠." 캐시가 말한다. 다시 톱을 집어 든다. 피스톤이 기름 속에서 움직이는 것처럼 서두르지 않고 덤덤한 듯 아닌 듯 톱이 다시 아래위로 움직인다. 소년인지 노인인지 모를 호리호리하고 가벼운 몸으로 흠뻑 젖고 비쩍 말라서는 지칠 줄 모르고 말이다. 아버지가 눈을 깜빡이며 얼굴에 물이 줄줄 흐르는 채로 캐시를 본다. 아버지가 다시 고개를 들어 역시 예상했다는 듯 멍청하고 음울한 분노가 담긴, 그러나 당당한 그 표정으로 하늘을 바라본다. 가끔씩 아버지가 움찔거리며 움직이면서 수척하고 물이 줄줄 흐르는 채로 판자나 도구를 집어 들었다가 내려놓는다. 이제 버논 툴 아저씨가 저기 있고 캐시는 툴 아줌마의 우비를 입고 있고 캐시와 버논 아저씨는 톱을 찾아 나서고 있다. 얼마 후에 보니 아버지 손에 톱이 들려 있다.

"집에 들어가서 비를 피하지 그러세요?" 캐시가 말한다. 아버지가 캐시를 보는데, 얼굴에 물이 천천히 흐르고 있다. 어떤 야만적인 만화가가 조각해놓은 얼굴 위에 모든 사별의 끔찍스런 익살이 흐르는 것 같다. "들어가세요." 캐시가 말한다. "저랑 버논 아저씨가 끝낼 수 있어요."

아버지가 둘을 본다. 주얼 우비의 소매가 아버지에게는 너무 짧다. 아버지 얼굴 위로 차가운 글리세린처럼 천천히 비가 흘러내린다. "저 사람은 좀 젖어도 괜찮아." 아버지가 말한다. 다시 움직이더니 판자를 옮기고 집어 들었다가 유리처럼 다시 조심스럽게 내려놓기 시작한다. 아버지가 랜턴 쪽으로 가서 받쳐 놓은 우비를 당겨 무너뜨리자 캐시가 와서 다시 고쳐 놓는다.

"집에 들어가세요." 캐시가 말한다. 아버지를 이끌고 집에 갔다가 우비를 가지고 돌아와 우비를 접고 랜턴이 놓인 곳 아래에 놓는다. 버논 아저씨는 아직 멈추지 않았다. 여전히 톱질을 하면서 고개를 든다.

"그걸 처음에 했어야지." 아저씨가 말한다. "비 올 거 알고 있었잖니."

"아버지가 초조해하셔서 그렇게 된 거예요." 캐시가 말한다. 판자를 바라본다.

"아아." 버논 아저씨가 말한다. "어찌 됐든 앤스는 왔을 거다."

캐시가 눈을 가늘게 뜨고 판자를 바라본다. 판자의 기다란 옆면에 비가 계속해서 무수히 파동을 일으키며 부딪친다. "비스듬하게 할 거예요." 캐시가 말한다.

"시간이 좀 더 걸릴 거야." 버논 아저씨가 말한다. 캐시가 모서리로 판자를 세운다. 얼마 후 버논 아저씨가 캐시를 보더니 대패를 건넨다.

캐시가 보석 세공사 같은 단조롭고 섬세한 손길로 판자 모서리를 비스듬하게 깎는 동안 버논 아저씨가 흔들리지 않게 판자를 잡는다. 툴 아줌마가 현관 가장자리로 와서 버논 아저씨를 부른다. "얼마나 했어요?" 아줌마가 말한다.

버논 아저씨는 고개를 들지 않는다. "얼마 안 걸려. 그래도 아직 조금 더 해야 돼."

툴 아줌마가 판자 위로 몸을 굽히고 있는 캐시를, 랜턴의 부어오르고 야만적이고 희미한 빛이 캐시의 움직임에 따라 우비

위에서 미끄러지는 모습을 본다. "내려가서 헛간에서 판자 몇 개 가져다가 끝내고 비 피해서 들어와요." 아줌마가 말한다. "둘 다 죽을병에 걸리겠어요." 버논 아저씨는 움직이지 않는다. "버논." 아줌마가 말한다.

"오래 안 걸릴 거야." 아저씨가 말한다. "비가 한 번 쏟아지고 나면 다 돼 있을 거야." 툴 아줌마가 한동안 그들을 바라본다. 그러더니 집으로 다시 들어간다.

"모자라면 판자 몇 개 가져다 쓰면 돼." 버논 아저씨가 말한다. "판자 다시 맞추는 걸 도와주마."

캐시가 대패질을 멈추고 판자를 따라 눈을 가늘게 뜨고는 손바닥으로 쓸어본다. "다음 판자 주세요." 그가 말한다.

시간이 얼마 흘러 새벽이 되자 비가 그친다. 하지만 한낮이 되어서야 캐시가 마지막 못을 박고는 뻣뻣하게 서서 완성된 관을 내려다보고, 나머지 사람들이 캐시를 본다. 랜턴 불빛에 비친 그의 얼굴은 차분하고 생각에 잠겨 있다. 캐시가 의식적이고 최종적이고 침착한 동작으로 우비 입은 자신의 허벅지를 천천히 손으로 쓸어본다. 그러고 나서 네 명, 그러니까 캐시와 아버지, 버논 아저씨와 피바디 선생이 어깨까지 관을 들어 올려 집 쪽으로 돌아선다. 관이 가볍지만 넷은 천천히 움직인다. 비어 있는 관이지만 조심스럽게 옮긴다. 생명이 없는 것이지만 서로에게 소리를 낮춰 신중하게 말을 주고받는다. 네 사람은 관이 완성되고 살아 있는 상태에서 이제 살짝 잠이 들었다가 깨어나기를 기다리는 것처럼 말한다. 오랫동안 바닥을 걷지 않은 것처럼 어두운 바닥에서 발걸음이 어색하게 쿵쾅거린다.

그들이 관을 침대 옆에 내린다. 피바디 선생이 조용히 말한다. "간식 먹읍시다. 거의 한낮이군. 캐시는 어디 있지?"

캐시가 받침대로 돌아가 도구를 주워 모으더니 랜턴의 미약한 불빛 속으로 다시 몸을 굽혀 조심스럽게 헝겊으로 닦아 어깨에 메도록 가죽 끈이 달린 상자에 넣는다. 그러더니 상자와 랜턴, 우비를 들고 집으로 돌아가면서 옅어져 가는 동쪽을 뒤로 하고 계단을 밟고 올라가 희미한 그림자 속으로 들어간다.

낯선 방에서 자려면 스스로를 비워야 한다. 잠을 청할 만큼 비워지기 전에는 자기 자신인 것이다. 그리고 잠을 자려고 비워지면 자신이 아니게 된다. 그리고 잠으로 채워지면 결코 자신이었던 적이 없다. 내가 뭔지 난 모르겠다. 내가 나인지 아닌지 모르겠다. 주얼은 자신을 아는데, 그건 주얼이 자신인지 아닌지 모른다는 사실을 모르기 때문이다. 주얼은 자기의 모습이 아니고 자기가 아닌 모습이기 때문에 잠을 자려고 스스로를 비울 수 없다. 등불도 켜지지 않은 벽 너머로 비가 우리 마차에 내리는 소리가 들린다. 나무를 베고 톱질한 사람들의 것도 아니고 그걸 산 사람들의 것도 더 이상 아니고 우리 것도 아니지만 우리 마차에 놓인 짐에 비가 내리는 소리가 들리는데, 비와 바람만이 짐에 닿아서 잠들지 않은 주얼과 내게만 들리기 때문이다. 그리고 잠은 없는 것이고 비와 바람은 있었던 것이기 때문에 짐은 없다. 하지만 마차는 있는데, 마차가 있었던 것이라면 애디 번드런이 없을 것이기 때문이다. 그리고 주얼이 있으니까 애디 번드런이 있어야 한다. 그러면 내가 있어야 하는데, 그렇지 않으면 나는 낯선 방에서 잠을 자려고 스스로를 비우지 못할 테니까. 그러니까 내가 아직 비워지지 않았다면 난 있는 것이다.

내가 얼마나 자주 집 생각을 하며 비오는 낯선 지붕 아래 누워 있었는지.

# 캐시

나는 관을 비스듬하게 만들었다.

1. 못이 밀착하는 표면이 더 넓다.
2. 이음매 각각의 밀착 공간이 두 배다.
3. 물은 경사면에 스며야 한다. 물은 아래위로 혹은 일자로 가로지를 때 가장 쉽게 움직인다.
4. 집에 있는 경우 사람들은 3분의 2정도를 서서 보낸다. 그래서 이음매와 연결 부분이 수직으로 되어 있다. 압력이 수직으로 작용하니까.
5. 사람들이 항상 눕는 침대의 연결 부분과 이음매는 옆으로 돼 있는데, 압력을 옆으로 받기 때문이다.
6. 다만.
7. 사람 몸은 철도 침목처럼 네모나지 않다.
8. 동물의 자기(磁氣).

9. 시신의 동물적 자기 때문에 압력이 기울어져서 가해지기 때문에 관의 이음매와 연결 부분을 비스듬하게 만든다.

10. 오래된 무덤가에서 땅이 비스듬하게 내려앉는 걸 볼 수 있다.

11. 자연적인 구덩이라면 압력이 수직이라 중심부가 내려앉는다.

12. 그래서 난 관을 비스듬하게 만들었다.

13. 그게 더 처리가 깔끔하다.

# 바더만

우리 엄마는 물고기다.

#  툴

내가 피바디의 노새를 마차 뒤에 매어 돌아오니 10시였다. 퀵이 우물에서 1마일 정도 떨어진 도랑을 가로질러 뒤집어져 있는 짐마차를 찾았는데 그들이 이미 그곳에서 끌어다 놓았다. 짐마차를 길가에서 끌어다가 우물가에 놓았고, 마차 10여 대가 이미 그곳에 있었다. 그걸 찾은 건 퀵이었다. 강물이 올라왔고 수위가 계속 높아지고 있다고 퀵이 말했다. 물이 이미 자신이 본 중 교각 말뚝 수위표로 가장 많이 올라왔다고 했다. "물이 엄청 불어서 저 다리가 못 버틸 거야." 내가 말했다. "앤스에게 이 이야기 한 사람 있나?"

"내가 했네." 퀵이 말했다. "아이들이 이야기를 듣고 짐을 내려서 지금쯤이면 돌아오고 있을 거라던데. 자기들이 실어서 건널 수 있다고 하더라고."

"뉴 호프로 가서 묻어 주는 게 나을 텐데." 암스티드가 말했다. "저 다리는 오래됐어. 나라면 그런 짓 안 할 걸세."

"앤스가 부인을 제퍼슨까지 데려가기로 마음을 굳혔어." 퀵이 말했다.

"그러면 되도록 빨리 가는 게 좋겠지." 암스티드가 말했다.

앤스가 문에서 우리를 맞아 준다. 면도를 했지만 좋아 보이지는 않는다. 턱에 길게 베인 상처가 있고 나들이 바지를 입고 흰색 셔츠의 깃 단추까지 채웠다. 흰 셔츠가 그렇듯 그의 혹 위로 매끈하게 당겨져, 어느 때보다도 혹이 더 커 보이고 얼굴도 달라 보인다. 앤스가 슬프면서도 차분한 얼굴로 이제 사람들의 눈을 근엄하게 들여다본다. 우리가 현관으로 걸어 올라가 신발을 털자 앤스가 악수를 해주는데, 나들이옷 때문에 약간 경직되어들 있어서 옷에서 바스락거리는 소리가 나고 우리를 맞아 주는 앤스를 똑바로 쳐다보지 못한다.

"주님께서 주시니." 우리가 말한다.

"주님께서 주시니."

그 아이가 거기 없다. 물고기를 요리하는 코라를 보고는 아이가 어떻게 부엌에 들어가 소리를 치고 코라에게 달려들어 할퀴었는지, 그리고 듀이 델이 어떻게 아이를 헛간으로 데리고 내려갔는지 피바디가 이야기했다. "내 노새는 괜찮은가?" 피바디가 말한다.

"괜찮습니다." 내가 말해 준다. "오늘 아침에 먹이를 줬습니다. 선생 마차도 괜찮아 보이구요. 상하지 않았습니다."

"그런데 잘못한 사람이 없다는 건가." 피바디가 말한다. "돈을 주고서라도 저 노새가 달아났을 때 그 아이가 어디에 있었는지 알아야겠네."

"어디 부서진 곳이 있으면 제가 고치겠습니다." 내가 말한다.

여자들이 집 안으로 들어간다. 여자들이 이야기하고 부채질하는 소리가 들린다. 부채가 휙, 휙, 휙 움직이고, 여자들이 이야기하는데 그 소리가 물통에서 벌들이 소곤거리는 것 같다. 남자들은 현관 위에 멈춰 서서 서로 쳐다보지 않으면서 이야기를 약간 나눈다.

"어찌 지내나, 버논." 그들이 말한다. "안녕하신가, 툴."

"비가 더 올 것 같네."

"정말 그래 보이는군."

"맞아요. 비가 좀 더 오겠네요."

"올 때는 빨리 오지."

"그리고 천천히 물러가고. 안 그런 법이 없지."

내가 뒤쪽으로 돌아간다. 관 뚜껑에 낸 구멍을 캐시가 메우고 있다. 한 번에 하나씩 구멍에 맞는 마개를 손질하고 있는데 나무가 젖어 힘이 든다. 깡통을 잘라 내어 구멍을 가려도 눈치채는 사람은 없을 것이다. 어찌 됐든 아무도 신경 쓰지 않을 텐데. 주변에서 막대 여러 개를 주워 연결 부분에 꽂아 넣어도 될 것을 한 시간을 들여 유리를 깎듯 쐐기를 다듬고 있는 캐시를 보았다.

일을 끝내고 나는 다시 앞마당으로 간다. 남자들이 집에서 약간 떨어진 곳으로 가서 판자 끝과 지난밤 우리가 관을 만든 톱질 받침대 위에 앉아 있는데, 몇몇은 앉아 있고 몇몇은 쪼그리고 있다. 휘트필드는 아직 오지 않고 있다.

그들이 묻는 듯한 눈으로 나를 올려다본다.

"거의 다 됐어." 내가 말한다. "캐시가 못질할 준비가 됐어."

그들이 일어나는 동안 앤스가 문가로 와서 보고 우리는 현관으로 돌아간다. 다시 조심스럽게 신발을 털고 서로 먼저 들어가기를 기다리느라 문가가 약간 바글바글해졌다. 앤스가 근엄하고 차분하게 문 안쪽에 서 있다. 손을 흔들어 들어오라고 한 후 방으로 안내한다.

그들은 부인을 거꾸로 눕혀 놓았다. 캐시가 모든 연결 부분과 이음매를 비스듬히 하고 대패로 문질러 북처럼 팽팽하고 반짇고리처럼 깔끔하게 벽시계 모양으로 이렇게 ⌷ 만들었고, 머리와 발 방향을 바꾸어 눕혀 관 때문에 드레스가 망가지지 않도록 했다. 부인의 웨딩드레스를 입혔는데 아래가 퍼지는 옷이라 머리와 발 방향을 바꾸어 눕혀서 드레스가 퍼질 수 있게 했고, 얼굴에 난 나사송곳 구멍이 보이지 않도록 모기장으로 베일을 만들어주었다.

우리가 나가고 있을 때 휘트필드가 온다. 젖어서 허리까지 진흙투성이인 채로 들어온다. "주님께서 이 집을 평안케 하시기를." 그가 말한다. "다리가 없어져서 늦었네. 주님께서 보호해 주신 덕에 예전에 알던 여울까지 내려가 말을 헤엄치게 해서 건넜지. 주님의 은총이 이 집에 내리기를."

우리는 받침대와 판자 끝으로 돌아가 앉거나 쪼그린다.

"없어질 줄 알았어." 암스티드가 말한다.

"그 다리, 지어진 지 오래됐지." 퀵이 말한다.

"주님께서 지금까지 지켜주셨다는 뜻이지." 빌리 아저씨가 말한다. "지난 25년 동안 다리에 망치라도 대 본 사람이 있는지 모르겠구먼."

"저 다리가 얼마나 오래된 거죠, 빌리 아저씨?" 퀵이 말한다.

"그게 지어진 게…… 어디 보자…… 1888년이었어." 빌리 아저씨가 말한다. "그 다리를 처음 건넌 사람이 조디가 태어났을 때 우리 집에 온 피바디라서 내가 기억하고 있지."

"자네 아내가 그 이후로 아이를 싸지를 때마다 내가 그 다리를 건넜다면 훨씬도 더 전에 닳아 없어졌을 거야, 빌리." 피바디가 말한다.

우리가 갑자기 크게, 그러다가 갑자기 다시 조용하게 웃는다. 약간 곁눈질을 하며 서로를 본다.

"많은 사람이 그 다리를 건넜는데 이제 더 건너다닐 다리가 없게 됐군." 휴스턴이 말한다.

"그러게 말이야." 리틀존이 말한다. "그렇게 됐군."

"하나도 없어, 아예 없지." 암스티드가 말한다. "마차에 실어서 시내로 나가는 데 이삼일은 걸릴 텐데. 제퍼슨에 데려다주고 돌아오려면 저 사람들 일주일 동안 못 보겠군."

"그나저나 앤스는 왜 부인을 제퍼슨에 데려가려 안달이지?" 휴스턴이 말한다.

"부인에게 약속했거든." 내가 말한다. "부인이 원했어. 그곳 출신이야. 부인이 그렇게 마음을 먹었어."

"그리고 앤스도 작정을 했지." 퀵이 말한다.

"아아." 빌리 아저씨가 말한다. "살면서 매사 흘러가게 두더니 자기가 아는 사람 전부를 제일 성가시게 할 일을 만들어내나 보군."

"이런, 이제 강 건너로 부인을 옮기려면 신의 도움이 필요할 거야." 피바디가 말한다.

"앤스가 할 수 있는 일이 아니지."

"그런데 신께서 도우실 것 같은데요." 퀵이 말한다. "지금껏 앤스를 오랫동안 보살피셨으니까요."

"그러게 말이야." 리틀존이 말한다.

"너무 오래 보살피셔서 이제 와 그만두실 수가 없는 거지." 암스티드가 말한다.

"신께서 여기 있는 모두와 같은가 보군." 빌리 아저씨가 말한다. "너무 오랫동안 그래 와서 그만둘 수가 없는 거야."

캐시가 나온다. 깨끗한 셔츠를 입었다. 머리에 그려 놓은 듯 부드럽고 까만 젖은 머리를 이마 위로 부드럽게 빗어 놓았다. 캐시가 우리 사이에 뻣뻣하게 쪼그리고 앉고, 우리는 캐시를 쳐다본다.

"이 날씨 느껴지지, 그렇지?" 암스티드가 말한다.

캐시는 아무 말도 하지 않는다.

"뼈가 부러지면 항상 느껴지지." 리틀존이 말한다. "뼈가 부러진 사람은 비가 오는 걸 알 수 있지."

"캐시가 운이 좋아서 다리 하나만 부러진 거야." 암스티드가 말한다. "다쳐서 꼼짝 못하고 침대에 누워 있어야 하는 신세가 됐을 수도 있지. 얼마나 멀리서 떨어진 거냐, 캐시?"

"28피트 4인치 반쯤요, 대충." 캐시가 말한다. 나는 캐시 옆으로 옮겨간다.

"젖은 판자에서는 누구라도 미끄러질 수 있지." 퀵이 말한다.

"저런." 내가 말한다. "하지만 어쩔 수 없었겠지."

"망할 여자들 때문이에요." 캐시가 말한다. "관은 엄마한테 맞게 만들었어요. 엄마 키하고 몸무게에 맞게 만들었어요."

젖은 판자 때문에 사람이 넘어지는 것이라면 이번 비가 다 내리기 전에 많은 사람들이 넘어지겠군.

"어쩔 수 없었겠지." 내가 말한다.

사람들이 넘어지는 것에는 개의치 않는다. 내가 신경 쓰는 건 목화와 옥수수다.

피바디도 사람들이 넘어진다고 신경 쓰지 않는데. 어때요, 의사 선생?

그렇다. 목화와 옥수수가 땅에서 완전히 씻겨 내려갈 것이다.

목화와 옥수수엔 항상 무슨 일이 일어나는 것 같다.

물론 그렇다. 그러니까 가치가 있는 거다. 아무 일도 없이 모두가 크게 수확한다면 기를 만한 가치가 있는 것이라 생각하나?

이런, 내가 한 일이, 내가 땀 흘려 한 일이 땅에서 씻겨 내려가는 건 정말이지 보고 싶지 않다.

그렇지. 스스로 비를 조절할 수 있는 사람이라면 떠내려가든 말든 상관없겠지.

그럴 수 있는 사람이 누가 있단 말인가? 그런 사람의 눈 색깔은 어디 있지?

아아. 주님께서 자라게 하셨다. 주님께서 옳다고 생각하시면 떠내려가게 하는 건 그분의 몫인 거다.

"어쩔 수 없었겠지." 내가 말한다.

"망할 여자들 때문이에요." 캐시가 말한다.

집 안에서 여자들이 노래를 시작한다. 첫 소절이 시작되고 노래가 진행되면서 소리가 커지고, 우리는 모자를 벗고 씹는담배를 뱉고 일어나 문 쪽으로 간다. 들어가지는 않는다. 계단에서 멈춰 모여서, 늘어뜨린 손에 모자를 들고 앞이나 뒤로 손을 모은다. 한 발은 앞으로 내밀고 고개는 숙이고 곁눈질을 하다가, 손에 있는 모자를 내려다보고 땅을 보거나 때때로 하늘을 보고 심각하고 차분한 서로의 얼굴을 본다.

노래가 끝난다. 목소리가 풍성하고 희미하게 낮아지다가 떨리면서 사라진다. 휘트필드가 말을 시작한다. 목소리가 사람보다 더 크다. 목소리와 사람이 같지 않은 듯하다. 휘트필드와 목소리가 별개라서, 말 두 마리를 나란히 타고 헤엄쳐서 여울을 건너 집으로 들어오는데 하나는 진흙이 튀어 범벅이 되어 있고 다른 하나는 젖지도 않아서 의기양양하고 슬픈 듯하다. 집 안에서 누군가 울기 시작한다. 그 여자의 눈과 목소리가 여자의 몸 안으로 되돌려져 듣고 있는 것 같다. 우리는 다른 쪽 다리에 힘을 주고 서로의 눈을 마주치면서도 그러지 않은 척하며 움직인다.

휘트필드가 마침내 말을 마친다. 여자들이 다시 노래한다. 두꺼운 공기 속에서 여자들의 목소리가 나와 슬프고 위로가 되는 선율로 함께 흐르는 듯하다. 끊겨도 사라지지 않은 것 같다. 목소리가 공기 속으로 사라져 버려서 우리가 움직이면 슬프면서 위안이 되는 목소리를 주변 공기 밖으로 다시 풀어줄 것만 같다. 그때 노래가 끝나고 우리가 모자를 쓰는데 전에 모자를 한 번도 써 본 적이 없는 것처럼 움직임이 뻣뻣하다.

집으로 오는 길에 코라가 아직도 노래를 부르고 있다. "내 주님과 내게 주실 보상을 향해 나아가고 있네." 마차에 앉아 어깨에 숄을 두르고 비가 오지는 않지만 우산을 편 채 코라가 노래한다.

"부인에게도 자신의 몫이 있겠지." 내가 말한다. "부인이 어디로 갔든 앤스 번드런에게서 자유로우니 자기 몫의 보상을 받은 게지." 부인은 그 관에 사흘 동안 누워서 달과 주얼이 무사히 집에 와 바퀴를 갈고 마차가 있던 도랑으로 돌아가기를 기다렸다. 내 노새를 데려가게, 앤스, 내가 말한다.

우린 우리 걸 기다릴 걸세, 앤스가 말한다. 저 사람이 그러기를 바랄 거야. 정말 까다로운 여자였거든.

셋째 날 그들이 돌아와 부인을 마차에 싣고 출발했는데 이미 너무 늦었다. 샘슨네 다리로 빙 둘러가야 할 걸세. 거기까지 가는 데 하루가 걸릴 거야. 그러면 제퍼슨까지 40마일이겠지. 내 노새를 데려가게, 앤스.

우린 우리 걸 기다릴 걸세. 저 사람이 그러기를 바랄 거야.

우리가 진창 끄트머리에 앉아 있는 아이를 본 건 집에서 1마일 떨어진 곳이었다. 내가 알기로는 그 진창 안에 사는 물고기는 한 마리도 없었다. 아이가 우리를 훑어보는데, 눈은 둥글고 차분하고 얼굴은 지저분하고 무릎 위에는 막대를 얹어 놓았다. 코라는 아직도 노래를 부르고 있었다.

"오늘은 낚시하기 좋은 날이 아닌데." 내가 말했다. "우리랑 집에 가서 너랑 나랑 아침에 제일 먼저 강에 내려가 물고기 좀 잡자."

"여기 한 마리 있어요." 아이가 말했다. "듀이 델이 봤어요."

"우리랑 가자. 강이 제일 낫지."

"여기 있어요." 아이가 말했다. "듀이 델이 봤어요."

"내 주님과 내게 주실 보상을 향해 나아가고 있네." 코라가 노래했다.

# 달

"죽은 게 네 말은 아니잖아, 주얼." 내가 말한다. 주얼은 나무 같은 등을 하고 앞으로 몸을 약간 기울인 채 자리에 꼿꼿이 앉아 있다. 뚜껑 부분을 제외하고 모자챙 두 군데가 흠뻑 젖어서 주얼의 나무 같은 얼굴 위로 늘어지는 바람에 주얼은 고개를 숙여 헬멧의 얼굴 가리개 사이로 보듯이 틈으로 본다. 보이지 않는 말의 모습을 그리면서 절벽을 등진 헛간이 있는 저 멀리 계곡 너머를 바라본다. "그러면 보여?" 내가 말한다. 집 위로 저 멀리 순식간에 낮게 깔리는 하늘을 뒤로 하고 그것들이 좁아지는 원 모양으로 매달려 있다. 여기에서 보면 그것들은 인정사정없고 끈질기고 불길한 얼룩에 지나지 않는다. "그렇지만 죽은 게 네 말은 아니잖아."

"이 망할 자식." 주얼이 말한다. "이 망할 자식."

내겐 어머니가 없기 때문에 난 어머니를 사랑할 수가 없다.

주얼의 어머니는 말이다.

키 큰 대머리수리들이 미동도 하지 않고 솟구치는 원 모양을 이루며 매달려 있고, 구름 때문에 대머리수리들이 뒤로 물러나는 듯한 착각이 인다.

미동도 하지 않은 채 나무 같은 등과 나무 같은 얼굴을 하고, 날개가 갈고리 모양인 매처럼 뻣뻣하게 몸을 굽히고 주얼이 말의 모습을 그려본다. 사람들이 우리를 기다리면서 관 옮길 준비를 하고 주얼을 기다리고 있다. 주얼이 마구간에 들어가 말이 자신에게 발길질할 때까지 기다리다가 미끄러지듯 지나쳐 여물통에 올라가 잠시 멈추고는 마구간 위쪽 너머 빈 길 쪽을 내다보더니 다락으로 들어간다.

"망할 자식. 망할 자식."

# 캐시

"균형이 안 맞을 거야. 이거 들어서 균형 맞춰 실으려면……"
 "올려. 망할 자식, 올리라고."
 "정말로 이거 들어서 균형 맞춰 실으려면……"
 "올려! 올리라고, 둔해 빠진 망할 자식아, 올리란 말이야!"
 균형이 안 맞을 텐데. 이걸 들어서 균형 맞춰 실으려면……

# 달

우리 사이에서 주얼이, 손 여덟 개 중 두 개가 관 위로 몸을 숙인다. 그의 얼굴에서 피가 물결처럼 움직인다. 그 물결 사이로 매끄럽고 두껍고 연한 녹색을 띤 소먹이처럼 주얼의 살이 초록빛으로 보인다. 그의 얼굴은 숨이 막힐 듯 몹시 화가 나 있고, 입술이 들려 이가 보인다. "올려!" 주얼이 말한다. "올리라고, 이 망할 둔한 자식아!"

주얼이 들어 올리는데 갑자기 한쪽을 통째로 드는 바람에 완전히 관을 던져 엎어버리기 전에 우리가 관을 잡아 균형을 맞추려고 전부 번쩍 든다. 잠시 동안 관에 의지가 있는 것처럼, 어머니가 자기 몸이 더러워지는 건 막을 수 없었지만 더러운 옷은 가려보려는 듯 관 속에서 말라빠진 몸은 죽었지만 단정함에 맹렬하게 집착하는 것처럼, 관이 버틴다. 그러다가 관이 들썩 하는데 시신의 쇠잔함이 판자에 부력을 더한 듯, 혹은 옷이 떨어져 나가려는 것을 보고 어머니가 갑자기 쫓아 나가 옷 자체의 욕망과 필요를 저버리며 열심히 뒤집기라도 한 듯 관이 갑자기 올라간다. 주얼의 얼굴이 완전히 파래지고 이를 악물고 내쉬는 숨소리가 들린다.

우리가 복도로 관을 옮기는데, 바닥에서 거칠고 어설프게 발을 끌며 걸어서 문을 통과한다.

"자, 잠시 균형을 잡아." 손을 놓으며 아버지가 말한다. 뒤로 돌아 문을 잠그지만 주얼이 기다리려 하지 않는다.

"얼른요." 주얼이 목이 메어 말한다. "얼른요."

우리는 조심스럽게 관을 낮추어 계단을 지난다. 관이 한없이 소중한 것인 양 균형을 맞추며 움직이는데, 서로 얼굴을 돌리고 콧구멍으로 냄새를 맡지 않으려 잇새로 숨을 쉰다. 길을 따라 비탈을 향해 내려간다.

"기다리는 게 좋겠어요." 캐시가 말한다. "정말로 지금 균형이 안 맞아요. 저쪽 언덕에서는 한 사람이 더 필요할 거예요."

"그러면 놓든지." 주얼이 말한다. 주얼은 멈추려 하지 않는다. 캐시가 따라잡으려고 다리를 절뚝이면서 숨을 거칠게 몰아쉬며 뒤처지기 시작한다. 그러다가 거리가 벌어지고 주얼이 관 앞쪽 전체를 혼자 드는 바람에, 길이 경사지기 시작하자 관이 기울어지더니 보이지 않는 눈 위를 달리는 썰매처럼 내게서 쏜살같이 빠져나가 그 느낌의 모양이 여전히 남아 있는 공기를 부드럽게 가른다.

"기다려, 주얼." 내가 말한다. 하지만 주얼은 기다리려 하지 않는다. 주얼은 이제 거의 뛰고 있고 캐시는 뒤처졌다. 내가 혼자 들고 있는 부분은 주얼의 절망이라는 성난 파도 위에서 떠다니는 지푸라기처럼 저절로 움직이는 듯 무게가 나가지 않는 것 같다. 주얼이 돌아서서 관을 흔들면서 앞쪽으로 밀고 관을 멈추더니 같은 동작으로 마차 바닥에 벗어놓고는, 분노와 절망이 가득한 얼굴로 나를 돌아보는데 내 손은 관에 닿아 있지도 않다.

"망할 자식. 망할 자식 같으니라고."

## 바더만

우리는 시내에 갈 거다. 듀이 델의 말로는 그게 산타클로스의 물건이고 다음 크리스마스 때까지 도로 가지고 갔으니 팔리지 않을 거라 한다. 그러니 기다림으로 빛나면서 다시 진열창 뒤에 놓일 것이다.

아버지와 캐시가 언덕을 내려오고 있는데 주얼은 헛간으로 가고 있다. "주얼." 아버지가 말한다. 주얼이 멈추지 않는다. "어디 가는 거냐?" 아버지가 말한다. 하지만 주얼이 멈추지 않는다. "그 말 여기 놓고 가라." 아버지가 말한다. 주얼이 걸음을 멈추고 아버지를 본다. 주얼의 눈이 구슬 같다. "그 말 여기 놓고 가라." 아버지가 말한다. "우리 모두 엄마가 바라던 대로 엄마랑 같이 마차로 간다."

하지만 우리 엄마는 물고기다. 버논 아저씨가 봤다. 아저씨가 거기 있었다.

"주얼의 엄마는 말이야." 달이 말했다.

"그럼 우리 엄마는 물고기일 수 있는 거지, 그렇지, 달?" 내가 말했다.

주얼은 우리 형이다.

"그러면 우리 엄마도 말이 되어야겠네." 내가 말했다.

"왜?" 달이 말했다. "아버지가 네 아버지라면 네 엄마는 왜 주얼의 엄마가 그렇다는 이유만으로 말이 되어야 하는 건데?"

"왜 그런 거야?" 내가 말했다. "왜 그런 건데, 달?"

달은 우리 형이다.

"그럼 형 엄마는 뭔데, 달?" 내가 말한다.

"난 엄마가 없어." 달이 말했다. "내게 엄마가 있었다면 그건 옛날 얘기니까. 그리고 그게 옛날에 있었던 거면 지금 있을 수는 없는 거잖아. 그렇지?"

"응." 내가 말했다.

"그러니까 난 없는 사람이네." 달이 말했다. "내가 있어?"

"아니." 내가 말했다.

난 있다. 달이 우리 형이다.

"그렇지만 형은 지금 있잖아, 달." 내가 말했다.

"알아." 달이 말했다. "그래서 내가 혼자 있는 게 아닌 거야. 내가 있다고 하기에는 여자 하나가 낳은 자식이 너무 많아."

캐시가 자신의 도구 상자를 옮기고 있다. 아버지가 캐시를 본다. "돌아오는 길에 툴 아저씨네 집에 들를 거예요." 캐시가 말한다. "헛간 지붕 손보러 가요."

"예의에 맞는 일이 아니다." 아버지가 말한다. "엄마와 나를 일부러 무시하는 거잖니."

"캐시가 여기까지 다시 와서 연장을 들고 걸어서 툴 아저씨네 집에 가야 한다는 말씀이세요?" 달이 말한다. 아버지가 입으로 뭔가를 씹으면서 달을 본다. 이젠 아버지가 매일 면도를 하는데 우리 엄마가 물고기이기 때문이다.

"그건 옳지 않아." 아버지가 말한다.

듀이 델이 손에 꾸러미를 들고 있다. 우리 저녁이 든 바구니도 들고 있다.

"그건 뭐냐?" 아버지가 말한다.

"툴 아줌마가 만든 케이크예요." 마차에 타면서 듀이 델이 말한다. "아줌마 대신 시내로 가져가는 거예요."

"그건 옳지 않아." 아버지가 말한다. "고인을 무시하는 거야."

그건 거기 있을 거다. 크리스마스가 되면 선로 위에서 반짝이며 거기 있을 거라고 듀이 델이 말한다. 주인이 시내 애들한테 팔지 않을 거라고 듀이 델이 말한다.

# 달

주얼이 나무 같은 등을 하고 마당에 들어서서 헛간 쪽으로 계속 간다.

듀이 델은 한 팔로는 바구니를 들고, 다른 손으로는 신문지에 네모나게 싼 물건을 들고 있다. 얼굴은 차분하면서 시무룩하고, 눈은 음울하면서 초롱초롱하다. 골무 두 개 속에 든 동그란 완두콩 두 개처럼 듀이 델의 눈에서 피바디의 등이 보인다. 피바디의 등에 몸속과 바깥쪽에서 은밀하고 꾸준하게 움직이는 벌레가 있어서, 갑작스럽고 몰두하는 듯하면서 걱정스러운 표정으로 갑자기 잠에서 깨거나 깨어나면서 깨는지도 모르겠다. 듀이 델이 바구니를 마차 안에 놓고 올라타는데 꽉 조이는 드레스 아래에서 다리가 길게 뻗어온다. 세상을 움직이는 지렛대. 생명의 길이와 폭을 재는 캘리퍼스 한쪽. 듀이 델이 바더만의 옆자리에 앉아 꾸러미를 무릎 위에 놓는다.

그때 주얼이 헛간에 들어선다. 돌아보지 않았다.

"그건 옳지 않아." 아버지가 말한다. "제 엄마를 위해서 저 녀석은 제 몫을 다하지 않았어."

"가요." 캐시가 말한다. "본인이 원하면 여기 있게 해요. 여기서 별일 없을 거예요. 툴 아저씨네 집에 가 있을 수도 있고요."

"우릴 따라올 거예요." 내가 말한다. "가로질러 가서 툴 아저씨네 집 길에서 만날 거예요."

"저 말도 치웠을 거다." 아버지가 말한다. "내가 말리지 않았다면 말이지. 살쾡이보다 더 날뛰는 망할 얼룩빼기 짐승 같으니라고. 엄마와 나를 일부러 무시하는 거야."

마차가 움직인다. 노새의 귀가 휙휙 날리기 시작한다. 우리 뒤로 집 위에 길게 솟구치는 원 모양으로 미동도 하지 않던 대머리수리들이 작아지더니 사라진다.

## 앤스

제 엄마가 피와 살로 낳은 자식들 모두와 같은 마차로 가고 싶어 하는데 그 녀석이 망할 서커스 동물을 타고 껑충거리며 뛰어다니는 건 좋게 보이지 않을 테니 죽은 엄마를 생각해서 녀석에게 그 말은 가지고 오지 말라고 내가 일렀건만, 툴네 집 길을 미처 지나지 못했는데 달이 웃기 시작했다. 발치에 죽은 제 엄마가 관 속에 누워 있는데 뒤쪽에서 판자를 깐 자리에 캐시와 함께 앉아서 웃고 있었다. 그런 짓을 하니까 많은 사람이 네 얘기를 하는 거라고 내가 몇 번이나 말해 줬는지 모르겠다. 네 녀석이 그렇지 않다고 해도, 내가 망할 아들 녀석들을 그렇게 많이 키웠다고 해도 내 혈육에 대해 사람들이 하는 말에 조금은 신경이 쓰이고, 네가 행동을 고쳐서 사람들이 너에 대해 그렇게 말할 수 있게 되면 그건 내가 아니라 네 엄마를 두고 하는 이야기가 된다, 하고 내가 말한다. 나는 남자이니 참을 수 있다. 네가 신경 써야 하는 건 여자들, 네 엄마와 여동생이다. 그리고 몸을 돌려 거기 앉아서 웃고 있는 그 녀석을 돌아보았다.

"네가 나를 존경하리라고는 기대치 않는다." 내가 말한다. "하지만 네 엄마가 아직 관 속에서 채 식지도 않았는데."

"저쪽이에요." 길 쪽으로 갑자기 고갯짓을 하며 캐시가 말한다. 아직 딱 적당히 떨어져 있는 말이 적당한 속도로 다가오고 있는데, 누구인지 들을 필요도 없다. 난 거기 앉아 웃고 있는 달을 돌아볼 뿐이었다.

"난 최선을 다했다." 내가 말한다. "저 사람이 바라는 대로 하려고 했어. 주님께서는 날 용서하시고 내게 보내 주신 아이들의 행동을 참아주실 거야." 그리고 달은 저 사람이 누워 있는 곳 바로 위 판자를 깐 자리에 앉아 웃고 있다.

# 달

주얼이 빠르게 길을 올라오고 있는데, 언뜻언뜻 보이며 달리는 말발굽 아래로 진흙이 날리고 주얼이 길로 돌아 들어올 때 우리는 길 어귀에서 300야드 떨어져 있다. 그러자 안장에 가볍고 꼿꼿하게 앉은 그가 약간 속도를 늦추고, 말이 진창을 뚫고 짧고 빠르게 달려온다.

툴 아저씨가 마당에 있다. 우리를 보더니 손을 든다. 마차가 삐걱거리고 진흙이 바퀴에 속살거리는 가운데 우리가 나아간다. 버논 아저씨가 아직도 거기에 서 있다. 아저씨는 주얼이 지나가는 모습을 보고 있고, 말이 경쾌하고 무릎을 높이 들고 달리는 걸음으로 300야드 뒤에서 움직인다. 우리와 그곳 사이에서 줄어드는 것이 공간이 아니라 시간인 듯 너무나도 졸리고 꿈을 꾸는 것 같아서 앞으로 나아가는 걸 모를 정도로 움직이며 나아간다.

길이 직각으로 꺾이고, 지난 일요일의 바퀴 자국이 이제는

다 나아서 없어졌다. 매끄럽고 붉은 길이 굽이져 소나무 숲으로 이어진다. 빛바랜 글자가 쓰인 흰 표지판. 뉴 호프 교회. 3마일. 바다의 깊은 적막감 위로 들어 올린 움직임 없는 손처럼 표지판이 펼쳐진다. 애디 번드런이 가장자리인 바퀴살 같은 붉은 길이 표지판 너머에 있다. 길이 펼쳐져 지나가면서 텅 비고, 상처도 남지 않는다. 흐릿해지고 고요한 자신의 단호함을 흰 표지판이 외면한다. 캐시가 조용히 길을 올려다보는데 우리가 지나치자 올빼미 머리처럼 고개가 돌아가고 얼굴은 차분하다. 아버지는 구부정한 자세로 앞을 똑바로 본다. 듀이 델도 길을 보고는 타 버릴 것 같은 순간에 캐시 눈에 어린 질문과는 다른, 주의 깊고 거부하는 눈으로 나를 돌아본다. 표지판이 지나간다. 상처입지 않은 길이 펼쳐진다. 그때 듀이 델이 고개를 돌린다. 마차가 삐걱거리며 나아간다.

캐시가 바퀴 위로 침을 뱉는다. "이틀 정도만 더 지나면 냄새가 날 거야." 캐시가 말한다.

"그 얘기는 주얼한테 해보시지." 내가 말한다.

교차로에서 꼿꼿하게 말 위에 앉아 있는 주얼은 지금 미동도 하지 않은 채 우리를 바라보면서, 건너편에서 희미해지는 백기를 들고 있는 표지판 못지않게 가만히 있다.

"오랫동안 싣고 가기에는 균형이 제대로 안 맞아." 캐시가 말한다.

"그 얘기도 주얼한테 해보시지." 내가 말한다. 마차가 삐걱거리며 나아간다.

    1마일 앞서서 주얼이 우리를 지나가고, 고삐를 뒤로 하자 목이 아치 모양인 말이 재빠르고 가볍게 달린다. 주얼은 나무 같은 얼굴을 하고 가볍게 균형을 잡아 꼿꼿이 안장에 앉아 있고, 모자가 뻐기는 듯한 각도로 비스듬히 얹혀 있다. 우리를 쳐다보지 않고 주얼이 빠르게 지나가고, 말이 달리면서 진창에서 말굽이 쉬익 소리를 낸다. 후드득 뒤로 튀긴 진흙이 관 위에 툭 떨어진다. 캐시가 몸을 앞으로 기울여 상자에서 연장을 꺼내 조심스럽게 진흙을 지운다. 길이 화이트리프를 가로지르자 가까이에 늘어진 버드나무에서 캐시가 가지를 하나 꺾어 젖은 잎으로 얼룩을 문질러 닦는다.

# 앤스

사람이 살기 힘든 곳이다. 힘들다. 주님께서 머무르라 하신 곳, 주님의 땅에서 땀 흘려 가꾼 8마일이 씻겨 내려갔다. 이 죄 많은 세상에서 정직하고 열심히 일하는 사람이 득을 볼 수 있는 곳은 아무 데도 없다. 시내에서 가게를 운영하는 사람들은 땀 흘려 일하지 않으면서 땀 흘리는 사람들을 뜯어먹고 산다. 농부처럼 열심히 일하는 사람들이 아니다. 가끔 왜 우리가 견디고 있는지 궁금해진다. 그건 저들이 자동차 같은 걸 가져갈 수 없는 저 위에 우리를 기다리는 보상이 있기 때문이다. 그곳에서는 모든 이가 평등할 것이고 주님께서 가진 자의 것을 거두어 못 가진 자에게 줄 것이다.

하지만 그건 긴 기다림인 듯하다. 자기 자신과 죽은 이를 무시함으로써 자신의 선행에 대한 보상을 얻어내야 한다는 건 불쾌한 일이다. 우리는 종일 달려서 저물녘에 샘슨 네에 도착했고 그때쯤에는 다리도 없어졌다. 강물이 그렇게 불어난 건 본 적이 없다고들 했고, 아직 비가 그치지 않았다. 노인들은 생전 이렇게 물이 불어난 걸 본 적도 들은 적도 없다고 했다. 난 주님께서 사랑하시고 그래서 꾸짖으시는, 주님께 선택받은 자다. 하지만 정말이지 주님께서는 그걸 보여주시고자 약간 특이한 방법을 쓰시는 것 같다.

하지만 이제 난 이를 해 넣을 수 있겠지. 그게 위로가 될 것이다. 정말로.

# 샘슨

해가 지기 직전이었다. 우리가 현관에 앉아 있었는데 다섯 사람이 탄 마차와 뒤에서 말을 타고 있는 사람 하나가 길을 따라 올라왔다. 한 명이 손을 들었지만 그들은 멈추지 않고 가게를 지나쳐 가고 있었다.

"누군가?" 맥캘럼이 말한다. 그 사람 이름이 생각나지 않는다. 레이프[5]의 쌍둥이. 그 사람이었는데.

"뉴 호프 너머 아랫마을 사는 번드런이야." 퀵이 말한다. "스놉스네 말 중 한 마리를 주얼이 타고 있지."

"남은 말이 있는 줄은 몰랐군." 맥캘럼이 말한다. "아랫마을 사람들이 드디어 말을 전부 다 거저 주기로 한 줄 알았지."

"가서 저걸 가져 보시던가." 퀵이 말한다. 마차는 계속 갔다.

---

5) 듀이 델의 독백에 등장한 레이프와 동일인물이 아님.

"론 그 양반이 그냥 줬을 리가 없지." 내가 말한다.

"그렇지." 퀵이 말한다. "우리 아버지한테서 샀다는군." 마차는 계속 갔다. "다리에 대해서는 듣지 못했나 본데." 퀵이 말한다.

"그나저나 여기에서 뭘 하고 있는 거지?" 맥캘럼이 말한다.

"아내를 묻어주고 쉬려는 것 같은데." 퀵이 말한다. "툴네 다리도 없어졌으니 시내로 가겠지. 다리에 대해서 듣지 못한 건지 궁금해지는군."

"그러면 날아가야 할 텐데." 내가 말한다. "여기부터 이샤타와 입구까지는 다리가 하나도 없을걸."

마차에 뭔가가 있었다. 하지만 퀵이 사흘 전 장례식에 다녀왔고 저들이 아주 늦게 집에서 출발했고 다리에 대해서 듣지 못했다는 것 이외에 우리는 당연히 아무 생각도 하지 않았다. "저 사람들한테 소리라도 치는 게 좋을 것 같은데." 맥캘럼이 말한다. 망할, 이름이 혀끝에서 맴돌기만 한다. 그래서 퀵이 소리치자 그들이 멈추었고 퀵이 마차로 가 이야기했다.

퀵이 그들을 데리고 돌아온다. "제퍼슨으로 가는 중이라네." 퀵이 말한다. "툴네 다리도 없어졌다는군." 우리가 몰랐다고 여긴 듯 그의 얼굴과 콧구멍 주변이 우스워 보였지만, 번드런과 여자애, 자리 위에 앉은 녀석, 마차 뒷문을 가로지르는 판자 위에 앉은 캐시와 사람들 입에 오르내리는 둘째 녀석, 얼룩빼기 말을 타고 있는 다른 녀석까지 그들은 그 자리에 앉아 있기만 한다.

하지만 내가 캐시에게 뉴 호프를 다시 지나가야 할 것이고 어떻게 하면 좋을지 이야기하자 캐시가 이렇게 말했을 뿐이라 그때쯤이면 그들도 익숙해졌다고 생각했다.

"우린 거기 갈 수 있을 거예요."

나는 남의 일에 많이 참견하는 사람이 아니다. 각자가 자기 일을 좋을 대로 하도록 두자는 주의다. 하지만 시신을 처리할 제대로 된 사람도 없고 지금이 7월이라는 점 등을 레이첼에게 이야기하고 나서, 나는 헛간으로 다시 내려가 번드런에게 이 문제에 대해 얘기하려고 했다.

"내가 저 사람에게 약속을 했네." 앤스가 말한다. "저 사람 마음이 확고했지."

나는 어째서 게으른 사람, 움직이기를 싫어하는 사람이 일단 출발하면 계속해서 움직이는지 눈치를 채고 있는데, 움직임 자체보다는 출발하고 멈추는 걸 더 싫어하는 것처럼 계속해서 가만히 있는 것도 마찬가지인 거다. 그리고 움직이거나 머무는 일이 여전히 힘들어 보이게 하는 일이 생기면 그게 무엇이든 자랑스러워하는 것처럼. 앤스가 마차 위에 앉아 구부정하게 몸을 세우고 눈을 깜빡이면서 다리가 얼마나 빨리 없어졌는지, 물이 얼마나 높았는지 우리가 이야기하는 걸 듣는데, 정말이지 자기가 강물을 불리기라도 한 듯이 자랑스럽게 행동했다.

"여태까지 본 것 중에 수위가 제일 높다고 했던가?" 앤스가 말한다. "신의 뜻대로 되겠지." 앤스가 말한다. "아침이 돼도 많이 줄어들 것 같지는 않군." 앤스가 말한다.

"오늘 밤은 여기 머무는 게 좋겠네." 내가 말한다. "그리고 내일 아침 뉴 호프로 일찍 떠나고." 나는 뼈만 앙상한 노새들이 그저 안돼 보였다. 내가 레이첼에게 말했다. "날도 어두운데 집에서 8마일이나 떠나온 사람들을 돌려보내라고 하라는 거야? 내가 뭘 또 할 수 있겠어." 내가 말한다. "그래 봐야 하룻밤 헛간에서 지낼 테고 날 밝으면 분명히 떠날 사람들이야." 그래서 나는 "오늘 밤 여기서 지내고 내일 일찍 뉴 호프로 돌아갈 수 있을 걸세. 연장도 충분히 있으니 아이들이 원하면 저녁 먹고 바로 움직여서 땅을 파고 사리를 마련할 수 있을 거야."라고 했는데, 그 여자애가 나를 보고 있었다. 그 아이 눈이 권총이었다면 난 지금 이야기하고 있지 못할 것이다. 그 아이 눈이 나를 죽일 듯 쏘아보지 않았다고 하면 거짓말이다. 그리고 헛간에 내려갔을 때 그들을 우연히 보았는데, 그 아이는 내가 나타난 것을 눈치채지 못한 채 그렇게 이야기하고 있었다.

"엄마한테 약속하셨잖아요." 아이가 말한다. "약속할 때까지 엄마는 안 가실 거예요. 엄만 아버지를 믿을 수 있다고 생각했어요. 그렇게 안 하시면 아버지에게 저주가 내릴 거예요."

"내가 약속을 지키지 않는다고는 아무도 말 못한다." 번드런이 말한다. "내 마음은 모두에게 열려 있으니까."

"아버지 마음이 어떤지는 관심 없어요." 아이가 말한다. 아이는 빠르게 말하면서 속삭이다시피 하고 있었다. "엄마한테 약속하셨잖아요. 하셔야 돼요. 아버지는……" 그때 아이가 그 자리에 선 채 나를 보고 말을 멈춘다. 그 아이의 두 눈이 권총이었다면 난 지금 이야기하고 있지 못할 것이다. 그래서 내가 앤스에게 그 얘기를 꺼내니 앤스가 말한다.

"그 사람에게 약속을 했지. 그 사람 마음이 확고했어."

"그렇지만 보아하니 이 아이는 제 엄마를 가까운 곳에 묻어서……"

"내가 약속을 한 건 애디였어." 앤스가 말한다. "애디 마음이 확고했다고."

나는 다시 비가 올 것 같아 그들에게 마차를 헛간에 들여놓으라고 했고, 저녁 준비가 거의 됐다고 말해주었다. 그들이 들어오고 싶어 하지 않을 뿐이었다.

"고맙네." 번드런이 말한다. "폐를 끼칠 순 없어서. 바구니에 뭐가 조금 있네. 그럭저럭 해결할 수 있어."

"저기." 내가 말한다. "자네가 여자들을 끔찍하게 생각하니 말인데 나도 그래. 식사 때 우리 집에 들른 사람들이 밥을 안 먹으려 하면 아내는 모욕이라 생각하거든."

여자애가 레이첼을 도우러 부엌으로 갔다. 그러자 주얼이 내게 온다.

"자." 내가 말한다. "다락에서 꺼내 양껏 먹여. 노새한테 먹이 줄 때 같이 먹이라고."

"말먹이 값을 치렀으면 하는데요."

"뭐 하러?" 내가 말한다. "말한테 먹이 좀 준다고 뭐라 하지 않아."

"값을 치르겠습니다." 주얼이 말한다. 주얼이 더 필요하다고 말한 것 같았다.

"뭐가 더 필요하다고?" 내가 말한다. "건초랑 옥수수는 안 먹는 거야?"

"먹이가 더 필요해요." 주얼이 말한다. "제가 먹이를 조금 더 주는 편인데 누구에게도 신세지고 싶지 않아서요."

"난 말먹이를 돈 받고 파는 사람이 아니란다, 얘야." 내가 말한다. "네 말이 저 다락에 있는 먹이를 다 먹으면 아침에 마차에 짐 싣는 걸 도와주마."

"제 말 때문에 누구에게도 신세진 적 없어요." 주얼이 말한다. "값을 치렀으면 하는데요."

그런데 내가 너처럼 말하면 너는 아예 여기 있지 못할 거야, 라고 말해주고 싶었다. 하지만 "그러면 네 말이 이참에 신세지면 되겠구나. 난 말먹이를 돈 받고 팔지 않으니까."라고만 말했다.

저녁을 차리고 나서 레이첼이 여자애와 같이 가서 잠자리를 봤다. 하지만 아무도 들어오려고 하지 않았다. "죽은 지 꽤 됐으니 그런 어리석은 짓에는 상관 안 할 텐데." 내가 말한다. 다른 사람과 마찬가지로 나도 고인을 존중하는 사람이지만 무엇보다 고인에 대해 지켜야 할 예의가 있는 법이다. 죽어서 관 속에 누운 지 나흘이 된 여자에게 보일 수 있는 최고의 예의는 최대한 빨리 땅에 묻어 주는 것이다. 하지만 저들은 그걸 안 하려고 한다.

"그건 아니지." 번드런이 말한다. "물론 아이들이 자고 싶어 한다면 내가 이 사람 옆에 앉아 있어도 돼. 그런다고 불만인 건 아니니까."

내가 다시 내려왔을 때 그들은 전부 마차 주위에 쪼그리고 있었다. "그러면 저 녀석 보고 집 안으로 들어와서 좀 자라고 하지." 내가 말한다. "그리고 너도 오렴." 내가 여자애에게 말한다. 그들에게 간섭하려던 것은 아니다. 내가 알기로 그 애에게 난 아무 짓도 하지 않았다.

"그 녀석은 이미 잠들었네." 번드런이 말한다. 그들은 빈 마구간 여물통에 침상을 만들어 아이를 재웠다.

"자, 그러면 네가 들어오렴." 내가 여자애에게 말한다. 하지만 여전히 아이는 아무 말도 하지 않았다. 그들은 거기 쪼그리고 있을 뿐이었다. 거의 보이지도 않았다. "너희는 어때?" 내가 말한다. "내일 하루 종일 가야 하잖아." 얼마 후 캐시가 이렇게 말한다.

"감사합니다. 그럭저럭 괜찮아요."

"우린 신세지지 않을 거야." 번드런이 말한다. "내 감사 인사를 하지."

그래서 나는 거기 쪼그리고 있는 그들을 두고 나왔다. 나흘 동안 저래서 익숙해졌나 보다 생각한다. 하지만 레이첼은 그렇지 않았다.

"이건 말도 안 돼요." 레이첼이 말한다. "말도 안 된다고요."

"앤스가 뭘 할 수 있었겠어?" 내가 말한다. "부인에게 약속했다던데."

"누가 그 사람 얘기래요?" 레이첼이 말한다. "누가 그 사람한테 신경을 쓴다고 그래요?" 레이첼이 울면서 말한다. "내가 바라는 건 우리 여자들을 여기저기 끌고 다니면서 산 채로 고문하고 죽은 우릴 무시하는 당신이랑 그 사람 그리고 세상 모든 남자가……"

"자, 자." 내가 말한다. "당신 언짢나 보군."

"나 건드리지 말아요!" 레이첼이 말한다. "나 건드리지 말라고요!"

남자는 여자에 대해 아무것도 알 수가 없다. 같은 여자와 15년을 살았지만 정말이지 알 수가 없다. 우리 사이에 많은 문제가 생길 것이라 생각은 했지만 정말이지 한 번도 죽은 지 나흘 된 시신, 그것도 여자의 시신 때문일 것이라 생각해본 적은 없었다. 하지만 여자들은 남자처럼 문제가 생기면 그때그때 해결하지 않아서 골치를 썩인다.

나는 비가 내리기 시작하는 소리를 들으며 저 아래쪽에서 마차 주위에 쪼그리고 앉아 있는 그들과 지붕에 내리는 비를 생각하면서, 그리고 레이첼이 울고 있는 걸 생각하면서 누워 있었다. 시간이 얼마간 지나자 레이첼이 잠들었는데도 우는 소리가 들리는 것 같았고 그럴 수 없다는 걸 알았는데도 냄새가 나는 것 같았다. 그때까지도 냄새가 나는지 아닌지, 혹은 그게 그 냄새인지 알고 있다는 것 때문은 아닌지 결론을 내릴 수가 없었다.

그래서 다음 날 아침 나는 그쪽으로 내려가지 않았다. 그들이 마차를 매는 소리가 들렸고 떠날 준비가 다 됐다는 걸 알게 되었을 때 나는 앞마당으로 나가 다리로 향하는 길로 내려갔고, 마당에서 마차가 나와 뉴 호프로 돌아가는 소리가 들렸다. 그러고 나서 집에 돌아오자 내가 없어서 그들에게 들어와 아침 식사를 하라고 하지 못했다며 레이첼이 달려들었다. 여자들은 알 수가 없다. 여자들이 원하는 게 이거라고 생각하는 바로 그 순간 정말이지 마음을 바꿔야 할 뿐만 아니라 여자들이 그걸 원했다고 생각한 대가로 벌을 받아야 하니까.

그런데 아직도 냄새가 나는 것 같았다. 그래서 나는 그때 냄새가 나는 게 아니라 관이 거기 있었다는 걸 알기 때문에 때때로 착각하는 것이라 생각하기로 했다. 복도로 걸어 들어가는데 무언가가 보였다. 내가 들어가자 웅크린 듯 서 있어서 처음에는 그들이 놓고 간 물건인가 생각했다가 그게 무엇인지 보게 되었다. 대머리수리였다. 주위를 둘러보더니 나를 보고 다리는 벌리고 날개는 웅크린 듯 펼치고 복도 쪽으로 가면서 대머리 늙은이처럼 나를 한쪽 어깨, 그러고 나서는 다른 쪽 어깨 너머로 쳐다보았다. 밖으로 나가더니 날기 시작했다. 대머리수리가 난 지 한참이 지나서야 공중으로 날아올랐는데, 예전처럼 공기가 두껍고 무겁고 비를 가득 머금고 있었다.

그들이 제퍼슨으로 가려고 한다면 맥캘럼처럼 버논 산으로 올라가 돌아갔을 거다. 말을 타면 집에는 모레쯤 도착하겠지. 그러면 시내까지는 18마일밖에 남지 않은 거다. 하지만 이 다리도 없어져서 앤스가 주님의 뜻과 심판을 알게 됐을 수도 있다.

 맥캘럼 자식. 끊긴 적도 있었지만 12년 동안 나와 거래를 하고 있다. 어릴 때부터 알고 지냈다. 내가 나만큼이나 잘 아는 사람이다. 하지만 절대 이런 말을 할 순 없지.

# 듀이 델


표지판이 눈에 들어온다. 표지판이 길을 내다보고 있는데 그건 기다릴 수 있으니까 그런 거다. 뉴 호프. 3마일. 이렇게 쓰여 있겠지. 뉴 호프. 3마일. 뉴 호프. 3마일. 그러다가 숲 속으로 굽어지면서 길이 시작될 것이고, 기다림으로 텅 비게 되고, 뉴 호프 3마일이라고 쓰여 있겠지.

우리 엄마가 돌아가셨다고 들었다. 엄마를 보낼 수 있는 시간이 내게 있으면 좋겠다. 그럴 시간이 있었으면 하고 바라는 시간이 있었으면 좋겠다. 거칠고 성난 이 땅에서 이건 너무 일러 너무 일러 너무 일러. 내가 죽기 싫다거나 죽지 않으리라는 건 아니지만 이건 너무 일러 너무 일러 너무 일러.

이제 표지판이 말하기 시작한다. 뉴 호프 3마일. 뉴 호프 3마일. 그게 시간의 자궁이라고들 이야기하는 건가 보다. 뻗어나는 뼈의 괴로움과 절망, 거센 사건이 줄줄이 들어 있는 단단한 테두리. 우리가 다가가자 캐시의 고개가, 창백하고 공허하고 슬프고 차분하고 묻는 듯한 얼굴이, 붉고 텅 빈 굽잇길을 따르며 천천히 돌아간다. 뒷바퀴 옆에서 주얼이 앞을 똑바로 응시하며 말 위에 앉아 있다.

땅이 달의 눈에서 벗어나 달려 나간다. 달의 눈이 이곳저곳으로 헤엄친다. 내 발에서 시작해 몸을 따라 얼굴까지 올라가다 보면 내 옷이 없다. 나는 느긋한 노새 위, 고통 위에 있는 자리에 벌거벗고 앉아 있다. 내가 달에게 몸을 돌려보라고 얘기한다고 치자. 내가 말한 대로 하겠지. 내가 말하는 대로 하리라는 걸 모르니? 언젠가 내 밑으로 몰려오는 검은 공백 때문에 깬 적이 있었다. 볼 수가 없었다. 바더만이 일어나 창가로 가서 물고기에 칼을 쑤셔 넣자 피가 쏟아지면서 증기가 나듯 쉭 소리가 나는 게 보였지만 난 볼 수가 없었다. 달은 내가 말하는 대로 할 거야. 항상 그러니까. 난 달을 설득해서 뭐든 하게 할 수 있어. 그렇다는 걸 알잖아. 여기서 돌아봐 라고 내가 말한다고 치자. 그게 내가 그때 죽었던 순간이었다. 내가 그런다고 치자. 우린 뉴 호프로 가겠지. 시내에 갈 필요가 없어질 거야. 나는 일어나서 아직도 쉭 소리를 내며 피 흘리는 물고기에서 칼을 뽑아 달을 죽였다.

바더만과 같이 자곤 했을 때 악몽을 한 번 꾼 적이 있었다 내가 깨어있다고 생각했지만 볼 수가 없었고 느낄 수가 없었다 내 밑에 있는 침대를 느낄 수 없었고 내가 뭔지 생각할 수 없었다 내 이름이 생각나지 않았다 내가 여자라는 사실도 생각할 수 없었다 생각할 수도 없었고 깨어나고 싶다는 생각도 할 수 없었고 깨어나다의 반대말이 뭔지 기억해서 그렇게 할 수도 없었다 무언가 지나가고 있다는 걸 알았지만 시간조차 생각할 수 없었다 그러다가 갑자기 그 무언가가 내게 불어오는 바람이라는 걸 알았다 바람이 왔다가 원래 있던 곳에서 다시 내게 불어온 것 같았다 내가 방에 바람을 일으키고 있는 것도 아니었고 바더만은 잠들어 있었고 전부 다 다시 내 밑으로 와서 내 맨다리에서 끌리는 시원한 실크 조각처럼 스쳐가고 있었다.

슬프고 꾸준한 소리가 소나무 숲에서부터 시원하게 불고 있다. 뉴 호프. 3마일이었다. 3마일이었다. 난 신을 믿는다 난 신을 믿는다.

"우린 왜 뉴 호프로 안 갔어요, 아버지?" 바더만이 말한다. "샘슨 아저씨 말로는 우리가 뉴 호프로 간다던데 길을 지나쳤잖아요."

달이 말한다. "저기, 주얼." 하지만 달은 나를 보고 있지 않다. 하늘을 보고 있다. 대머리수리가 못에 박히기라도 한 듯 움직임이 없다.

우리가 툴 아저씨네 길에 들어선다. 헛간을 지나쳐 가는데 바퀴가 진창 속에서 속살거리고, 거친 땅에 줄지어 있는 초록빛 목화와 들판 조금 너머 쟁기 뒤에 있는 버논 아저씨를 지나친다. 우리가 지나가자 아저씨가 손을 들고 오랫동안 우리의 뒷모습을 바라보며 그 자리에 서 있다.

"저기, 주얼." 달이 말한다. 둘 다 나무로 된 듯 주얼이 앞을 똑바로 바라보며 말 위에 앉아 있다.

난 신, 신을 믿는다. 신, 난 신을 믿는다.

# 툴

 그들이 지나간 후 나는 노새를 끌고 나와 봇줄 사슬을 채우고 따라갔다. 그들은 제방 끝에 세운 마차 안에 앉아 있었다. 아래로 기울어져 강에 처박혀 양쪽 끝만 보이는 다리를 보며 앤스가 거기 앉아 있었다. 사람들이 다리가 없어졌다고 자신에게 거짓말을 한다고 늘 생각했던 것처럼, 그러면서도 정말로 없어지기를 늘 바라던 것처럼 앤스가 다리를 보고 있었다. 뭔가 유쾌한 놀라움이 서린 표정으로 앤스는 나들이 바지를 입고 입을 우물거리며 마차 위에 앉아 있었다. 빗질도 제대로 하지 않은 말이 옷을 차려입은 것 같았다. 난 모르겠다.

 그 아이는 가운데가 가라앉은 다리와 통나무, 다리 위로 떠다니는 것들과 다리가 가라앉는 모습을 보면서 그 모든 게 금방이라도 사라질 것처럼 떨고 있었다. 그리고 여자애도 그랬다. 내가 다가가자 여자애가 내 주변을 보는데, 눈이 번쩍하는 것 같고 내가 그 애를 만지려 했다는 듯 굳어졌다. 그러다가 다시 앤스를 보다가 다시 물을 보았다.

물이 양쪽 다 거의 제방까지 올라와 있었고 다리와 저 아래 물속으로 뻗은, 우리가 있던 혓바닥 같은 땅을 제외하고는 땅이 자취를 감추었고, 길과 다리의 예전 모습을 알지 못했다면 강이 어디였고 땅이 어디였는지 알 수가 없었다. 노란빛과 강둑이 꼭 칼등만 한 폭으로 엉켜 있을 뿐이었고, 우리는 마차 안, 그리고 말과 노새 위에 앉아 있었다.

달이 나를 보고 있었고 그러다가 캐시가 몸을 돌려 그날 밤 판자가 애디에게 맞을지 가늠하던 것 같은 눈길로, 속으로 판자를 재보고 어떻게 생각하는지 얘기해달라고 하지도 않고 얘기를 해줘도 듣고 있다는 말도 안 하지만 틀림없이 듣고 있던 것 같은 눈길로 나를 보았다. 주얼은 움직이지 않았다. 말 위에 앉아 몸을 약간 앞으로 기울인 채 달과 함께 어제 애디를 실으러 돌아오면서 집을 지나갈 때와 똑같은 표정을 짓고 있다.

"다리가 위로 나와만 있으면 마차를 몰고 건널 수 있을 텐데." 앤스가 말한다. "마차를 몰고 바로 건널 수 있을 텐데."

이따금씩 통나무가 더미 위로 떠밀려와 구르고 뒤집히며 떠다녔고, 여울이 있던 곳으로 통나무가 움직이는 모습이 보였다. 속도가 늦어지면서 옆으로 빙그르르 돌아 잠시 물 밖에 걸쳐지기도 했는데, 그걸 보고 여울이 거기 있었다는 사실을 알 수 있었다.

"그렇지만 그걸 가지고서는 아무것도 알 수가 없네." 내가 말한다. "거기에 유사(流砂) 한 덩어리가 쌓인 걸 수도 있고." 우리가 통나무를 본다. 그때 여자애가 나를 다시 보고 있다.

"휘트필드 선생님도 건넜어요." 아이가 말한다.

"선생은 말을 탔어." 내가 말한다. "그리고 사흘 전 일이고. 그 후로 물이 5피트 불어났지."

"다리가 위로 나와만 있으면 좋을 텐데." 앤스가 말한다.

통나무가 불쑥 나타나더니 다시 움직인다. 쓰레기와 거품이 널려있고, 물소리가 들린다.

"그런데 다리가 가라앉았잖아." 앤스가 말한다.

캐시가 말한다. "신중한 사람이라면 판자와 통나무를 놓고 저길 걸어서 건널 수 있겠죠."

"그렇지만 아무것도 옮길 수가 없겠지." 내가 말한다. "저 쓰레기 더미에 발을 올리는 순간 십중팔구 그것도 다 없어지겠지. 무슨 생각하는 거냐, 달?"

달이 나를 보고 있다. 아무 말도 하지 않는다. 달이 사람들의 입에 오르내리는 이유인 그 이상한 눈으로 나를 볼 뿐이다. 달의 행동이나 말 때문이라기보다는 그 아이의 눈길 때문에 그러는 거라고 나는 항상 말한다. 어떤 식으로든 달이 사람 마음속에 들어간 것 같다고나 할까. 어쩐지 달의 눈을 통해서 자신과 스스로의 행동을 보고 있는 것 같다고 할까. 그때 내가 자기를 만지려 했다는 듯 그 여자애가 나를 보는 시선이 느껴진다. 앤스에게 무어라 이야기한다. "……휘트필드 선생님이……" 아이가 말한다.

"난 주님께서 보시는 가운데 그 사람에게 약속했지." 앤스가 말한다. "걱정할 필요는 없을 것 같은데."

하지만 앤스는 아직까지도 노새를 출발시키지 않는다. 우리는 물 위 그 자리에 앉아 있다. 또 다른 통나무가 더미 위로 불쑥 나타나 움직인다. 통나무가 갑자기 멈추며 위로 떠올랐다가 여울이 있던 곳에서 잠시 느리게 흔들리는 모습이 보인다. 그러다 통나무가 떠내려간다.

"오늘 밤부터 물이 줄어들기 시작할지도 모르겠군." 내가 말한다. "하루 더 미뤘다 가도 될 텐데 말이지."

그때 주얼이 말 위에서 몸을 옆으로 튼다. 그때까지도 움직이지 않다가 몸을 돌려 나를 본다. 얼굴이 파란 듯도 하다가 빨개지더니 다시 파래진다. "망할 쟁기질이나 하러 다시 꺼지시라고요." 주얼이 말한다. "대체 누가 아저씨한테 우리 따라서 여기 오라고 했는데요?"

"해코지하려는 건 절대로 아니다." 내가 말한다.

"닥쳐, 주얼." 캐시가 말한다. 빨개졌다가 파래졌다가 다시 빨개지는 굳은 얼굴로 주얼이 다시 물을 바라본다. "저기." 잠시 후 캐시가 말한다. "아버진 어떻게 하고 싶으신데요?"

앤스가 아무 말도 하지 않는다. 입을 우물거리며 구부정하게 몸을 세우고 앉아 있다. "다리가 위로 나와만 있으면 마차를 몰고 건널 수 있을 텐데." 앤스가 말한다.

"어서요." 주얼이 말을 움직이며 말한다.

"기다려." 캐시가 말한다. 다리를 본다. 앤스와 여자애를 뺀 우리가 캐시를 본다. 둘은 물을 보고 있다. "듀이 델이랑 바더만이랑 아버지는 걸어서 다릴 건너는 게 좋겠어요." 캐시가 말한다.

"버논 아저씨가 도와주면 되지." 주얼이 말한다. "그리고 아저씨 노새를 우리 마차 앞에 매면 돼."

"내 노새 데리고 저 물에 들어갈 생각하지 마라." 내가 말한다.

주얼이 나를 본다. 눈이 깨진 접시조각 같다. "그 망할 노새 값은 드릴게요. 지금 당장 아저씨한테서 사면 될 거 아녜요."

"내 노새는 저 물에 안 들어간다." 내가 말한다.

"주얼이 자기 말을 쓸 거예요." 달이 말한다. "왜 아저씨 노새를 쓰지 않으시려는 거예요, 버논 아저씨?"

"닥쳐, 달." 캐시가 말한다. "너랑 주얼 둘 다."

"내 노새는 저 물에 안 들어간다." 내가 말한다.

# 달

주얼이 버논 아저씨를 노려보며 말에 앉아 있는데, 수처한 얼굴이 눈에 어린 창백한 딱딱함과 그 위에까지 번져 있다. 열다섯 살이던 여름 주얼은 잠자는 마법에 걸렸다. 내가 노새를 먹이러 간 어느 날 아침 젖소는 여전히 우리에 있었고 그때 아버지가 집으로 돌아가 주얼을 부르는 소리가 들렸다. 아침을 먹으러 우리가 집으로 돌아가자 주얼이 우유통을 들고 취한 사람처럼 비틀거리며 왔고, 주얼이 우유를 짤 때 우리는 노새를 안에 들여놓고 주얼을 빼고 들판으로 나갔다. 한 시간을 있었지만 여전히 주얼은 나타나지 않았다. 듀이 델이 점심을 가지고 오자 아버지가 주얼을 찾으라고 듀이 델을 보냈다. 주얼은 우리에서 의자에 앉아 자고 있었다.

그 이후로 매일 아침 아버지가 가서 주얼을 깨웠다. 주얼은 저녁을 먹다가 잠들었고 곧 저녁상을 물리면 잠자리에 들어서 내가 자러 가면 죽은 사람처럼 누워 있곤 했다. 그럼에도 아버지가 아침에 주얼을 깨워야 했다. 일어나기는 했지만 거의 정신을 차리지 못했다. 아버지가 구시렁대고 불평하는 걸 잠자코 듣고는 우유통을 들고 헛간으로 가곤 했는데, 한번은 주얼이 반쯤 찬 통을 제자리에 놓은 채 양손을 손목까지 우유에 담그고 젖소옆구리에 머리를 기대고는 그 옆에서 잠들어 있는 걸 보기도 했다.

그 이후로 우유 짜는 일은 듀이 델이 하게 됐다. 주얼은 아버지가 깨우면 일어나서 시키는 일을 멍하게 하기는 했다. 일을 하려고 안간힘을 쓰는 것 같았다. 그 점에 대해서는 다른 사람과 마찬가지로 주얼도 당황스러워 했다.

"너 어디 아프니?" 어머니가 말했다. "몸이 안 좋아?"

"아뇨." 주얼이 말했다. "저 괜찮아요."

"쟤는 그냥 게을러서 날 시험하는 거야." 아버지가 말했고 아니나 다를까 주얼은 그 자리에 선 채로 잠이 들었다. "그런 거 아니냐?" 대답하라고 주얼을 다시 깨우면서 아버지가 말했다.

"아니에요." 주얼이 말했다.

"오늘은 하루 쉬고 집에 있어라." 어머니가 말했다.

"저거 밑에서부터 다 갈아엎어야 하는데?" 아버지가 말했다. "아프지 않은 거라면 뭐가 문제인 거냐?"

"아무것도 아니에요." 주얼이 말했다. "저 괜찮아요."

"괜찮다고?" 아버지가 말했다. "지금도 서서 잠들었잖아."

"아니에요." 주얼이 말했다. "저 괜찮아요."

"난 오늘 얘가 집에 있었으면 해요." 어머니가 말했다.

"주얼이 필요할 거야." 아버지가 말했다. "우리가 전부 다 해도 빠듯하다고."

"캐시랑 달을 데리고 할 수 있는 만큼 하면 되잖아요." 어머니가 말했다. "난 오늘 얘가 집에 있었으면 해요."

하지만 주얼이 그러려고 하질 않았다. "저 괜찮아요." 움직이면서 주얼이 말했다. 하지만 주얼은 괜찮지 않았다. 그건 누구라도 알 수 있었다. 살이 빠지고 있었고 장작을 패면서 잠드는 걸 본 적도 있었다. 아래위로 움직이는 괭이질이 점점 더 느려지고 괭이가 그리는 호가 점점 더 작아지다가 멈추고, 주얼이 뜨겁게 일렁이는 햇볕 아래 꼼짝도 않고 기대어 있는 모습도 보았다.

어머니는 의사를 부르고 싶어 했지만 아버지는 필요한 만큼이 아니고서는 돈 쓰기를 싫어했고, 주얼은 말랐다는 것과 어느 때고 깜빡 잠이 드는 것 말고는 정말 괜찮아 보였다. 빵 조각을 절반 정도 입에 넣고 턱은 여전히 씹는 채로 접시 위에서 잠드는 것만 빼면 꽤 왕성하게 먹었다. 하지만 주얼은 맹세코 괜찮다고 했다.

듀이 델에게 돈을 약간 주고 주얼이 하던 우유 짜기를 시킨 건 바로 어머니였고, 주얼이 저녁 먹기 전에 해오던 집안일은 듀이 델과 바더만이 할 수 있도록 손을 썼다. 그리고 아버지가 없을 땐 어머니가 직접 했다. 주얼이 먹을 특별한 음식을 따로 만들어 숨겨 놓기도 했다. 기만이라는 게 있는 세상에서는 가난보다도 기만이 더 나쁘고 중요한 것이라 우리에게 가르치려고 했던 애디 번드런이 자신이 하는 일을 숨기고 있다는 걸 나는 그때 처음으로 알게 되었다. 이따금씩 내가 자러 가면 어둠 속에서 어머니가 잠들어 있는 주얼 옆에 앉아 있곤 했다. 그리고 난 어머니가 주얼을 사랑해서 기만을 행해야 했기에 그런 기만 때문에 스스로와 주얼을 싫어한다는 걸 알게 됐다.

어머니가 아팠던 어느 날 밤 노새를 마차에 매고 툴 아저씨네로 가려고 헛간에 갔는데 랜턴을 찾을 수가 없었다. 그 전날 밤 랜턴이 못에 걸려 있는 걸 본 기억이 났지만 자정인 지금은 그 자리에 없었다. 그래서 어둠 속에서 마차를 끌고 갔다가 동이 튼 직후에 툴 아줌마와 같이 돌아왔다. 그런데 그 자리에, 내가 기억하고 있었지만 전에는 없었던 그 자리에 랜턴이 못에 매달려 있었다. 그러다가 어느 날 아침 듀이 델이 해뜨기 직전 우유를 짜는 동안 주얼이 손에 랜턴을 들고 뒷벽에 있는 구멍을 통해 뒤에서 헛간으로 들어왔다.

내가 캐시에게 이야기했고 캐시와 나는 서로를 쳐다보았다.

"발정난 거야." 캐시가 말했다.

"그러게." 내가 말했다. "그런데 랜턴은 뭐냐고. 그리고 매일 밤 그래. 그러니 당연히 살이 빠지고 있지. 주얼한테 무슨 말이라도 할 거야?"

"좋을 게 없을 거야." 캐시가 말했다.

"걔가 지금 하는 짓도 좋을 게 없을 거야."

"알아. 하지만 그걸 스스로 깨달아야지. 기다렸다가 해도 되는 거라고, 내일 그만큼 훨씬 더 많이 있을 거라고, 괜찮으리라는 걸 깨달을 시간을 줘. 난 아무한테도 말 안 할 거야."

"응." 내가 말했다. "듀이 델한테 말하지 말라고 했어. 어쨌든 엄마한테는 아냐."

"응. 엄마한테는 아니지."

그 이후로 난 꽤 우습다는 생각을 했다. 주얼이 얼떨떨하면서도 적극적으로 행동하고 잠이 모자라 콩 줄기를 받치는 막대처럼 여위어서는 다들 눈치채지 못한다고 생각하는 게 말이다. 그리고 상대 여자애가 누군지 궁금해졌다. 내가 아는 애들 전부 중에서 그럴 만한 애를 생각해봤지만 확실하게 말할 수는 없었다.

"아무 여자애는 아니야." 캐시가 말했다. "어디 사는지는 몰라도 유부녀야. 어린 여자애가 이렇게 과감하고 끈기가 있지는 않을 테니까. 그래서 마음에 안 들어."

"왜?" 내가 말했다. "주얼한테는 여자애보다 유부녀가 더 안전할 텐데. 더 분별력 있고."

캐시가 눈을 더듬거리고 말하려는 단어를 더듬더듬하면서 나를 쳐다보았다. "이 세상에서 사람이 항상 안전한 것만……"

"그러니까 안전하다고 해서 항상 가장 좋은 건 아니라는 말이야?"

"그래. 가장 좋은 거." 다시 더듬더듬하며 캐시가 말했다. "주얼에게 좋은 게 가장 좋은 건 아니지…… 어리잖아. 다른 사람의 수렁에 빠져서 헤어 나오지 못하는 거…… 그런 꼴 보는 거 싫어하니까." 그게 캐시가 하려던 말이다. 새롭고 어렵고 빛나는 무언가가 있으면 안전하기만 한 것보다 좀 더 나은 게 있게 마련이다. 안전한 건 사람들이 너무 오랫동안 해온 것이라 닳아빠져서 그걸 하면 저건 누군가 해본 적도 없고 다시 할 수도 없는 거야, 라고 말할 여지가 전혀 없으니까.

그래서 얼마 후 집에 가서 주얼이 밤새 잤다고 둘러댈 시간도 없이 갑자기 주얼이 들판에 나타나 우리 옆에서 일하러 갔을 때에도 우리는 말하지 않았다. 주얼은 어머니에게 아침상에서 배고프지 않았다거나 노새를 매는 동안 빵 한 쪽을 먹었다고 말하곤 했다. 하지만 캐시와 나는 주얼이 밤에 집에 붙어 있지 않았고 우리가 들판에 나갔을 때 숲에서 나타났음을 알고 있었다. 하지만 우린 말하지 않았다. 그때쯤엔 여름이 거의 끝나 가고 있었다. 우리는 밤이 서늘해지기 시작할 때 주얼이 아니라면 여자 쪽에서 끝내리라는 걸 알고 있었다.

하지만 가을이 되자 그런 밤이 더 길어지기 시작했고, 달라진 점이라고는 아버지가 깨우러 올 때까지 주얼이 항상 침대에 있어서 주얼의 이런 행동이 처음 시작됐을 때와 마찬가지로 비몽사몽인 주얼을 기어코 일으키기는 하는데, 주얼이 밖에서 밤을 새던 때보다 더 좋지 않다는 것뿐이었다.

"여자가 정말 끈질긴데." 내가 캐시에게 말했다. "예전에는 감탄했는데 지금은 그 여자 정말 존경해."

"여자가 아니야." 캐시가 말했다.

"그럼." 내가 말했다. 하지만 캐시는 나를 쳐다보고 있었다. "그러면 뭔데?"

"그걸 알아내려고." 캐시가 말했다.

"하고 싶으면 밤새 숲에서 미행해 보든가." 내가 말했다. "난 안 해."

"미행 안 해." 캐시가 말했다.

"그러면 그걸 뭐라고 부를 건데?"

"미행 안 해." 캐시가 말했다. "그런 뜻으로 한 말 아냐."

그리고 며칠 밤 후 주얼이 일어나서 창문을 타고 밖으로 나가는 소리가 들렸고, 뒤이어 캐시가 일어나 주얼을 따라가는 소리가 들렸다. 다음 날 아침 내가 헛간에 갔을 때 캐시는 노새를 먹이고 나서 벌써 헛간에서 듀이 델이 우유 짜는 걸 돕고 있었다. 그리고 캐시를 보았을 때 난 캐시가 알아냈다는 사실을 알 수 있었다. 주얼이 어디 갔는지 그리고 무얼 하고 있었는지를 알아냄으로써 정말로 생각할 거리가 생겼다는 듯한 이상한 눈길로 캐시가 주얼을 바라보는 모습을 때때로 포착하곤 했다. 하지만 걱정하는 눈길이 아니었다. 주얼이 해야 하는 집안일, 아버지는 여전히 주얼이 하고 있다고 생각하고 어머니는 듀이 델이 하고 있다고 생각하는 일을 하는 모습을 내가 보았을 때 캐시가 보이던 그런 눈길이었다. 캐시가 마음속으로 정리를 하고 나면 내게 말해 줄 거라고 생각해서 난 아무 말도 하지 않았다. 하지만 캐시는 아무 말도 해주지 않았다.

어느 날 아침, 그때가 주얼이 그런 행동을 한 지 다섯 달이 지나 11월이었는데 주얼은 침대에 없었고 들판에서 우리와 만나지도 않았다. 어머니는 그동안 무슨 일이 있었는지 그때 처음으로 감을 잡았다. 바더만을 보내서 주얼이 어디에 있는지 찾게 했고 얼마 뒤 어머니도 내려왔다. 모든 사람은 겁쟁이고, 겉보기에 무난하니까 어떤 식이 됐든 당연히 배반을 선호하기 때문에 조용하고 큰 변화 없이 기만이 이루어지는 한 우리 모두가 부지불식간에, 아니면 아마도 비겁하게 기만을 방조하면서 속아 주는 것 같았다. 그런데 이제 우리 모두가 인정하고 있는 두려움에 대해 이심전심으로 한 합의 때문에 침대 커버를 던지듯 이 모든 걸 다시 내던지고, 우리 모두가 벌거벗은 채 꼿꼿하게 앉아 서로를 바라보면서 "지금이 진실이야. 주얼은 집에 안 왔어. 그 아이에게 뭔가 일이 일어났어. 우리가 그런 일이 생기도록 한 거야."라고 말하는 것 같았다.

그때 주얼이 보였다. 도랑을 따라 올라오더니 방향을 틀어 들판을 똑바로 가로지르는데, 말을 타고 있었다. 말갈기와 꼬리가 털의 얼룩무늬를 만들어 내고 있는 것처럼 움직이고 있었다. 안장도 없이 밧줄로 된 굴레를 잡고 머리에는 모자도 쓰지 않은 주얼은 커다란 바람개비를 타고 있는 듯 보였다. 플렘 스놉스가 25년 전 이곳에 들여와 두당 2달러에 경매로 처분했을 때

론 퀵 할아버지 말고는 아무도 잡지 않았고 퀵 할아버지가 절대로 거저 주지 않아서 아직도 혈통 일부를 갖고 있는 텍사스 조랑말의 후손이었다.

주얼이 전속력으로 질주해 올라갔다가 멈춘다. 주얼의 발뒤꿈치는 말의 갈비뼈에 닿아 있고, 갈기와 꼬리 모양과 털의 얼룩무늬는 뼈와 살로 된 그 안의 말과 아무런 상관도 없다는 듯 말이 춤추며 빙빙 도는데, 주얼이 우리를 쳐다보며 말에 앉아 있었다.

"그 말 어디에서 났냐?" 아버지가 말했다.

"샀어요." 주얼이 말했다. "퀵 할아버지한테서요."

"샀다고?" 아버지가 말했다. "무슨 돈으로? 내 허락을 받고 산 게냐?"

"제 돈이었어요." 주얼이 말했다. "제가 벌었어요. 그건 걱정 안 하셔도 돼요."

"주얼." 어머니가 말했다. "주얼."

"괜찮아요." 캐시가 말했다. "주얼이 돈을 벌었어요. 지난봄에 퀵 아저씨가 잡아 놓은 새 땅 40에이커를 일궜어요. 밤에 랜턴을 켜 놓고 혼자 했어요. 제가 봤어요. 그래서 그 말을 사는 데 주얼 말고 다른 사람 돈이 든 건 아니라고 생각해요. 우리가 걱정할 필요는 없을 것 같은데요."

"주얼." 어머니가 말했다. "주얼……" 그러더니 어머니가 말했다. "얼른 집에 와서 자라."

"아직 안 돼요." 주얼이 말했다. "시간이 없어요. 안장이랑 굴레를 가져와야 해요. 퀵 할아버지가……"

"주얼." 어머니가 주얼을 쳐다보며 말했다. "내가 줄게…… 내가 줄게…… 주……" 그러더니 울기 시작했다. 얼굴을 가리지도 않고 빛바랜 가운을 입고 그 자리에 서서 주얼과 말을 탄 주얼을 보다가 자신을 내려다보며 어머니는 심하게 울었다. 주얼의 얼굴이 냉담하고 약간 질렸다는 표정으로 변했고, 주얼이 재빨리 눈길을 돌리자 캐시가 와서 어머니를 다독였다.

"집으로 들어가세요." 캐시가 말했다. "여기 땅이 어머니한테는 너무 축축해요. 지금 들어가세요." 어머니가 양손을 얼굴에 댔다가 쟁기 자국이 난 곳에서 조금 후에 약간 비틀거리며 걸어갔다. 하지만 곧바로 몸을 똑바로 하고 갔다. 어머니는 돌아보지 않았다. 도랑에 다다라서 멈추더니 바더만을 불렀다. 바더만은 말 옆에서 춤이라도 추는 듯 아래위로 움직이며 말을 쳐다보고 있었다.

"타게 해줘, 형." 바더만이 말했다. "타게 해줘, 형."

주얼이 바더만을 보더니 말고삐를 죄어 든 채 다시 고개를 돌렸다. 아버지가 입술을 씰룩거리며 주얼을 보았다.

"그래서 네가 말을 샀다고." 아버지가 말했다. "나 모르게 가서 말을 샀단 말이지. 나한테 상의 한마디 안 했어. 우리가 생계를 꾸리는 게 얼마나 빠듯한지 알면서 내가 먹여야 할 말을 샀다는 거지. 네 혈육에게 해주어야 할 일을 하지 않고 그걸로 말을 샀어."

주얼이 어느 때보다도 창백한 눈으로 아버지를 보았다.

"아버지 건 한 입도 안 먹일 거예요." 주얼이 말했다. "한 입도요. 그렇게 되면 제가 먼저 죽일 거예요. 그런 생각 절대 하지 마세요. 절대로요."

"타게 해줘, 형." 바더만이 말했다. "타게 해줘, 형."

바더만의 말은 잔디 속에 있는 작은 귀뚜라미같이 들렸다. "타게 해줘, 형."

그날 밤 나는 어둠 속에서 주얼이 자고 있는 침대 곁에 앉아 있는 어머니를 보았다. 아주 조용히 울어야 했기 때문인지는 몰라도 어머니는 힘들게 울었다. 기만에 대해서와 마찬가지로 그러는 자신이 싫고, 그래야 했기 때문에 주얼을 미워한다는 사실을 어머니가 눈물에 대해서도 느꼈기 때문인지도 몰랐다. 그리고 그때 난 내가 알았다는 걸 알았다. 그날 내가 듀이 델에 대해 알게 된 것만큼이나 난 그날 분명히 알았다.

툴

그래서 마침내 그들은 하고 싶은 게 뭔지 앤스에게 말해보라고 했고, 앤스와 여자애, 사내아이가 마차에서 나왔다. 하지만 우리가 다리 위에 있었을 때에도 앤스는 일단 마차에서 나오기만 하면 모든 게 날아가서, 자신은 다시 들판에 나가고 부인은 집에 누워 죽기를 기다리고 모든 게 처음부터 다시 시작될 수도 있다고 생각하는 듯 계속 뒤를 돌아보았다.

"자네 노새를 끌고 갈 수 있게 해 줘." 앤스가 말하는데, 우리 밑에서 이리저리 흔들리는 다리가 반대편 땅까지 깔끔하게 관통한 듯 요란한 물속으로 가라앉고 있었다. 다른 쪽 끝은 전혀 같은 다리가 아니라는 듯이 물 밖으로 나오고 있어서 그쪽에서 물 밖으로 걸어 나오려면 땅 밑에서 나와야 할 것 같다. 하지만 여전히 다리는 이어져 있었다. 다리 이쪽이 기울어질 때 다른 쪽은 전혀 기울어지지 않는 것처럼 보이는 걸로 보면 알 수 있었다. 다른 나무와 저쪽에 있는 제방이 커다란 벽시계에 매달려 앞뒤로 천천히 흔들리는 것처럼. 다리가 가라앉은 부분을 통나무가 긁고 치고 끄트머리가 위로 기울고 물에서 불쑥 솟아 나와 여울 쪽으로 흘러내려 오면서, 기다렸다가 미끄러지고 빙빙 돌며 거품을 일으킨다.

"그게 다 무슨 소용이 있었겠어?" 내가 말한다. "자네 노새가 여울을 찾아 그걸 끌고 건너지 못하면 노새가 세 마리인들 열 마리인들 무슨 소용인가?"

"자네한테 부탁하는 게 아냐." 앤스가 말한다. "난 언제라도 니와 가족을 위해서 할 수 있어. 자네 노새를 쓰자고 부탁하는 게 아냐. 자네 아내가 죽은 것도 아니지 않나. 자넬 탓하지 않아."

"돌아가서 내일까지 머물러야 할 텐데." 내가 말한다. 물이 차가웠다. 녹고 있는 얼음처럼 질척거렸다. 살아 있다고 할 수 있는 건 물밖에 없는 것 같았다. 마음 한구석으로는 그냥 물이라는 걸, 오랫동안 바로 이 다리 밑을 흘러온 바로 그것이라는 사실을 알고 있었지만, 물에서 통나무가 뿜어져 나와도 통나무가 물의 일부, 그 기다림과 위협의 일부인 것처럼 놀랍지 않았다.

내가 놀란 건 우리가 다시 물 밖으로 나와 강을 건너고 나서 단단한 땅을 디뎠을 때였던 것 같다. 다리가 다른 쪽 제방에서, 전에 우리가 밟았고 잘 알던 단단한 땅처럼 길들여진 무언가에서 끝날 것이라고 생각지 못했던 듯했다. 나라면 방금 한 짓을 하는 것보다야 더 지각이 있었을 테니 여기 있는 게 나일 수가 없다는 것처럼. 내가 뒤로 돌아 다른 쪽 제방과 내가 있었던 곳에 서 있는 노새를 보고 어떻게든 그리로 돌아가야 하리라는 사실을 알았을 때 난 그럴 수가 없다는 걸 알게 됐다. 저 다리를 한 번이라도 또 건너도록 할 수 있는 것에 대해서는 생각할 수도 없었으니까. 하지만 난 여기 있었고 코라가 그러라고 한대도 이걸 두 번 건너도록 할 수 있는 사람이 나일 수는 없었다.

그 아이였다. "자. 내 손을 잡는 게 좋을 거다."라고 내가 말했고 아이는 기다렸다가 나를 붙잡았다. 정말이지 아이가 돌아와서 나를 데려가는 것만 같았다. 저들은 아저씨를 조금도 해치지 않을 거예요, 라고 아이가 말하고 있는 듯했다. 크리스마스와 추수감사절을 두 번씩 쇠고 명절이 겨울과 봄, 여름까지 쭉 이어지는 좋은 곳에 대해 그 아이가 이야기하고, 내가 아이와 함께 있기만 하면 나도 괜찮으리라는 생각이 드는 것처럼.

뒤를 돌아 내 노새를 보니 여기 있는 작은 망원경 중 하나 같았다. 저기에 서 있는 노새와 드넓은 땅이 보이고, 땀을 더 흘릴수록 땅이 더 넓어진다는 듯이 땅에 밀려 땅에서 없어지려는 우리 집이 보였다. 땀을 더 흘릴수록 집이 더 단단해지는데 코라를 샘 속의 우유병처럼 안아주려면 단단한 집이 있어야 할 테고, 코라에게도 그런 집이 필요할 테니까. 단단한 병이 있거나 물이 많은 샘물이 있어야 한다. 그러니까 큰 샘물이 있는데 단단하고 잘 만들어진 병을 가져야 할 까닭이 무엇이냐 하면, 상하든 아니든 그건 내 우유니까, 상하지 않을 우유보다는 상할 우유가 있는 게 나으니까, 난 사람이니까.

 그 아이가 내 손을 붙잡고 있고 아이의 손이 그렇게 뜨겁고 믿음직해서 내가 이렇게 말하는 것 같았다. 여길 봐. 저기 저 노새 보이지 않니? 쟤는 여기엔 볼 일이 전혀 없어서 절대 오지 않는데, 그냥 노새밖에 아닌 게 아니거든. 가끔씩 어른의 눈에 아이들이 더 지각이 있다는 게 보이니까. 하지만 아이들이 수염이 날 때까지 어른들은 그걸 잘 인정하지 않지. 수염이 나면 아이들이 너무 바빠지는데 털이 나기 전의 지각 있었던 때로 돌아갈 수 있을지를 몰라서, 그때가 되면 내가 내 자신이라는 걱정할 거리도 안 되는 같은 문제에 대해 걱정하는 사람들에게 거리낌 없이 인정하게 되지.

 그때 다리를 다 건넌 우리는 마차를 돌리는 캐시를 바라보며 그 자리에 서 있었다. 흔적이 물 밑으로 벗어난 쪽 길로 마차를 몰고 되돌아오는 그들을 지켜보았다. 얼마 후에는 마차가 보이지 않게 되었다.

 "우린 여울로 내려가서 도울 준비를 해야겠다." 내가 말했다.

 "내가 그 사람에게 약속을 했어." 앤스가 말한다. "내게 그건 신성한 거야. 자네가 못마땅해 한다는 건 아네만 그 사람이 천국에서 자넬 축복할 거야."

 "자, 용기 내서 물을 마주하기 전에 애들이 지형을 다 둘러보고 와야 할 텐데." 내가 말했다. "서둘러."

 "그건 되돌아오는 거잖나." 앤스가 말했다. "돌아오는 덴 운이 없지."

 앤스는 구부정하고 애절하게 그곳에 서서 기울어지고 흔들리는 다리 너머로 텅 빈 길을 보고 있었다. 그리고 그 여자애도 한쪽 팔에는 점심 바구니, 다른 쪽 팔엔 꾸러미를 들고서 보고 있었다. 그냥 시내로 가는 거다. 그럴 결심이군. 이들은 불과 흙과 물의 위험까지 무릅써야 바나나 한 부대를 먹을 수 있겠지.
 "하루 더 머무르지 그러나." 내가 말했다. "아침나절까지는 물이 조금이라도 줄어들어 있을 텐데. 오늘 밤엔 비가 안 올 수도 있고. 그러면 더 높아지지는 않을 걸세."
 "난 약속을 했어." 앤스가 말한다. "그 사람이 그걸 믿고 있고."

# 달

우리 앞으로 질척이는 어두운 물살이 흐른다. 우리에게 소곤거리며 이야기한다. 그 소곤거림이 그치지 않고 무수해지더니, 거대하고 살아 있는 무언가가 수면 바로 아래에서 얕은 잠에서 잠시 깨어 게으르고 초롱초롱해져 있다가 다시 얕은 잠에 든 듯, 노란 수면이 괴물같이 옴폭 파여 희미해지는 소용돌이가 되어 일순간 수면을 따라 조용하고 일시적으로 그리고 매우 의미심장하게 움직인다.

바큇살 사이와 노새의 무릎 근처에서 물살이 꼬꼬댁거리며 소곤거린다. 누레진 노새가 달린 말처럼 땀 흘리고 거품을 문 듯, 흙이 묻어 질척거리는 거품 덩어리와 쓰레기를 뒤집어쓰고 있다. 덤불 사이로 지나가면서 애처로운 소리와 생각에 잠기게 하는 소리를 낸다. 물살 속에서 작은 돌풍 앞에서인 듯 풀려버린 가는 줄기와 어린나무가 저 높이 나뭇가지에 달린 보이지 않는

철사에 매인 것처럼 그림자도 없이 흔들린다. 그치지 않는 수면 위로 나무와 줄기, 덩굴이 뿌리도 없이 땅에서 떨어져 나간 채, 거대하지만 둘레가 쳐 있고 쓰레기와 애절한 물소리로 가득 찬 황량한 풍경 위에 유령같이 서 있다.

캐시와 나는 마차 안에 앉아 있다. 주얼은 뒷바퀴에서 조금 떨어져 말에 앉아 있다. 말이 긴 분홍빛 얼굴에 박힌 연한 파란 빛 눈을 마구 굴리고, 신음소리라도 내는 듯 식식거리며 숨을 쉬면서 떨고 있다. 주얼은 차분하고 약간 창백하면서 초롱초롱한 얼굴로 꼿꼿하게 앉아 균형을 잡고는 조용하고 계속해서 빠르게 이리저리 보고 있다. 캐시의 얼굴도 근엄하게 차분하다. 캐시와 나는 오랫동안 서로를 면밀히 살피는 눈길로 바라본다. 방해받지 않고 서로의 눈을 통과하여 잠시 동안 캐시와 달이 모든 해묵은 공포와 해묵은 예감을 느끼며 노골적이고 뻔뻔하게, 초롱초롱하면서 비밀스럽고 부끄럼 없이 쭈그리고 앉아서 궁극적인 비밀의 장소로 빠져드는 눈길로 말이다. 말을 나누는 우리 목소리가 조용하고 무심하다.

"우리 아직도 길에 있는 것 같은데, 맞지."

"툴 아저씨가 커다란 떡갈나무 두 그루를 가져다가 잘랐어. 예전에 물이 불어나면 사람들이 나무 옆에 있는 여울에서 어떻게 줄을 서곤 했는지 얘기하는 걸 들었어."

"툴 아저씨가 2년 전에 여기서 나무를 벨 때 그랬던 것 같은데. 아저씨는 이 여울을 누가 다시 쓸 거라고는 생각 안 했을걸."

"안 했겠지. 맞아, 분명히 그때였을 거야. 그때 목재를 왕창 여기에서 베었지. 그걸로 빌린 돈 갚았다는 얘기를 들었어."

"그래. 맞아, 그런 것 같다. 버논 아저씨는 그랬을 수도 있지."

"사실이야. 여기 이 동네에서 벌목하는 사람들 대부분이 제재소를 하는데 엄청 좋은 농장이 필요하지. 아니면 가게가 필요할 수도 있고. 그런데 버논 아저씨는 그랬을 것 같아."

"나도 그렇게 생각해. 아저씨 참 굉장하지."

"그럼. 버논 아저씨는 그렇지. 그래, 아직도 여기일 거야. 아저씨가 저 오래된 길을 깨끗하게 치우지 않았으면 목재를 여기서 절대 못 가져갔겠지. 우리 아직도 길에 있는 것 같은데." 캐시가 조용히 주변과 나무의 위치를 보면서 몸을 이리저리 기울인다. 축 늘어지고 넘어진 나무의 위치가 만들어낸, 허공에 흐릿하게 생긴 바닥없는 길을 따라 돌아보는데, 길도 흙이 안 보이게 완전히 잠겼다가 위로 떠오른 것 같다. 유령 같은 흔적 속에서 지금 우리가 앉아 오랜 든든함과 오랜 사소한 것들에 대해 조용히 얘기하고 있는 이곳보다 훨씬 더 깊은 황량함에 과거를 맡기려는 듯이. 주얼이 캐시를, 그 다음에 나를 보더니 안쪽으로 고개를 돌려 풍경에 대한 그 조용하고 끊임없는 탐색에 빠져든다. 말이 주얼의 무릎 사이에서 조용히 계속 떨고 있다.

"주얼이 천천히 앞으로 나가서 잘 살펴보겠지." 내가 말한다.

"응." 캐시가 나를 보지 않고 말한다. 주얼이 앞으로 간 곳을 바라보자 캐시의 옆얼굴이 보인다.

"강이 어딘지 금방 알 수 있을 거야." 내가 말한다. "50야드 앞에서 보는데 못 볼 수가 없지."

캐시는 옆얼굴을 보이며 나를 보지 않고 있다. "내가 의심만 했더라면 지난주에 내려와서 봤을 텐데."

"그때는 다리가 있었잖아." 내가 말한다. 캐시는 나를 보지 않는다. "휘트필드 선생이 말을 타고 건너갔지."

주얼이 냉철하고 긴장되고 가라앉은 표정을 하고는 다시 우리를 본다. 목소리가 조용하다. "나더러 어쩌라는 건데?"

"내가 지난주에 내려와서 봤어야 했어." 캐시가 말한다.

"우린 알 수가 없었을 거야." 내가 말한다. "우리가 알 수 있는 방법이 없었잖아."

"내가 말 타고 먼저 갈게." 주얼이 말한다. "내가 있는 데로 따라와." 주얼이 고삐를 당긴다. 말이 머리를 숙인 채 움츠린다. 주얼이 말에게로 몸을 숙이고 말을 걸면서 거의 온몸으로 말을 앞으로 들자, 말이 조심조심 물을 튀기고 떨고 거친 숨을 쉬면서 발을 내려놓는다. 주얼이 말에게 이야기하고 소곤거린다. "계속 가." 그가 말한다. "그 무엇으로도 널 다치게 하지 않을 테니까. 자, 가자."

"주얼." 캐시가 말한다. 주얼은 돌아보지 않는다. 주얼이 계속 고삐를 당긴다.

"쟤 수영할 줄 알아." 내가 말한다. "말한테 시간만 좀 주면 어떻게든……" 주얼이 태어났을 땐 상황이 좋지 않았다. 어머니는 등불 아래 앉아 무릎 위에 베개를 놓고 그 위에서 주얼을 안고 있곤 했다. 우리가 잠에서 깨어나 보면 어머니는 그런 모습으로 있었다. 둘에게서는 아무 소리도 들리지 않았다.

"그 베개가 주얼보다 길었지." 캐시가 말한다. 몸을 약간 앞으로 숙이고 있다. "지난주에 내가 내려와서 봤어야 했어. 그랬어야 하는 건데."

"맞아." 내가 말한다. "주얼의 발도 머리도 베개 끝에 닿질 않았지. 형이 알 수가 없었을 거야." 내가 말한다.

"내가 했어야 하는데." 캐시가 말한다. 고삐를 든다. 주얼이 시나간 흔적 속으로 노새가 움직인다. 바퀴가 살아 있는 듯 물속에서 속삭인다. 캐시가 뒤를 돌아보더니 어머니를 내려다본다. "균형이 안 맞아." 캐시가 말한다.

마침내 나무가 길을 연다. 탁 트인 강을 거슬러 주얼이 반쯤 몸을 튼 채 말에 앉아 있고 말의 배까지 물에 잠겼다. 강 건너에 버논 아저씨와 아버지, 바더만, 듀이 델이 보인다. 버논 아저씨가 우리에게 손을 흔들면서 더 멀리 하류 쪽으로 손짓한다.

"우리가 너무 상류에 있어." 캐시가 말한다. 버논 아저씨도 소리치고 있기는 하지만 물소리 때문에 아저씨가 하는 말을 알아들을 수가 없다. 물이 이제 꾸준하고 깊게, 끊이지 않고 움직이는 느낌도 없이 흐르는데 통나무 하나가 흘러와 천천히 돈다. "조심해." 캐시가 말한다. 우리가 통나무를 지켜보는데 통나무가 흔들리더니 잠시 정체한다. 뒤에서 두터운 물결이 일어나며 물살이 커지더니 통나무가 잠시 잠겼다가 튀어 오르고는 출렁이며 내려간다.

"저기 있네." 내가 말한다.

"그러네." 캐시가 말한다. "저기 있네." 우리가 다시 버논 아저씨를 본다. 이제는 아래위로 팔을 퍼덕거리고 있다. 우리는 버논 아저씨를 보면서 천천히, 조심스럽게 하류로 움직인다. 아저씨가 손을 내린다. "여기군." 캐시가 말한다.

"이런, 망할, 그럼 건너자고." 주얼이 말한다. 주얼이 말을 움직여 나아가게 한다.

"기다려." 캐시가 말한다. 주얼이 다시 멈춘다.

"이런, 세상에……" 캐시가 말한다. 물을 보다가 어머니를 되돌아본다. "균형이 안 맞아." 캐시가 말한다.

"그러면 그 망할 다리로 돌아가서 걸어서 건너던가." 주얼이 말한다. "형하고 달 둘 다. 마차는 내가 몰게."

캐시는 주얼에게 아무런 관심도 없다. "균형이 안 맞아." 캐시가 말한다. "정말 그래. 우리 조심해야 해."

"조심은 개뿔." 주얼이 말한다. "마차에서 내려서 나한테 맡겨. 맙소사, 마차 몰고 건너기 무서우면……" 주얼의 얼굴에서 눈이 표백된 나무 조각 두 개처럼 창백하다. 캐시가 주얼을 보고 있다.

"우린 여길 건널 거야." 캐시가 말한다. "네가 할 일을 알려줄게. 말을 타고 돌아간 다음 걸어서 다리를 건너고 나면 반대편 제방으로 내려와서 밧줄을 가져와 우릴 맞아 주는 거야. 버논 아저씨가 네 말을 데리고 집에 가서 우리가 돌아갈 때까지 맡아 줄 거야."

"꺼져." 주얼이 말한다.

"밧줄 가지고 제방으로 내려와서 준비하고 있어." 캐시가 말한다. "셋보다는 둘이 나아. 한 명은 마차를 몰고 다른 하나는 이거 잡고."

"망할 자식." 주얼이 말한다.

"주얼더러 밧줄 끝을 잡고 우리가 있는 위쪽으로 건너서 잡으라고 해." 내가 말한다. "그렇게 해줄 거야, 주얼?"

주얼이 나를 뚫어지게 본다. 캐시를 흘끗 보더니 다시 나를 보는데 눈이 초롱초롱하면서 굳어있다. "난 상관 안 한다고. 이렇게 해서 우리가 뭔가를 해야 하니까. 여기 앉아서 빌어먹을 손가락 하나 까딱 안 하는 건……"

"그렇게 하자, 캐시." 내가 말한다.

"그래야 할 것 같다." 캐시가 말한다.

강 자체는 폭이 100야드[6]가 되지 않는데, 눈에 보이는 것 중에서 아버지와 버논 아저씨, 바더만, 듀이 델만이 오른쪽에서 왼쪽으로 멋지게 기울어진 황량함의 그런 한 가지 단조로움이 아닌 존재들이다. 황폐한 세상의 움직임이 마지막 절벽을 바로 앞

---

6) 1야드는 약 0.914미터.

에 두고 속도를 높이는 곳에 우리가 도달한 것처럼. 하지만 그들은 왜소해 보인다. 우리 사이의 공간이 바꿀 수 없는 성질의 시간인 것 같다. 우리 앞에서 시간이 더 이상 점점 줄어드는 선으로 곧게 흐르는 것이 아니라 이제는 고리 모양의 끈처럼 우리 사이에서 나란히 흐르고, 거리는 두 곳 사이의 간격이 아니라 두 배로 늘어나는 실 같다. 몸 앞쪽 4분의 1이 이미 약간 기울어져 엉덩이가 높이 들린 모습으로 노새들이 서 있다. 이들 역시 이제는 깊은 신음소리를 내며 숨을 쉬고 있다. 뒤를 한번 돌아보더니 자기들은 말할 수 없고 우리는 볼 수 없는 재앙의 모습을 질척이는 물속에서 이미 보기라도 한 듯, 사납고 슬프고 깊고 절망스러운 눈빛을 담은 노새들의 시선이 우리를 쓱 훑고 간다.

캐시가 몸을 돌려 마차로 들어간다. 어머니를 약간 흔들면서 어머니 위에 양손을 쫙 펴서 놓는다. 캐시가 차분한 얼굴로 아래쪽을 보고 있는데 뭔가 계산하는 듯하면서도 낯빛에 걱정이 어려 있다. 도구 상자를 들더니 자리 밑에서 앞쪽으로 끼워 넣는다. 우리는 어머니를 도구와 마차 바닥 사이에 끼워 앞으로 같이 민다. 그때 캐시가 나를 본다.

"아냐." 내가 말한다. "내가 남을게. 우리 둘 다 잘못될지도 모르니까."

캐시는 둘둘 말린 밧줄을 도구 상자에서 꺼내 그 끝으로 의자 받침대를 두 번 감고는 묶지도 않고 밧줄 끝을 내게 넘긴다. 다른 쪽 끝은 안장 머리의 방향을 바꾸고 있는 주얼에게 내민다.

주얼이 말을 끌어내려 물속으로 들어가야 한다. 말이 무릎을 높이 들고 목을 구부린 채 재미없고 짜증난다는 듯 움직인다. 주얼은 가볍게 앞으로 앉아 무릎을 조금 들었다. 빠르고 기민하고 차분한 주얼의 시선이 우리를 다시 쓱 훑는다. 주얼이 달래듯 속삭이며 강물 속으로 말을 몰고 내려간다. 말이 미끄러져 안장까지 가라앉다가 다시 발을 딛고 솟아오르고, 물살이 거세져 주얼의 허벅지에 닿는다.

"조심해." 캐시가 말한다.

"여기야." 주얼이 말한다. "지금 나오면 돼."

캐시가 고삐를 잡고 조심스럽고 능숙하게 말을 끌고 강물 속으로 들어간다.

물살이 우리를 데려가는 게 느껴졌고 그 미끄러운 감촉만이 우리가 조금이라도 움직이고 있다는 증거였기에 나는 우리가 여울에 있다는 걸 알았다. 한때 평평한 표면이었던 것이 이제는 발 아래 딱딱함이 느껴지는 헛된 순간에 가볍고 나른한 감촉으로 우리 주위에서 올라갔다 내려가고 우리를 밀고 놀리는 골과 작은 언덕의 연속이었다. 캐시가 나를 돌아본 그때 나는 끝장이라는 걸 알았다. 하지만 통나무를 보았을 때까지 나는 왜 밧줄이 있어야 하는지 깨닫지 못했다. 밧줄이 물 밖으로 솟구치더니 밀려와 들썩거리는 황량함 위로 잠시 예수처럼 꼿꼿하게 서 있었다. 나가서 물살에 몸을 맡기고 굽어진 곳으로 내려가, 캐시가 말했다. 넌 해낼 수 있을 거야. 아냐, 내가 말했다. 그렇게 해도 지금처럼 젖게 될 거야.

강바닥에서 갑자기 쏘아 올리기라도 한듯 통나무가 두 언덕 사이에서 갑자기 나타난다. 통나무 끝 위에 긴 거품 덩어리가 노인 혹은 염소의 수염처럼 매달려 있다. 캐시가 내게 말을 거는데 나는 캐시가 통나무와 우리보다는 10피트 앞에 있는 주얼을 내내 쳐다보고 있었다는 걸 알고 있다. "밧줄을 놔." 캐시가 말한다. 캐시가 다른 쪽 손을 아래로 뻗어 의자 받침대에 두 번 감은 밧줄을 푼다. "계속 가, 주얼." 캐시가 말한다. "통나무가 오기 전에 우릴 당겨줄 수 있는지 봐봐."

주얼이 말에게 소리친다. 무릎 사이에서 주얼이 다시 온몸으로 말을 들려는 것처럼 보인다. 주얼은 여울 맨 위쪽 바로 위에 있고, 말이 반쯤 물 밖으로 나와 젖어서 반짝이며 몇 번이고 돌진해 부딪치면서 앞으로 올라오는 것을 보면 어디엔가 디딜 곳이 있나 보다. 말이 믿기 어려울 정도로 빠르게 움직인다. 그래서 주얼이 마침내 밧줄이 풀렸다는 걸 알게 되었는데, 통나무가 우뚝 솟아 우리 사이로 길고 느릿하게 달려오면서 노새들을 향해 돌진해오자 주얼이 고개를 돌린 채 톱질이라도 하듯 고삐를 뒤로 잡아당기는 모습이 보였기 때문이다. 노새들도 그 모습을 본다. 잠시 동안 둘이 물 밖에서 검게 빛난다. 그때 아래쪽에 있던 녀석이 다른 녀석을 끌고 사라진다. 통나무가 마차를 위로 기울이며 덮치자 여울 제일 위쪽에서 균형을 잡고 있던 마차가 옆으로 돌아간다. 캐시의 몸이 반쯤 돌아가 있고, 캐시가 손으로 잡은 고삐가 팽팽하게 당겨져 물속으로 사라지고 있다. 그리고 다른 쪽 손은 뒤로 뻗어 어머니 위에 얹고 마차의 높은 곳에 밀어 넣은 어머니를 잡고 있다. "피해." 캐시가 조용히 말한다. "노새한테서 떨어지고, 버티려고 하지 마. 물살이 굽이로 잘 데려다 줄 테니까."

"다들 와요." 내가 말한다. 버논 아저씨와 바더만이 제방을 따라 뛰고 있고 아버지와 듀이 델이 서서 우리를 지켜보는데, 듀이 델은 팔에 바구니와 꾸러미를 들고 있다. 주얼은 말을 몰아 되돌아가려고 애쓰고 있다. 눈을 크게 치뜬 노새의 머리가 나타난다. 잠시 동안 거의 사람과 같은 소리를 내면서 우리를 돌아본다. 노새 머리가 다시 사라진다.

"돌아와, 주얼." 캐시가 소리친다. "돌아와, 주얼." 어느 순간 기울어진 마차에 몸을 숙여 어머니와 도구를 팔로 받치고 있는 캐시가 보인다. 우뚝 솟은 통나무의 수염 난 머리가 다시 덮쳐 오고, 그 너머로 고개를 비틀고 있는 말을 곧추 세워 잡아 주먹으로 말머리를 쾅쾅 치는 주얼이 보인다. 나는 마차에서 뛰어내려 하류 쪽으로 몸을 던진다. 두 언덕 사이에서 노새들을 한 번 더 본다. 완전히 뒤집어진 채로 잇따라 물 밖으로 모습을 드러내는데, 땅에 닿아 있지 않았을 때처럼 다리가 뻣뻣하게 뻗어 있다.

# 바더만

캐시가 잡으려고 했지만 엄마는 떨어졌고 달이 물속으로 뛰어들었다 달은 물속으로 갔고 캐시는 소리치면서 엄마를 잡으려 하고 나는 소리치고 뛰고 소리치고 듀이 델은 바더만 얘 바더만 얘 바더만 하면서 내게 소리치고 버논 아저씨는 엄마가 올라오는 걸 봐서 나를 지나쳐 갔고 엄마는 다시 물속으로 뛰어들었고 달은 아직 엄마를 잡지 못했다.

달이 올라와서 보는데 나는 엄마를 잡아 달 엄마를 잡아 하고 소리쳤고 엄마가 너무 무거워서 달은 돌아오지 않았다 달은 엄마를 움켜잡으려 하면서 계속 나아가야 했고 물속에서 엄마는 남자보다도 빨리 갈 수 있어서 나는 엄마를 잡아 달 엄마를 잡아 달 하고 소리쳤고 달은 손으로 더듬어 엄마를 찾아야 했는데 노새가 길을 막아도 달이 가장 잘 찾으니까 난 달이 엄마를 잡을 수 있으리라는 걸 알았다 또다시 노새들이 물에 잠겼다가 올라오는데 발이 뻣뻣해진 채 구르듯이 움직이고 다시 굴러 내려갔다가 지금은 등이 위로 향해 있고 물속에서 엄마는 남자든 여자든 누구보다 더 빨리 갈 수 있어서 달이 다시 해야 했고 내가 버논 아저씨를 지나쳤는데 아저씨는 물속으로 들어가서 달을 도와주려 하지 않았다 아저씨가 달과 함께 엄마를 잡을 거다 아저씨는 알고 있었지만 도와주려 하지 않았다.

노새들이 물에 잠겼다가 올라오고 다시 다리가 뻣뻣해진 채 물에 잠기고 뻣뻣해진 다리가 천천히 구르듯이 움직이는데 또 달이다 그리고 나는 엄마를 잡아 달 엄마 머리를 엄마를 잡아서 제방으로 가 달 하고 소리쳤고 버논 아저씨는 도와주려 하지 않았고 그러다가 달은 할 수 있을 때 노새를 지나쳐 피했다 달이 물 밑에서 엄마를 데리고 천천히 제방으로 오고 있는데 천천히 오는 건 물속에서 엄마가 물 밑에 있으려고 버텼기 때문이지만 달은 강하고 천천히 오고 있어서 나는 달이 천천히 왔기 때문에 엄마를 데리고 있다는 걸 알았고 내가 도와주려고 물속으로 뛰어 내려갔는데 달은 강했고 물 밑에서 한결같이 엄마를 잡고 있었기 때문에 나는 소리치는 걸 멈출 수가 없었다 엄마가 버텼다 하더라도 달이 엄마를 놓아주지는 않겠지 달은 나를 보고 있었고 엄마를 잡고 있었고 이젠 괜찮았다 이젠 괜찮았다 이젠 괜찮았다.

그때 달이 물 밖으로 올라온다. 손보다도 먼저 먼 길을 천천히 올라오는데 달이 엄마를 데려와야 그래야 내가 견딜 수 있다.

그때 달의 손이, 그리고 몸 전체가 물 위로 올라온다. 나는 멈출 수가 없다. 어찌해 볼 시간이 없다. 할 수 있으면 노력하겠지만 달은 빈손으로 물 밖에 나와 비어 가는 물을 털어내고 있다.

"엄마는 어디 있어, 달?" 내가 말했다. "형은 엄마를 잡은 적이 없어. 엄마가 물고기라는 걸 알았으면서 엄마가 가도록 둔 거야. 엄마를 잡은 적이 없다고. 달. 달. 달." 나는 노새들이 물에 가라앉았다가 다시 천천히 올라오고 다시 가라앉는 모습을 보면서 제방을 따라 달리기 시작했다.

# 툴

달이 어떻게 마차에서 뛰어내렸고, 캐시가 남아서 그 자리에 앉아 어떻게 관을 구하고 마차가 뒤집어지는 걸 막으려 했는지, 그리고 다시 가는 것보다는 제방에 있는 게 더 나았을 텐데 어떻게 주얼이 제방에 거의 다 왔다가 억지로 말을 몰아 되돌아갔는지 내가 코라에게 이야기하자 "그런데 당신도 달이 이상한 녀석이라고, 똑똑치 못한 녀석이라고 얘기하는 사람이란 말이죠. 마차에서 뛰어내릴 지각이 있었던 유일한 애가 달인데 말이에요. 애초에 앤스는 마차에 있기에는 너무 똑똑하다는 걸 난 알죠."라고 말한다.

"그 자리에 있었다고 해도 앤스가 더 할 수 있는 일은 없었을 거야." 내가 말했다. "잘 가고 있었는데 그 통나무만 아니었으면 잘 되었을 거야."

"통나무라고요, 말도 안 돼." 코라가 말했다. "그건 신의 손이었다고요."

"그러면 당신은 그게 어리석은 일이었다는 말을 어떻게 할 수 있는 건데?" 내가 말했다. "신의 손에 맞설 수 있는 사람은 없어. 맞서려는 건 신성모독이 될 텐데."

"그러니까 왜 무모하게 맞서느냐고요?" 코라가 말한다. "얘기해 봐요."

"앤스는 안 그랬어." 내가 말했다. "당신은 지금 그것 때문에 앤스를 비난하고 있는 거잖아."

"앤스의 자리는 마차였어요." 코라가 말했다. "앤스가 사내였다면 자기가 안 하는 일을 아들들이 하게 하는 대신에 마차에 있었을 거라고요."

"그럼 당신이 뭘 원하는 건지 모르겠군." 내가 말했다. "언제는 신의 손에 맞서려고 하다니 무모하다고 해 놓고, 금방 또 앤스가 아이들과 같이 있지 않았다고 비난을 하니." 그러자 코라가 노래 부를 때의 표정을 지으며 빨래통에서 일을 하면서 다시 노래를 부르기 시작했다. 마치 사람들과 그들의 어리석음에 대해서 자신은 포기했고, 노래하면서 하늘을 향해 나아가며 사람들보다 앞서 나갔다는 듯이.

마차 아래에서 거세어진 물살이 여울에서 마차를 밀치는 동안 마차가 오랜 시간 정체되었고, 캐시는 점점 더 몸을 기울여 관을 받쳐서 미끄러지지 않도록, 그리고 관 때문에 마차가 기울어지지 않도록 했다. 이내 물살이 끝장낼 수 있을 정도로 마차가 제대로 기울어지자 통나무가 떠내려갔다. 통나무가 마차 주변으로 향하더니 수영하는 사람처럼 움직였다. 마치 어떤 일을 하라고 보내졌다가 일을 마치고 가는 것 같았다.

마침내 노새들이 발길질을 해서 풀려나자 잠시 동안은 캐시가 마차를 다시 끌고 올 것처럼 보였다. 캐시와 마차는 전혀 움직이지 않았고, 주얼만 혼자서 억지로 말을 몰아 마차로 되돌아가려고 애쓰는 것 같았다. 그때 그 아이가 달에게 소리치며 뛰면서 날 지나쳤고 여자애가 아이를 잡으려 했는데, 그때 뒤집힌 채로 멈칫했던 듯 뻣뻣하게 굳어진 다리를 벌리고 물 밖으로 천천히 구르듯이 모습을 드러내며 오다가 다시 구르듯이 물속으로 들어가는 노새들이 보였다.

그러다가 마차가 기울어져 뒤집히자 마차와 주얼, 말이 전부 한데 엉켰다. 캐시는 여전히 관을 받치며 끌어안은 채 시야에서 사라졌고, 말이 달려들어 물을 튀기는 바람에 나는 아무 말도 할 수 없었다. 나는 그때 캐시가 포기하고 수영을 하고 있다고 생각해서 주얼에게 돌아오라고 소리치고 있었는데, 그때 갑자기 주얼과 말도 물속으로 들어가 전부 사라진 줄 알았다. 말도 여울로 끌려갔다는 걸 알고 있었고, 가라앉고 있는 그 사나운 말과 저 마차, 여기저기 돌아다니는 관 때문에 상황이 꽤 좋지 않아질 것이었다. 나는 무릎까지 오는 물속에 서서 내 뒤에 있는 앤스에게 이렇게 소리치며 그 자리에 있었다. "자네가 무슨 짓을 했는지 이제 보이나? 자네가 무슨 짓을 했는지 이제 보이냐고?"

말이 다시 올라온다. 말이 이제는 고개를 쳐들고 제방을 향해 가고 있었는데 그때 하류 쪽에서 안장을 붙잡고 있던 한 명이 보이기에 나는 수영을 못하는 캐시를 찾아내려고 망할 바보처럼 제방을 따라 뛰어가기 시작했다. 제방 아래에서 아직도 달에게 소리치는 저 아이만큼 크게 캐시가 어디에 있냐고 주얼에게 소리치면서.

나는 흙바닥에서 뭐라도 계속 잡을 수 있도록 물속으로 들어갔다가 주얼을 보았다. 주얼이 반쯤 물에 잠겨 있어서 어찌 되었든 여울에 있다는 건 알고 있었다. 주얼이 상류 쪽으로 몸을 많이 기울이고 있었는데 그때 밧줄이 보이고, 주얼이 여울 바로 밑에 처박힌 마차를 잡고 있었던 곳에서 불어나는 물이 보인다.

자연인처럼 신음소리를 내면서 물을 튀기며 재빨리 제방 위로 올라오는 말을 붙든 건 캐시였다. 내가 다가가자 말은 캐시를 걷어차서 캐시가 잡은 안장을 느슨히 하고 있었다. 캐시가 다시 물로 미끄러져 들어갈 때 얼굴이 잠깐 보였다. 눈을 감고 얼굴에 가로로 길게 진흙 자욱이 그어진 캐시의 얼굴은 잿빛이었다. 캐시는 영락없이 제방에 대고 아래위로 치대며 빤 오래된 옷 무더기처럼 보였다. 물속에 얼굴을 박고 아래위로 약간 흔들리면서 바닥에 있는 무언가를 보며 엎드려 있는 것 같아 보였다.

밧줄이 끊어져서 물속에 들어가는 모습이 보였다. 기다렸다는 듯 마차의 무게가 쏠리다가 어쩐지 느릿느릿 달려 나가고, 밧줄이 쇠막대처럼 물속으로 세게 끊어져 들어가는 것 같은 느낌이 들었다. 밧줄이 시뻘겋게 달궈지기라도 한 듯 그 위로 물이 쉭쉭거리는 소리가 들렸다. 밧줄이 바닥에 처박힌 곧은 쇠막대이고 우리가 그 끝을 잡고 있는 것 같았다. 마차는 느긋하게 아래위로 움직이면서 마치 다시 정신을 차리고 느긋하게 우리 뒤를 받쳐준다는 듯, 마음을 정하자마자 기다렸다는 듯 우리를 밀고 찔러보는 것 같았다. 풍선처럼 부푼 새끼돼지 한 마리가 떠내려 오고 있었다. 누군가가 론 퀵의 새끼돼지들임을 알아보았다. 새끼돼지는 밧줄이 쇠막대라도 되는 양 쾅 부딪쳤다가 튕겨져서 계속 떠내려갔고, 우리는 밧줄이 아래로 기울어져 물속으로 들어가는 모습을 보고 있었다. 그 모습을 지켜보았다.

# 달

캐시가 돌돌 만 옷에 머리를 올리고 땅바닥에 등을 대고 누워 있다. 눈은 감고 있고 얼굴은 잿빛이고 머리는 그림붓으로 넘긴 듯 매끄러운 자국을 남기며 이마를 가로질러 착 발려 있다. 젖어서 피부를 팽팽하게 잡고 있던 단단함이 풀어진 듯 앙상하게 솟은 눈두덩과 코, 잇몸이 처져서 얼굴이 약간 가라앉은 것 같다. 창백한 잇몸에 박힌 이는 캐시가 조용히 웃고 있었던 듯 약간 벌어져 있다. 캐시가 젖은 옷을 입고 꼬챙이처럼 말라서는 누워 있는데 머리 옆에 작게 토해 놓은 웅덩이가 있고, 고개를 빨리 혹은 멀리 돌리지 못했던 듯 입가에서부터 볼 아래쪽까지 토사물이 한 줄기 흐르고 있어서 듀이 델이 몸을 굽혀 치맛단으로 닦아낸다.

주얼이 다가온다. 대패를 들고 있다. "버논 아저씨가 방금 직각자를 찾았어." 주얼이 말한다. 주얼도 물을 뚝뚝 흘리며 캐시를 내려다본다. "캐시가 아직 아무 말도 안 했어?"

"톱이랑 망치, 분필선, 자를 갖고 있었어." 내가 말한다. "그건 내가 알아."

주얼이 직각자를 내려놓는다. 아버지가 주얼을 본다. "멀리 있을 리는 없어." 아버지가 말한다. "다 같이 쓸려갔으니까. 이렇게 운 없는 사람이 또 있을까."

주얼은 아버지를 보지 않는다. "바더만을 여기로 다시 부르시는 게 좋겠어요." 주얼이 말한다. 캐시를 본다. 그러고는 몸을 돌려서 가 버린다. "캐시한테 되도록 빨리 얘기하라고 해." 주얼이 말한다. "그래야 다른 게 뭐가 더 있었는지 우리가 알지."

우리는 강으로 다시 간다. 마차는 완전히 끌려 나와 있고 바퀴도 불어난 물가 위에 굄목으로 받쳐져 있다 (조심스럽게. 우리 모두가 도왔다. 마차의 허름하고 익숙하고 무기력한 모양 위에 불과 한 시간쯤 전에 마차를 끌었던 노새들을 죽여 버린 폭력이 보이지는 않지만 여전히 아주 가까이에 얼마간 남아 있는 것 같다). 마차 바닥에 관이 심원하게 놓여 있고, 길고 옅은 색의 판자가 젖어서 조금 숨을 죽이고 있기는 하지만 진흙이 길게 묻은 흔적 두 군데를 제외하고는 물에 비친 금빛처럼 여전히 노란빛을 띠고 있다. 우리는 마차를 지나쳐 제방으로 간다.

밧줄 한쪽이 나무에 단단히 묶여 있다. 무릎까지 잠긴 바더만이 강가에 서서 몸을 약간 앞으로 구부리고는 넋이 빠져 몰두한 채 버논 아저씨를 보고 있다. 소리 지르는 걸 그만둔 아저씨가 겨드랑이까지 젖어 있다. 버논 아저씨가 강물에 어깨까지 잠겨서 밧줄의 다른 쪽 끝을 잡고는 바더만을 돌아본다. "그거보다 훨씬 더 뒤로." 아저씨가 말한다. "나무 옆으로 돌아가서 미끄러지지 않게 밧줄 좀 잡아 줘."

바더만이 밧줄을 따라 앞을 보지 않고 버논 아저씨를 보면서 뒷걸음쳐 나무로 간다. 우리가 올라오자 바더만이 둥글고 약간 멍한 눈으로 우리를 한 번 본다. 그러고는 그 넋이 나간 기민한 자세로 다시 버논 아저씨를 본다.

"망치도 찾았어." 버논 아저씨가 말한다. "분필선도 이미 찾았어야 하는 것 같은데. 떠내려갔을 거야."

"깨끗하게 떠내려갔죠." 주얼이 말한다. "못 찾을 거예요. 그래도 톱은 찾아야 해요."

"그런 것 같구나." 버논 아저씨가 말한다. 아저씨가 물을 본다. "분필선도. 캐시가 또 뭘 갖고 있었지?"

"아직 얘기를 안 했어요." 물에 들어가며 주얼이 말한다. 나를 돌아본다. "돌아가서 캐시를 깨워서 얘기하라고 해봐." 주얼이 말한다.

"아버지가 거기 계셔." 내가 말한다. 나는 주얼을 따라 밧줄을 잡고 물속으로 들어간다. 밧줄이 길게 늘어지면서 울리는 활 모양으로 힘없이 불룩해져 손 안에서 살아 있는 것처럼 느껴진다. 버논 아저씨가 나를 보고 있다.

"가보는 게 좋겠다." 아저씨가 말한다. "거기 있는 게 나아."

"물살이 쓸고 내려가기 전에 우리가 또 뭘 건질 수 있는지 보죠." 내가 말한다.

밧줄을 붙잡는데 물살이 우리 어깨 근처에서 감기며 잔물결을 일으킨다. 그러나 얼핏 보이는 그 온화함 아래로 물살의 진짜 힘이 서서히 우리에게 거슬러 온다. 7월에 물이 이렇게 차가우리라고는 생각지 못했다. 손으로 뼈를 만들고 찔러대는 것 같다. 버논 아저씨는 아직도 제방 쪽을 뒤돌아보고 있다.

"이게 우리가 전부 잡아도 버텨 주려나?" 아저씨가 말한다. 물에서 올라와 나무까지 가로로 단단하게 놓인 밧줄을 따라가면서 우리도 뒤를 돌아보는데, 바더만이 우리를 지켜보면서 밧줄 옆에 살짝 쭈그리고 앉아 있다. "내 노새가 집으로 가 버리지 않았으면 좋겠는데." 버논 아저씨가 말한다.

"빨리 와요." 주얼이 말한다. "여기서 벗어나자고요."

차가운 물의 벽이 비스듬히 기운 진흙을 우리 발밑에서 뒤로, 그리고 상류 쪽으로 빨아들인다. 우리는 밧줄을 붙잡고 서로에게 꽉 잡힌 채 차례로 물에 들어가 차가운 바닥을 따라 더듬거리며 그렇게 매달려 있다. 바닥에 있는 진흙조차도 가만히 있질 않는다. 우리 밑에 있는 땅도 움직이는 듯 싸늘하고 세차게 흐르는 기운이 있다. 우리는 뻗은 팔을 서로 만지고 더듬거리며 밧줄에 기대어 조심스럽게 움직인다. 그러니까 차례로 일어서면 나머지 둘 중 한 명이 수면 밑을 더듬는 동안, 빨아들이며 부글거리는 물을 지켜보는 거다. 아버지가 우리를 지켜보며 물가로 내려왔다.

버논 아저씨가 물이 줄줄 흐르는 채 올라오는데, 아저씨 얼굴이 아래로 숙여져 숨을 내쉬는 오므린 입으로 들어갈 것 같다. 아저씨의 입이 풍화된 고무 덩어리처럼 푸르스름하다. 아저씨가 자를 들고 있다.

"그걸 보면 캐시가 기뻐할 거예요." 내가 말한다. "정말 새 거거든요. 카탈로그에서 보고 바로 지난달에 샀죠."

"다른 게 또 뭐가 있는지 확실히 알 수만 있으면 좋을 텐데." 어깨 너머를 보더니 몸을 돌려 주얼이 사라진 곳을 보며 버논 아저씨가 말한다. "쟤 나보다 먼저 내려가지 않았니?" 버논 아저씨가 말한다.

"모르겠어요." 내가 말한다. "그런 것 같은데요. 네. 맞아요, 그랬어요."

우리는 천천히 소용돌이치며 우리에게서 멀어져 흘러가는, 질척질척 휘감기는 수면을 지켜본다.

"주얼이 잡고 있는 밧줄을 좀 당겨봐." 버논 아저씨가 말한다.

"주얼이 아저씨 쪽 끝을 잡고 있어요." 내가 말한다.

"내 쪽 잡고 있는 사람 없는데." 아저씨가 말한다.

"줄 당기세요." 내가 말한다. 하지만 아저씨는 물 위로 밧줄 끝을 잡아 벌써 당겨보았다. 그리고 그때 우리가 주얼을 본다. 주얼은 10야드 떨어진 곳에 있다. 숨을 내뿜으며 올라와서는 고개를 홱 젖혀 긴 머리카락을 뒤로 보내며 우리를 보더니 제방 쪽을 본다. 폐를 채우는 주얼이 보인다.

"주얼." 버논 아저씨가 말하는데 목소리가 풍부하면서도 명확하게, 단호하지만 적당히 물을 따라 간다. "그건 여기로 다시 올 거다. 돌아오는 게 좋을 거야."

주얼이 다시 물에 뛰어든다. 우리는 그 자리에 서서 물살에 등을 기대고 주얼이 사라진 물을 바라보면서, 소방 호스 노즐을 들고 물을 기다리는 사람들처럼 둘이서 쓸모없어진 밧줄을 들고 있다. 갑자기 듀이 델이 우리 뒤 물속에 있다. "주얼한테 돌아오라고 해." 듀이 델이 말한다. "주얼!" 듀이 델이 말한다. 주얼이 다시 올라와 눈가에 붙은 머리카락을 뒤로 젖힌다. 주얼은 이제 제방을 향해 수영을 하고 있고, 물살이 하류 쪽으로 흐르며 주얼을 휩쓸고 간다. "애, 주얼!" 듀이 델이 말한다. 우리는 밧줄을 잡고 서서 제방에 다다라 물 밖으로 올라오는 주얼을 본다. 물에서 올라오면서 주얼이 상체를 구부려 무언가를 줍는다. 제방을 따라 돌아온다. 주얼이 분필선을 찾았다. 우리 반대편에서 오더니 그 자리에 서서 무언가를 찾고 있었다는 듯 주위를 둘러본다. 아버지가 제방을 내려간다. 물이 느릿하게 흐르는 굽이의 안쪽에서 떠다니며 조용히 서로 스치는 노새의 둥근 시체를 보러 돌아가고 있다.

"망치는 어쩌셨어요, 버논 아저씨?" 주얼이 말한다.

"캐시한테 주려고." 바더만에게 고갯짓을 하며 버논 아저씨가 말한다. 바더만이 아버지를 눈으로 좇고 있다. 그러다가 주얼을 본다. "직각자랑 같이." 버논 아저씨가 주얼을 보고 있다. 주얼이 제방 쪽으로 움직이면서 듀이 델과 나를 지나친다.

"넌 여기에서 나가." 내가 말한다. 듀이 델은 주얼과 버논 아저씨를 보며 아무 말도 하지 않는다.

"망치가 어디 있지?" 주얼이 말한다. 바더만이 종종거리며 제방에 올라가 망치를 가져온다.

"망치가 톱보다 무거운데." 버논 아저씨가 말한다. 주얼이 분필선 끝을 망치 손잡이 둘레에 묶고 있다.

"망치에 나무가 제일 많이 들어 있으니까요." 주얼이 말한다. 주얼의 손을 쳐다보며 주얼과 버논 아저씨가 서로를 마주 보고 있다.

"그리고 더 평평하기도 하지." 버논 아저씨가 말한다. "세 번 중에 한 번 꼴로 뜰 거야, 거의. 대패로 해봐."

주얼이 버논 아저씨를 본다. 아저씨도 키가 크다. 길고 호리호리한 두 사람이 젖어서 착 감기는 옷을 입고 같은 눈높이로 서 있다. 론 퀵은 흐린 하늘을 보고도 10분 단위로 시간을 가늠할 수 있었다. 아들 론 말고 아버지 론이 그렇다는 말이다.

"물에서 나오지 그래?" 내가 말한다.

"그건 톱처럼 뜨지 않을 거예요." 주얼이 말한다.

"망치보다는 톱이랑 더 비슷하게 뜰 거야." 버논 아저씨가 말한다.

"내기하실래요." 주얼이 말한다.

"내기는 안 할래." 버논 아저씨가 말한다.

움직임이 없는 주얼의 손을 보며 둘은 그 자리에 서 있다.

"망할." 주얼이 말한다. "대패로 하죠, 그럼."

그래서 둘은 대패를 가져다가 분필선에 묶고 다시 물에 들어간다. 아버지가 제방을 따라 다시 온다. 잠시 멈춰서는 약해진 송아지인지 늙고 키 큰 새처럼인지 구부정하고 애절하게 우리를 본다.

버논 아저씨와 주얼이 물살을 거슬러 돌아온다. "비켜." 주얼이 듀이 델에게 말한다. "물에서 나와."

둘이 지나갈 수 있도록 듀이 델이 나를 약간 밀치고, 깨지기 쉬운 물건이라도 되는 듯 주얼이 대패를 높이 들고 있어서 파란색 끈이 어깨 너머로 뒤에서 끌리고 있다. 둘이 우리를 지나치더니 멈춘다. 어디에서 마차가 뒤집어졌는지를 놓고 조용히 말싸움을 하기 시작했다.

"달이 알 거야." 버논 아저씨가 말한다. 둘이 나를 본다.

"모르는데요." 내가 말한다. "거기 그렇게 오래 있지 않았어요."

"망할." 주얼이 말한다. 버논 아저씨와 주얼이 물살을 거슬러 발로 여울을 읽으며 조심스럽게 움직인다.

"밧줄 잡고 있니?" 버논 아저씨가 말한다. 주얼은 대답하지 않는다. 계산하는 듯한 눈길로 물가를 흘끗 돌아보더니 다시 물을 본다. 주얼이 대패를 바깥쪽으로 내던지면서 끈이 손가락에 스치도록 하자 끈이 지나간 자리의 손가락이 파랗게 변한다. 줄이 멈추자 주얼이 버논 아저씨에게 돌려준다.

"이번에는 내가 가는 게 낫겠어." 버논 아저씨가 말한다. 이번에도 주얼은 대답하지 않는다. 우리는 수면 아래로 몸을 휙 수그리는 주얼을 지켜본다.

"주얼." 듀이 델이 훌쩍이며 말한다.

"저긴 그렇게 깊지 않아." 버논 아저씨가 말한다. 아저씨는 뒤를 보지 않는다. 주얼이 들어간 물을 보고 있다.

주얼이 올라오면서 톱을 들고 있다.

우리가 마차를 지나치는데 아버지가 마차 옆에 서서 진흙이 묻은 두 군데를 나뭇잎 한 줌으로 문지르고 있다. 숲을 배경으로 보니 주얼의 말이 빨랫줄에 널린 조각보 이불 같다.

캐시는 움직이지 않았다. 듀이 델이 쪼그리고 앉아 캐시의 머리를 받치고 있고 우리는 대패와 톱, 망치, 직각자, 자, 분필선을 들고 캐시 위로 서 있다. "캐시." 듀이 델이 말한다. "캐시."

캐시가 눈을 뜨더니 거꾸로 보이는 우리 얼굴을 뚫어져라 올려다본다.

"이렇게 운 없는 사람이 또 있을까." 아버지가 말한다.

"봐, 캐시." 도구들을 위로 들어 캐시가 볼 수 있도록 하면서 우리가 말한다. "또 뭐 가지고 있었어?"

캐시가 말하려고 하는데 고개를 이리저리 돌리고 눈을 감아 버린다.

"캐시." 우리가 말한다. "캐시."

캐시는 토하려고 고개를 돌린 것이다. 듀이 델이 젖은 치맛단으로 캐시의 입을 닦아준다. 그러고 나자 캐시가 말을 할 수 있다.

"톱날 세우는 기구가 있었대요." 주얼이 말한다. "자를 샀을 때 캐시가 샀던 새 거예요." 주얼이 돌아서서 움직인다. 버논 아저씨는 여전히 쭈그리고 앉아서 주얼의 뒤를 올려다본다. 그러더니 일어나서 주얼을 따라 물가로 내려간다.

"이렇게 운 없는 사람이 또 있을까." 아버지가 말한다. 우리가 쭈그리고 앉아 있어서 아버지가 우리 위로 우뚝 솟아 있는 것 같다. 술 취한 만화가가 거친 나무에서 서툴게 깎아낸 인물상처럼 보인다. "이건 시련이야." 아버지가 말한다. "그렇다고 내가 그 사람을 원망하는 건 아냐. 내가 그 사람을 원망한다고는 아무도 말 못할 걸." 캐시가 토하지 않도록 듀이 델이 캐시의 머리를 약간 틀어서 접은 외투 위에 다시 내려놓았다. 캐시 옆에 도구들이 놓여 있다. "교회에서 떨어졌을 때 부러진 다리를 또 다친 것이니 운이 좋다고 해야 할지." 아버지가 말한다. "그렇다고 내가 그 사람을 원망하는 건 아냐."

주얼과 버논 아저씨는 다시 강 속에 있다. 여기에서 보면 둘은 전혀 수면을 어지럽히는 것 같지 않다. 강물이 둘을 한 방에 베어버려서 몸통 두 개가 아주 미미하고 우스울 정도로 신경을 써 가면서 수면 위를 움직이는 것 같다. 기계를 오랫동안 보고 듣고 나면 그렇듯 평화로워 보인다. 뭉쳐 있는 자신이라는 것이 원래의 수많은 움직임으로 분해된 것처럼, 그리고 보고 듣는 것

자체가 눈멀고 귀먹은 것처럼. 쭈그리고 앉으니 듀이 델의 젖은 옷 때문에 눈먼 남자 셋의 죽은 눈에 이 대지의 지평선과 계곡, 그러니까 포유동물의 저 우스꽝스러운 모습이 보인다.

# 캐시

균형이 맞지 않았다. 내가 얘기했는데 이걸 들어서 균형을 맞춰 실으려면……

# 코라


어느 날 우리는 이야기를 하고 있었다. 저번 여름 전도 집회 때 휘트필드 형제님은 애디의 영혼을 붙잡고 씨름하고 애디를 지목해서 언젠가는 죽는 마음에 있는 허영심과 싸웠다. 그 이후에조차 애디는 단 한 번도 순수하게 독실했던 적이 없었고, 나는 애디에게 여러 번 "신께서는 고된 인간의 운명을 위로하고자 당신에게 아이들을 주셨고 주님 자신의 고통과 사랑의 증표로 주님의 사랑 안에서 당신이 아이들을 잉태하고 낳은 거예요."라고 말했다. 애디는 신의 사랑과 신에 대한 자신의 의무 역시 당연한 것으로 여겼고, 신께서는 그런 행동을 기꺼워하지 않으시기 때문에 나는 그 말을 해주었다. 내가 "신께서는 주님의 영원한 찬송 안에서 우리가 더 큰 목소리를 낼 수 있는 선물을 주셨어요."라고 말했는데, 그건 천국에서는 한 번도 죄를 짓지 않은 100명보다는 죄 지은 사람 한 명을 더 기꺼워하기 때문이다. 그리고 애디는 "매일매일 내 삶이 내가 지은 죄에 대한 인정이고 속죄예요."라고 말했고 나는 "당신이 뭐라고 무엇이 죄고 무엇이 죄가 아닌지를 얘기하는 거죠? 판단은 주님의 몫이에요. 주님만이 마음을 꿰뚫어 보실 수 있으니 우리의 몫은 다른 사람들이 듣는 가운데 주님의 자비와 주님의 신성한 이름을 찬양하는 거죠. 주님께 마음을 열지도 않고 주님의 은총을 받지 않고서는 여자의 삶이 남자가 보기에 옳다고 해도 자기 마음에 죄가 있는지 아닌지를 알 수 없는 거예요. 나는 "당신이 충실한 아내로 살아왔다는 게 당신 마음에 죄가 없다는 걸 의미하지는 않아요. 당신의 삶이 고되다는 게 주님의 은총이 당신을 용서한다는 걸 뜻하지는 않죠."라고 말했다. 그러자 애디는 "난 내 죄를 알아요. 내가 벌을 받아야 마땅하다는 걸 알아요. 그걸 원망하진 않아요."라고 말했다. 그리고 나는 "당신이 신의 자리에서 죄와 구원을 판단하겠다는 게 허영심의 발로라는 거예요. 언젠가는 죽는 우리의 운명은 죄를 심판하고 아득한 옛날부터 시련과 고난을 통해 구원을 주신 주님을 소리 높여 찬양하고 고통 받는 거예요 아멘. 휘트필드 형제님처럼 신의 숨결을 마셨다는 경건한 사람이 당신을 위해 기도하고 다른 사람 같으면 하지도 못했을 정도로 애를 썼는데, 아닌 건가요."라고 말했다.

우리 죄를 심판하거나 주님의 눈에 무엇이 죄인지 아는 건 우리가 아니니까. 애디는 고된 삶을 살았지만 모든 여자가 그러하다. 하지만 애디는 주님보다도, 이 인간 세상에서 죄와 싸우며

애써온 사람들보다도 자신이 죄와 구원에 대해 더 많이 알고 있다는 것처럼 얘기한다는 생각이 든다. 애디가 저지른 유일한 죄는 신의 손길이 닿은, 우리 인간들에게는 이상해 보이지만 애디를 정말 사랑한 달보다는 애디를 한 번도 사랑한 적이 없는 주얼을 편애한 것이었고 그 자체로 벌이었다. 나는 "당신은 죄가 있어요. 그리고 벌도요. 주얼이 당신 벌이에요. 그렇지만 당신의 구원은 어디 있나요? 그리고 인생은 짧아요."라고 말했다. "영원한 은총을 받아들일 정도로 보면 말이죠. 그리고 신은 질투가 많은 분이에요. 심판하고 각자의 몫을 나눠주는 건 신의 일이에요. 당신 일이 아니라."라고 말했다.

"알아요." 애디가 말했다. "난……" 그러더니 말을 멈추었고, 내가 말했다.

"뭘 안다는 거예요?"

"아무것도 아니에요." 애디가 말했다. "그가 내 십자가고 그가 내 구원이 될 거예요. 그가 물에서, 또 불에서 날 구해줄 거예요. 내가 내 인생을 내려놓아도 그가 날 구해줄 거예요."

"주님께 자기 마음을 열고 소리 높여 주님을 찬양하지 않고 어떻게 아나요?" 내가 말했다. 그때 나는 애디가 신을 염두에 두고 한 말이 아니라는 걸 깨달았다. 자기 마음 속 허영의 발로로 애디가 신성모독을 했다는 걸 깨달았다. 그리고 나는 바로 그 자리에서 무릎을 꿇었다. 애디에게 무릎을 꿇고 마음을 열어 허영심이라는 악마에서 벗어나 주님의 자비 앞에 몸을 던지기를 간

곡히 부탁했다. 하지만 애디는 요지부동이었다. 신께 자기 마음을 닫고 그 이기적이고 한심한 아이를 주님의 자리에 놓고 자신의 허영심과 자만심에 빠져 그 자리에 앉아 있을 뿐이었다. 그 자리에서 무릎을 꿇고 난 애디를 위해 기도했다. 나와 내 가족을 위해 했던 기도보다 더 간절히 저 불쌍하고 눈먼 여인을 위해 기도했다.

# 애디

학교가 파하고 마지막 아이가 작고 더러운 코를 훌쩍이며 나오는 오후가 되면 난 집이 아니라 조용히 있으면서 애들을 싫어할 수 있는, 언덕에 있는 우물가로 가곤 한다. 물이 콸콸 솟았다가 사라지고 햇빛이 나무들 틈에 조용히 걸리고 축축하고 썩어 가는 이파리와 새 흙의 조용한 냄새가 있는 그곳은 그때쯤 조용했다. 특히 초봄에 냄새가 제일 심해서 더 그랬다.

    살아가는 이유란 오랫동안 죽어 있을 준비를 하기 위해서라고 아버지가 말하곤 했던 기억이 생생했다. 그리고 각자가 비밀과 이기적인 생각, 서로에게 낯선 피와 내게 낯선 피가 흐르는 애들을 매일매일 보면서 이게 내가 죽어 있을 준비를 할 수 있는 유일한 방법인 것 같다는 생각을 해야 했을 때, 애초에 나를 심어 놓은 아버지를 미워하곤 했다. 애들이 잘못을 저질러서 내가 매질할 수 있는 때를 고대했다. 회초리가 떨어질 때 내 살에 회초리가 닿는 게 느껴졌다. 부어오르면 흐르는 건 내 피였고, 회초리로 내려칠 때마다 생각하곤 했다. 이제 네가 나를 알아주는구나! 이제 내가, 내 피로 언제까지나 네 피에 흔적을 남긴 내가, 비밀스럽고 이기적인 네 삶에 들어가 무언가가 됐구나.

그래서 나는 앤스와 결혼했다. 학교 건물을 지나가는 앤스를 서너 번 보았는데 그리로 지나가려고 앤스가 가는 길에서 4마일을 벗어나 마차를 몰고 있었다는 사실을 알게 되었다. 그때 키가 크고 젊은 앤스의 등이 굽어지기 시작한다는 걸 알게 되었는데 마차 의자에 앉은 앤스는 이미 추운 날 구부정하게 있는 키 큰 새 같아 보였다. 앤스는 학교 건물을 지나치곤 했는데 천천히 삐걱거리는 마차가 지나가면 학교 건물의 문을 보려고 그의 고개가 천천히 돌아갔고, 그러다가 굽은 길을 돌아 시야에서 사라져갔다. 어느 날 나는 문으로 가서 앤스가 지나갈 때 서 있었다. 나를 보더니 앤스는 재빨리 시선을 돌리고는 다시 돌아보지 않았다.

초봄이 최악이었다. 북쪽으로 가는 기러기가 끼룩거리는 소리가 거친 어둠을 뚫고서 희미하고 높고 거칠게 들려오는 밤에 누워 있으면 견디지 못할 것 같다는 생각이 들었고, 낮 동안에 나는 마지막 아이가 나가서 내가 우물가에 갈 수 있기를 몹시 바라는 것 같았다. 그래서 그날 고개를 들었을 때 나들이옷을 입고 손으로 모자를 돌리는 앤스가 보이자 내가 말했다.

"여자가 있는 거면 도대체 왜 아무도 당신한테 머리 좀 자르라고 하질 않는 거죠?"

"여자 없습니다." 앤스가 말했다. 그러다가 앤스가 갑자기 말했는데, 그의 두 눈이 낯선 마당에 있는 사냥개 두 마리처럼 내게로 덤벼든다. "그래서 당신을 만나러 온 겁니다."

"그리고 당신 어깨도 좀 들고 다니라고 하고요." 내가 말했다. "여자가 아무도 없다고요? 그렇지만 집이 있으시잖아요. 집하고 좋은 농장을 갖고 계시다고 그러던데요. 그러면 거기서 혼자 살면서 다 알아서 하시는 거예요, 정말로?" 앤스는 손으로 모자를 돌리면서 나를 바라보기만 했다. "새 집이라던데." 내가 말했다. "결혼하실 건가요?"

그리고 내게 눈을 맞추면서 앤스가 다시 말했다. "그래서 당신을 만나러 온 겁니다."

나중에 그는 내게 "전 식구가 없습니다. 그러니 당신이 걱정할 일은 없을 겁니다. 당신은 식구가 없을 것 같지 않네요."라고 말했다.

"네. 있어요. 제퍼슨에 있어요."

앤스의 얼굴이 약간 숙여졌다. "저, 제가 재산이 조금 있습니다. 돈도 아껴서 살고요. 평판도 좋고 정직하죠. 시내 사람들이 어떤지 알고 있지만 친척분들이 제게 이야기할 땐 아마도……"

"들어주실 거예요." 내가 말했다. "하지만 그분들한테 말 붙이기는 힘들 거예요." 앤스가 내 얼굴을 보고 있었다. "땅에 묻혀 있거든요."

"하지만 살아 있는 친척은요." 앤스가 말했다. "그분들은 다를 텐데요."

"그럴까요?" 내가 말했다. "모르겠어요. 친척분들이 다 돌아가셔서요."

그래서 난 앤스와 결혼했다. 캐시를 가졌다는 걸 알았을 때 나는 사는 게 끔찍하다는 걸, 이게 그런 사실에 대한 답이라는 걸 알았다. 바로 그때 말이 소용없다는 걸 알게 되었다. 말이라는 것이 전달하려고 하는 내용에도 전혀 들어맞지 않는다는 걸 말이다. 캐시가 태어났을 때 모성애라는 단어는 그에 해당하는 단어가 있어야 하는 사람이 만들어 냈다는 걸 알게 되었다. 아이가 있는 사람은 모성애를 가리키는 단어가 있든 없든 상관하지 않으니까. 두려움이라는 단어는 두려움을 느껴본 적이 없는 누군가가 만들어 냈다는 걸 알게 됐다. 자존심이라는 단어는 자존심을 가져본 적이 없는 누군가가 만든 것이고. 사실은 애들 코가 지저분해서가 아니라, 줄에 입으로 매달려 흔들리고 비틀면서도 절대 닿지 않는 거미처럼 우리가 말로써 서로를 이용해야 했다는 것을, 그리고 회초리를 휘둘러야만 내 피와 아이들의 피가 하나로 흐를 수 있다는 것을 알게 되었다. 내 외로움이 매일같이 깨져야 하는 게 아니라 캐시가 태어날 때까지 한 번도 깨진 적이 없었다는 사실을 알게 되었다. 밤에 앤스가 곁에 있었을 때조차도 아니었다.

앤스에게도 단어가 있었다. 앤스는 그걸 사랑이라고 했다.

하지만 난 오랫동안 말에 익숙해져 있었다. 그 단어가 다른 것들과 마찬가지라는 사실을 알았다. 결핍을 채우려는 형상일 뿐. 때가 되면 자존심이나 두려움과 마찬가지로 말이 필요 없게 되리라는 것을. 캐시는 내게, 나는 캐시에게 그 말을 해줄 필요가 없었고, 나는 원한다면 앤스더러 그 단어를 쓰라고 하지, 라고 말하곤 했다. 그래서 앤스 혹은 사랑, 사랑 혹은 앤스였다. 상관없었다.

어둠 속에서 앤스와 누워 있고 손 뻗으면 닿을 거리에 있는 요람에서 캐시가 잠들어 있을 때에도 나는 이런 생각을 하곤 했다. 캐시가 깨서 울면 젖도 먹이리라 생각하곤 했다. 앤스 혹은 사랑. 상관없었다. 내 외로움은 깨졌다가 깨짐으로 인해 다시 온전해졌다. 시간, 앤스, 사랑, 무엇이 됐든 관심 밖의 일이었다.

그러다가 달을 가졌다는 사실을 알게 됐다. 처음에는 믿지 않으려 했다. 그러고는 앤스를 죽이리라 믿었다. 마치 종이 장지 안에 있다가 종이를 뚫고 내 등을 때린 듯 말 속에 감추어져서 앤스가 나를 속인 것 같았다. 하지만 그때 나는 앤스나 사랑보다 더 오래된 말에 속았다는 것을, 바로 그 말이 앤스도 속였다는 것을, 그리고 내가 복수하고 있다는 사실을 앤스가 절대 모르게 하는 게 내 복수가 되리라는 것을 깨달았다. 그래서 달이 태어났을 때 나는 앤스에게 내가 죽으면 제퍼슨에 데리고 가달라고 부탁했다. 내가 틀렸다는 사실을 내가 알 수도 있었던 만큼 자신이 옳았다는 사실을 아버지가 몰랐을 때조차 난 아버지가 옳았다는 걸 알았으니까.

"말도 안 되는 소리." 앤스가 말했다. "당신하고 나 이제 애가 둘이야, 아직 자식도 다 낳지 않았는데."

앤스는 자신이 그때 죽었다는 걸 몰랐다. 때때로 나는 이제 내 피와 살로 된 땅에 귀 기울이며 어둠 속에서 앤스 옆에 누워 생각하곤 했다. 앤스. 왜 앤스야. 왜 당신이 앤스인 거야. 얼마 후 단어가 형상으로, 그릇으로 보일 때까지 그의 이름에 대해 생각하곤 했고, 식은 당밀이 어둠에서 흘러나와 항아리가 꽉 차서 움직임 없이 서 있을 때까지 그릇으로 들어가는 것처럼 앤스가 액화되어 단어 속으로 흘러 들어가는 모습을 보곤 했다. 텅 빈 문틀처럼 아주 생명이 없는 의미심장한 형상. 그러다가 내가 그 단지의 이름을 잊어버렸다는 사실을 깨닫곤 했다. 이런 생각을 했다. 처녀였을 때 내 몸의 모양은              이런 모양이고 나는 앤스를 생각할 수도, 앤스를 기억할 수도 없었다. 스스로를 더 이상 비(非)처녀로 생각할 수 있게 되어서가 아니라 이제 나는 세 사람이었기 때문이다. 그래서 내가 캐시와 달의 이름이 죽어서 어떤 형상으로 굳어졌다가 점차 사라질 때까지 그런 식으로 아이들을 생각할 때면 괜찮아. 상관없어. 애들을 뭐라 부르든 상관없어. 라고 말하곤 했다.

그래서 코라 툴이 내가 진정한 엄마가 아니라고 이야기했을 때 나는 어떻게 단어들이 빠르고 악의 없이 가느다랗게 한 줄로 곧장 올라가는지, 그리고 얼마나 끔찍하게 행동이 땅을 따라가 매달려서 얼마 후에는 그 두 줄이 너무 멀리 떨어져서 한 사람이 다리를 양쪽으로 걸칠 수 없을 정도가 되는지 생각하곤 했다. 죄와 사랑과 두려움은 죄를 짓지도, 사랑하지도, 두려워해본 적도 없는 사람들이 그 단어를 잊을 때까지 가져본 적도 없고, 가질 수도 없는 것 때문에 갖고 있는 소리일 뿐이다. 요리도 제대로 못하는 코라처럼.

코라는 내가 애들에게, 앤스에게, 그리고 신께 무엇을 빚지고 있는지에 대해 이야기하곤 했다. 난 앤스에게 애들을 주었다. 내가 원한 게 아니었다. 앤스가 내게 줄 수도 있었던 것, 그러니까 앤스가 아닌 것에 대해 부탁해본 적도 없다. 그게, 그런 걸 부탁하지 않는 게 앤스에 대한 내 의무였고 나는 그 의무를 이행했다. 나는 나일 것이었다. 앤스가 하는 말의 형상과 메아리가 되도록 해줄 것이었다. 앤스가 그런 걸 요구할 수도 없었을 테고, 말 한마디로 그렇게 행동하면서 자신의 모습을 지킬 수도 없었을 것이기 때문에 그건 앤스가 요구한 것 이상이었다.

그러다가 앤스가 죽었다. 자신이 죽었다는 건 몰랐다. 나는 어둠 속에서 앤스 옆에 누워 어두운 땅이 신의 사랑과 신의 아름다움과 신의 죄에 대해 이야기하는 소리를 들었다. 말이 곧 행동인 어두운 무언(無言)을 들었고, 행동이 아니라 사람들의 결핍 속에 있는 간극일 뿐인 말들이 예전의 끔찍한 밤에 사나운 어둠을 뚫고 들리는 거위 울음소리처럼 내려오는 소리도 들었다. 군중 속에서 누군가 가리킨 두 사람을 보면서 저분들이 너희 아버지, 너희 어머니시다, 라는 말을 들은 고아들처럼 말이 행동 앞에서 더듬는 소리도.

나는 알아냈다고 생각했다. 그 이유가 살아 있는 사람들에 대한, 끔찍한 피에 대한, 땅을 타고 끓는 빨갛고 씁쓸한 피에 대한 의무라고 믿었다. 나는 죄라는 것이 우리가 둘 다 사람들 앞에서 입은 옷처럼, 그 사람이 그 사람이고 내가 나였기 때문에 필요한 신중함이라고 생각하곤 했다. 앤스는 신이 만든 죄를 정화하기 위해서 죄를 만든 신이 정한 도구였기 때문에 그 죄가 더 철저하고 끔찍했다. 앤스가 보기 전에 나는 그를 기다리면서 숲에 있는 동안 죄를 입은 앤스의 모습을 생각하곤 했다. 나는 앤스도 내가 죄를 입은 모습을 생각하리라 여기곤 했다. 앤스가 죄와 맞바꾼 옷은 정화되었으니 그가 더 아름답겠지. 나는 죄라는 것이 하늘 높은 곳에 있는 죽은 단어의 황량한 메아리에 맞게 끔찍한 피의 모양을 만들고 억누르기 위해 우리가 벗을 옷이라고 생각하곤 했다. 그러다가 다시 앤스와 동침하곤 했다. 앤스에게 거짓말은 하지 않았다. 캐시와 달이 젖을 뗄 때가 되어 젖을 주지 않았던 것처럼 거부했을 뿐이었다. 어두운 땅의 소리 없는 말소리를 들으면서.

나는 아무것도 숨기지 않았다. 그 누구도 속이려 한 적이 없었다. 난 상관하지 않았을 거다. 사람들 앞에서 옷을 입듯이, 내 안전을 위해서가 아니라 스스로를 위해 필요하다고 앤스가 생각한 대로 조심했을 뿐이었다. 그리고 코라가 내게 이야기했던 그때 시간이 지나면서 어떻게 높이 있는 죽은 단어들이 죽은 소리의 의미조차 잃는 것 같은지에 대해 생각하곤 했다.

그러다가 끝이 났다. 앤스가 가 버렸고 내가 앤스를 다시 보기는 하겠지만, 은밀히 오느라 낸 속도 때문에 이미 옆으로 날리는 용감한 옷을 입은 것처럼 죄를 입고서 내가 있는 숲으로 빠르고 은밀하게 오는 앤스를 다시는 보지 못하리라는 점을 내가 알고 있었다는 의미에서 끝난 것이었다.

하지만 나에게는 끝난 게 아니었다. 그러니까 시작과 끝이라는 의미에서는 끝났다는 건데, 내게는 그때 그 무엇에도 시작과 끝이 없었기 때문이다. 심지어 나는 자제하며 가만히 있는 앤스를 안기도 했는데, 그 사람이 물러나려는데 내가 안고 있었던 건 아니었고 달리 할 일이 없는 듯할 때 그랬다는 거다. 내 아이들은 나 혼자만의 자식이었고, 땅을 타고 끓는 사나운 피였고, 나와, 살았던 사람들 모두의 자식이었다. 누구의 자식도 아니면서 모두의 자식이었다. 그러다가 나는 주얼을 가졌다는 걸 알게 되었다. 잠에서 깨어나 임신인지 알아야 한다는 사실을 기억했을 때는 앤스가 가 버린 지 두 달이었다.

아버지는 사는 이유가 죽어 있을 준비를 하는 거라고 말했다. 난 마침내 아버지의 말을 이해했고 아버지가 자신의 말뜻을 몰랐으리라는 사실도 알게 되었다. 남자가 일이 끝나고 집을 치우는 것에 대해 뭐라도 알 리가 없으니까. 그래서 난 집을 치웠다. 주얼을 낳을 때 나는 등불 옆에 누워서 고개를 들고 주얼이 숨을 쉬기 전에 의사가 거길 막고 봉합하는 모습을 지켜보았다. 사나운 피가 끓다가 없어지고 그 소리도 멈췄다. 그러자 따뜻하고 잔잔한 젖과 느긋한 침묵 속에 조용히 누워 집 치울 준비를 하는 나만 있을 뿐이었다.

나는 주얼을 부정하려 앤스에게 듀이 델을 주었다. 그러고 나서는 내가 그에게서 빼앗은 아이를 대체할 바더만을 주었다. 그리고 이제 앤스에게는 내 자식이 아니라 그의 자식인 아이 셋이 있다. 그런 다음 난 죽을 준비를 할 수 있었다.

어느 날 나는 코라와 이야기하고 있었다. 코라는 내가 죄를 보지 못한다고 생각해서 나도 무릎 꿇고 기도하기를 바라면서 나를 위해 기도했는데, 죄가 그저 말일 뿐인 사람들에게는 구원도 역시 그저 말일 뿐이니까.

# 휘트필드

그 사람이 죽어 가고 있다는 이야기를 듣고 그날 밤 나는 꼬박 사탄과 씨름하여 승리를 거두었다. 잠에서 깨어나 내 죄의 엄중함을 깨닫게 되었다. 마침내 나는 진실한 빛을 보았고, 무릎을 꿇고 신께 고백하며 그분의 인도를 청해 받아들였다. "일어나라." 신께서 말씀하셨다. "네가 살아 있는 거짓말을 놓고 온 그 집에 가거라. 저들 중에 너와 함께 내 말을 어긴 사람이 사는 집으로. 네 죄를 큰 소리로 고백해라. 너를 용서하는 건 그들, 기만당한 남편이다. 내가 아니라."

그래서 나는 갔다. 툴네 다리가 없어졌다고 들었다. 나는 "감사합니다, 오오 주여, 모든 이를 지배하는 거룩하신 분이시여." 라고 말했다. 극복해야 하는 그런 위험과 어려움에서 나는 주님께서 날 버리지 않으셨음을 보았다. 주님의 성스러운 평화와 사랑에 다시 받아들여져 더 달콤할 것임을. "제가 배신한 사람의 용서를 구하기 전에 제가 사라지지 않도록 해주십시오." 내가 기도했다. "너무 늦지 않도록 해주십시오. 저와 그 사람이 지은 죄의 이야기가 제가 아닌 그 사람의 입에서 나오지 않도록 해주십시오. 그 사람은 그때 절대로 말하지 않겠다고 맹세했지만 영원은 직면하기가 너무 무섭습니다. 제가 직접 사탄과 허벅지를 맞대고 씨름하지 않았습니까? 제 영혼에 그 사람의 지키지 못한 맹세라는 죄를 얹지 않도록 해주십시오. 제가 다치게 한 사람들이 있는 곳에서 제 영혼을 씻어낼 때까지 주님의 거룩하신 분노의 물결이 저를 감싸지 않도록 해주십시오."

홍수 난 강을 안전하게 건널 수 있게 해주시고, 물살의 위험을 피하게 해주신 건 바로 주님의 손이었다. 통나무와 뿌리 뽑힌 나무가 내 연약함을 향해 돌진하자 내 말은 겁에 질렸고 내 심장도 나를 저버렸다. 하지만 내 영혼은 아니었다. 몇 번이고 파괴의 마지막 순간에 나무가 나를 피해 갔고 나는 홍수 난 강의 소리보다 목소리를 높였다. "주님을 찬양합니다. 오오 거룩하신 주님이시자 왕이시여. 이를 증표로 제 영혼을 정화하고 주님의 영원한 사랑을 다시 얻고자 합니다."

그때 나는 용서받았음을 알았다. 홍수와 위험을 뒤로 하고 다시 단단한 땅을 가로질러 말을 타고 나아가자 나의 겟세마네 동산[7]에 점점 더 가까워졌고, 내가 해야 할 말의 틀을 짰다. 내가

---

7) 예루살렘 동쪽에 있는    그리스도 수난의 땅.

집에 들어가겠지. 그 사람이 이야기하기 전에 내가 막겠지. 그 사람 남편에게 이렇게 말하겠지. "앤스, 내가 죄를 지었다네. 자네 뜻대로 하게."

이미 말을 한 것 같았다. 내 영혼이 몇 년 동안 그랬던 것보다 더 자유롭고 조용하게 느껴졌다. 말을 타고 가면서 이미 변치 않는 평화 속에 다시 살고 있는 것 같았다. 양쪽에서 주님의 손이 보였다. 마음속으로 주님의 목소리가 들렸다. "용기를 내라. 내 너와 함께 하고 있으니."

그러다가 툴의 집에 도착했다. 내가 지나가는데 툴의 막내딸이 나와서 나를 불렀다. 그 사람이 이미 죽었다고 이야기해 주었다.

저는 죄를 지었습니다, 오오 주여. 주님께서는 제가 느끼는 가책의 정도와 제 영혼의 의지를 알고 계십니다. 하지만 주께서는 자비로우시다. 행동하려는 의지를 받아들이실 것이고, 내가 고해의 말을 생각했을 때 앤스가 그 자리에 없었지만 앤스에게 하는 말이라는 걸 알고 계셨다. 자신을 사랑하고 믿는 사람들에게 둘러싸여 누워서 죽어 가는 그 사람의 입으로 그 이야기를 하지 않도록 하신 것은 바로 무한한 지혜에 거하시는 주님이셨다. 내 경우엔 주님 손의 힘으로 버텨낸 물가에서의 고난이었다. 전능하고 넘치는 주님의 사랑 속에서 주님을 찬양합니다. 오오 찬양합니다.

나는 상을 당한 집으로, 그 사람의 영혼이 끔찍하고 돌이킬 수 없는 심판을 받는 동안 부정한 인간 하나가 누워 있는 초라한 집으로 들어갔다. 그 사람의 유골에 평화가 있기를.

"신의 은총이 이 집에 내리기를." 내가 말했다.

# 달

 말을 타고 주얼은 암스티드 아저씨네 집까지 갔다가 아저씨네 노새를 이끌면서 말을 타고 돌아왔다. 우리는 마차를 매고 캐시를 어머니 위에 눕혔다. 그러자 캐시가 다시 토했지만 때맞춰 마차 바닥에서 고개를 돌렸다.

"캐시가 배도 걷어차였어." 버논 아저씨가 말했다.

"말이 캐시 배도 걷어찼나 봐." 내가 말했다. "말이 배를 걷어찬 거야, 캐시?"

캐시가 무슨 말을 하려고 했다. 듀이 델이 다시 캐시의 입을 닦아주었다.

"얘가 뭐라는 거냐?" 버논 아저씨가 물었다.

"왜 그래, 캐시?" 듀이 델이 말했다. 듀이 델이 몸을 굽혔다. "자기 연장 얘기를 하는 거예요." 듀이 델이 말했다. 버논 아저씨가 연장을 가져와 마차 안에 놓았다. 캐시가 볼 수 있도록 듀이 델이 캐시의 머리를 들어주었다. 캐시를 움직이지 못하게 하느라 듀이 델과 내가 캐시 옆에 앉고 주얼은 말을 타고 앞서가고 우린 계속 나아갔다. 버논 아저씨가 서서 한동안 우리를 보고 있었다. 그러다가 몸을 돌려 다리 쪽으로 돌아갔다. 아저씨는 방금 물에 젖은 사람처럼 셔츠의 젖은 소매를 퍼덕이며 조심스럽게 걸었다.

문 앞에서 주얼은 말에 앉아 있었다. 암스티드 아저씨가 문가에서 기다리고 있었다. 우리가 멈추자 주얼이 내렸고 우리는 캐시를 들어내려 암스티드 부인이 잠자리를 마련해 놓은 집 안으로 옮겼다. 캐시의 옷을 벗기는 건 부인과 듀이 델에게 맡겼다.

우리는 아버지를 따라 나와 마차로 갔다. 아버지는 다시 가서 마차를 타더니 계속 가고, 우리는 걸어서 따라가며 마당으로 들어섰다. 암스티드 아저씨가 "안으로 들어오게. 거기다가 놓으면 돼."라고 말한 걸 보니 젖은 게 도움이 되었나 보다. 주얼이 말을 이끌고 따라와 고삐를 손에 쥔 채 마차 옆에 서 있었다.

"고맙네." 아버지가 말했다. "우린 저기 있는 헛간을 쓰겠네. 자네에게 부담이라는 거 알아."

"안으로 들어오라니까." 암스티드 아저씨가 말했다. 주얼이 또 그 나무 같은 표정을 하고 있었다. 얼굴과 눈이 옅어야 할 부분이 어둡고 어두워야 할 부분이 옅어서 나무의 두 가지 색을 띤 듯한, 그 대담하고 성질 못되고 붉은 기가 있는 굳은 표정 말이다. 주얼의 셔츠가 마르기 시작했지만 움직일 땐 여전히 몸에 착 붙었다.

"그 사람이 고마워할 걸세." 아버지가 말했다.

우리는 노새를 풀고 헛간 아래로 마차를 다시 굴렸다. 헛간 한쪽이 열려 있었다.

"그 아래에선 비 맞지 않을 거야." 암스티드 아저씨가 말했다. "하지만 자네가……"

헛간 뒤쪽에 녹슨 양철 지붕 자재 몇 장이 있었다. 그중 두 장을 가져와서 뚫린 쪽에 받쳐 놓았다.

"안으로 들어오라니까." 암스티드 아저씨가 말했다.

"고맙네." 아버지가 말했다. "애들한테 간단한 식사를 좀 주면 고맙겠네."

"물론이지." 암스티드 아저씨가 말했다. "캐시를 편히 쉬게 하는 대로 룰라가 저녁을 차릴 거야." 주얼은 말에게로 돌아가서 안장을 벗기고 있었고, 주얼이 움직일 때 젖은 셔츠가 몸에 찰싹 붙었다.

아버지는 안으로 들어오려고 하지 않았다.

"들어와서 먹게." 암스티드 아저씨가 말했다. "거의 다 됐어."

"아무 생각이 없네." 아버지가 말했다. "고맙네."

"들어와서 몸 좀 말리고 식사하라니까." 암스티드 아저씨가 말했다. "여긴 괜찮을 거야."

"그 사람을 위해서야." 아버지가 말했다. "내가 음식을 먹는 건 그 사람을 위해서야. 노새도 없고 아무것도 없어. 하지만 그 사람이 자네들 한 명 한 명에게 고마워할 걸세."

"뭘." 암스티드 아저씨가 말했다. "다들 들어와서 몸을 말리도록 해."

그런데 암스티드 아저씨가 술 한 잔을 주자 아버지의 기분이 나아졌고, 우리가 캐시를 살펴보러 들어갔을 때 주얼은 우리와 함께 들어오지 않았다. 내가 돌아보자 주얼은 말을 끌고 헛간으로 들어가고 있었다 아버지는 이미 다른 노새를 구하는 이야기를 하고 있었고, 저녁 시간 즈음에는 산 것이나 마찬가지였다. 주얼은 아래쪽 헛간에 있는데, 요란하게 달려드는 작은 소용돌이를 불안하게 미끄러져 지나치더니 마구간으로 말과 같이 들어간다. 여물통에 올라가 건초를 끌어내리고는 마구간을 나와서 주변을 둘러보더니 말빗을 찾아낸다. 그러고는 돌아가서 쿵 하고 부딪치는 소리를 재빨리 미끄러져 지나치더니 말이 어떻게 뻗어도 닿을 수 없는 부위에 가서 부딪친다. 말이 후려칠 수 있는 반경 내에서 빗질을 하며 곡예사같이 민첩하게 가만히 있으면서 노골적으로 애무하는 듯한 속삭임으로 말에게 욕을 한다. 말이 고개를 뒤로 휙 움직이자 짧은 이빨이 보인다. 주얼이 빗등으로 말 얼굴을 때리는데 황혼녘 말의 눈이 야한 벨벳 옷감 위의 구슬처럼 구른다.

# 암스티드

내가 앤스에게 위스키 한 잔을 더 주고 저녁이 거의 다 준비되었을 때쯤 앤스는 이미 외상으로 누군가에게서 노새를 샀다. 그때쯤 앤스는 이 노새 한 쌍은 왜 싫고 아무개가 주인인 물건에는 닭장에라도 돈을 쓰지 않을 것이라고 하면서 까다롭게 고르고 있었다.

"스놉스네 건 어떤가." 내가 말했다. "서너 쌍이 있어. 그중 한 마리가 자네한테 맞을지도 모르겠군."

그러자 앤스는 마치 그들이 이 마당을 나서게 할 노새는 틀림없이 내 것이라는 사실을 알면서도 이 지역에서 유일한 노새 한 쌍을 가지고 팔지 않으려고 하는 사람이 바로 나인 것처럼 나를 보며 입을 우물거리기 시작했다. 노새가 있다면 그걸로 그들이 어떻게 할 것인지 나만 모르고 있다. 리틀존의 말로는 헤일리까지 이어진 제방 바닥 2마일이 유실되어 제퍼슨까지 가는 유일한 방법은 못슨으로 우회하는 길이라고 했다. 하지만 그건 앤스의 문제였다.

"스놉스는 거래하기에 빡빡한 사람이지." 입을 우물거리며 앤스가 말한다. 하지만 저녁 후에 내가 술 한 잔을 더 주니 앤스의 기분이 조금 나아졌다. 앤스는 헛간에 가서 부인과 있으려고 했다. 자신이 거기에 있으면서 나올 준비만 하면 산타클로스가 노새 한 쌍을 가져다줄지도 모른다고 생각하는 모양이었다. "그렇지만 내가 스놉스를 설득할 수 있을 것 같아." 앤스가 말한다. "크리스천의 피가 한 방울이라도 있는 사람이면 곤경에 빠진 사람을 언제나 도울 테니까."

"물론 자네가 내 걸 써도 되네." 앤스가 얼마큼 그게 이유라고 생각하는지 알고 있는 내가 말했다.

"고맙네." 앤스가 말했다. "그 사람은 우리 걸로 가고 싶어 할 걸세." 그리고 앤스는 내가 얼마큼 그게 이유라고 생각하는지 알고 있고.

저녁 식사 후 주얼이 피바디를 데리러 벤드로 갔다. 피바디가 오늘 거기에 있는 바너의 집에 있다고 들었다. 주얼은 자정쯤 돌아온다. 피바디는 인버니스인지 어디인지 아래쪽까지 갔다는데 빌리 아저씨가 말에게 쓰는 약 가방을 들고 피바디와 함께 온다. 아저씨 말대로 말이나 노새가 더 지각 있다는 점을 제외하면 사람은 길든 짧든 말이나 노새와 크게 다르지 않다. "무슨 일인 거냐?" 아저씨가 캐시를 보며 말한다. "매트리스하고 의자하고 위스키 한 병 갖다 줘." 아저씨가 말한다.

아저씨는 캐시에게 위스키를 먹이더니 앤스를 방에서 쫓아낸다. "얘가 지난여름에 다친 다리를 또 다쳐서 다행이에요." 앤스가 애처롭게 우물거리고 눈을 깜빡이며 말한다. "잘된 거죠."

우리는 캐시의 다리 쪽으로 매트리스를 접어 그 위에 의자를 놓았다. 나와 주얼은 의자에 앉고 여자애는 등불을 들고 빌리 아저씨는 씹는담배 한입을 물고 일하러 갔다. 얼마간 캐시가 꽤 힘겹게 뒤척이다가 정신을 잃었다. 그러다가 가만히 누웠는데 굵은 땀방울이 떨어져 내리다가 캐시를 기다리느라 멈춘 듯 얼굴에 서 있었다.

캐시가 깨어나자 빌리 아저씨는 짐을 싸서 나갔다. 캐시가 계속해서 무언가 말을 하려고 하자 여자애가 몸을 굽히고 입을 닦아주었다. "자기 연장 얘기를 하는 거예요." 여자애가 말했다.

"내가 가져왔어." 달이 말했다. "나한테 있어."

캐시가 다시 이야기하려고 했다. 여자애가 몸을 숙였다. "보고 싶대." 여자애가 말했다. 그래서 캐시가 볼 수 있는 곳에 달이 연장을 가지고 들어왔다. 캐시가 좀 나아지면 손을 뻗어 연장을 만져볼 수 있도록 애들이 침대 밑쪽으로 밀어 놓았다. 다음 날 아침 앤스가 그 말을 잡아타고 스놉스를 만나러 벤드로 갔다. 앤스와 주얼이 잠시 동안 마당에 서서 이야기를 하다가 앤스가 말을 타고 가 버렸다. 그게 주얼이 처음으로 누군가 그 말을 타게 해준 것인 듯했고, 앤스가 돌아올 때까지 주얼은 앤스를 따라가 말을 도로 가져올까 말까 생각하기라도 하듯 길을 쳐다보며 그렇게 퉁퉁 부은 채 어슬렁거렸다.

9시가 다 돼가자 더워지기 시작했다. 그때 나는 처음으로 대머리수리를 보았다. 젖은 것 때문이겠지 하고 생각한다. 어쨌든 날이 밝은 지 한참 지나고 나서야 대머리수리가 보인다. 바람이 집 쪽에서 불어 나가고 있어 다행히도 아침나절이 한참 지나고 나서야 그랬다. 하지만 대머리수리가 보이자마자 그걸 보기만 해도 1마일 떨어진 들판에서도 냄새가 나는 것 같았고, 그것들이 빙빙 돌고 또 도는 게 동네 사람들 전부에게 내 헛간에 뭐가 있는지 보라고 하는 듯했다.

그 아이가 지르는 소리가 들렸을 때 나는 아직도 집에서 반마일은 족히 떨어져 있었다. 우물에 빠졌든지 했나 보다 하는 생각이 들어 나는 허둥지둥 마당으로 성큼성큼 걸어간다.

헛간 마룻대를 따라 앉은 대머리수리가 열 마리는 되었을 텐데 아이는 마당 근처에서 그게 칠면조인 양 또 한 마리를 쫓고 있었고, 새는 아이를 피할 만큼만 위로 올라가다가 다시 헛간 지붕에 털썩 내려앉았다. 아이가 헛간에 가보니 새는 관 위에 앉아 있었다. 그때는 날이 더워졌지, 그래. 바람이 약해졌거나 변했거나 해서 내가 나가서 주얼을 찾았지만 룰라가 나왔다.

"어떻게 좀 해봐요." 룰라가 말했다. "이건 말도 안 돼요."

"그게 내가 하려는 거야." 내가 말했다.

"이건 말도 안 돼요." 룰라가 말했다. "부인을 저렇게 취급하다니 저 사람 고소해야 해요."

"앤스는 최선을 다해서 부인을 묻으려는 거야." 내가 말했다. 그래서 나는 주얼을 찾아 노새 한 마리를 끌고 벤드로 가서 앤스를 살펴보지 않겠느냐고 물어보았다. 주얼은 아무 말도 하지 않았다. 새하얗게 질릴 정도로 이를 악물고 새하얀 눈으로 나를 보기만 하더니 가서 달을 부르기 시작했다.

"뭐 하려는 거냐?" 내가 말했다.

주얼은 대답하지 않았다. 달이 나왔다. "얼른." 주얼이 말했다.

"너 뭐 하려고?" 달이 말했다.

"마차 움직이려고." 주얼이 어깨 너머로 말했다.

"바보 같은 짓 하지 마라." 내가 말했다. "난 그런 뜻이 아니었다. 넌 어쩔 수 없었던 거야." 그리고 달도 망설였지만 그 무엇도 주얼의 마음에 들지 않았다.

"그 망할 입 닥쳐요." 주얼이 말한다.

"어딘지는 정해야 할 거 아냐." 달이 말했다. "아버지 돌아오시면 바로 옮길 거야."

"형은 나 안 도와줄 거야?" 주얼의 흰 눈이 번쩍하는 것 같더니 학질에 걸린 사람처럼 얼굴을 떨면서 말한다.

"어." 달이 말했다. "안 도와줄 거야. 아버지 오실 때까지."

그래서 나는 문가에 서서 마차를 밀고 당기는 주얼을 지켜보았다. 나는 내리막 언덕에 있었는데 주얼이 헛간 뒤쪽 끝을 부수려는 건가 하는 생각이 얼핏 들었다. 그때 저녁 식사를 알리는 종이 울렸다. 내가 불렀지만 주얼은 돌아보지 않았다. "와서 저녁 먹어라." 내가 말했다. "저 아이한테 알려줘." 하지만 주얼이 대답하지 않아서 나는 저녁을 먹으러 갔다. 여자애가 그 아이를 데리러 내려갔지만 혼자 돌아온다. 저녁을 반쯤 먹었을 때 대머리수리를 쫓아내며 아이가 지르는 소리가 다시 들렸다.

"이건 말도 안 돼요." 룰라가 말했다. "말도 안 되는 일이라고요."

"앤스는 최선을 다하고 있어." 내가 말했다. "스놉스하고 하는 거래라는 게 30분에 되질 않거든. 오후 내내 그늘에 앉아서 흥정할 걸."

"최선이오?" 룰라가 말한다. "최선이라고요? 앤스는 이미 일을 너무 크게 벌였어요."

나도 그렇다고 생각한다. 문제는 앤스가 그만두면 바로 우리가 해야 할 일이 생긴다는 거다. 앤스가 아직 담보로 잡힐지 모르고 있는, 담보로 잡힐 만한 물건이 없으면 스놉스는 고사하고 누구에게서도 노새를 살 수 없었다. 그래서 들판으로 다시 가서 나는 잠시 동안 안녕이라고 말하듯 내 노새들을 보았다. 그리고 그날 저녁에 돌아와 보니 하루 종일 해가 헛간을 비추고 있었는데 나는 후회를 할지 확신이 없었다.

그들 모두가 있는 현관으로 내가 나가자 마침 앤스가 말을 타고 오고 있었다. 앤스는 약간 우스워보였다. 뭐랄까, 평소보다 약간 쭈뼛거리면서도 뭔가 자랑스러워하는 것도 같았다. 자기

딴에는 귀여운 짓을 했지만 다른 사람들은 어떻게 받아들일지 모르겠다는 것처럼.

"노새를 구했네." 앤스가 말했다.

"스놉스한테서 노새를 샀다고?" 내가 말했다.

"이 지역에서 스놉스만 장사를 할 수 있는 건 아닌 것 같은데." 앤스가 말했다.

"그렇지." 내가 말했다. 앤스는 그 우스운 표정으로 주얼을 보고 있었지만 주얼은 현관에서 내려와 말 쪽으로 가고 있었다. 앤스가 무슨 짓을 했는지 보려는 거겠지, 하고 생각했다.

"주얼." 앤스가 말한다. 주얼이 돌아보았다. "이리 오너라." 앤스가 말한다. 주얼이 약간 되돌아오다가 다시 멈췄다.

"뭔데?" 앤스가 말했다.

"그래서 자네가 스놉스한테서 노새를 구했다고." 내가 말했다. "스놉스는 오늘 밤에 보내주겠지? 못슨을 지나서 가려면 자네는 내일 일찍 출발하고 싶어 할 테고."

그러자 앤스가 잠시 동안 지었던 표정을 거두었다. 입을 우물거리며 예전에 하던 그 괴로운 표정을 지었다.

"난 최선을 다 하고 있네." 앤스가 말했다. "맹세코 이 세상 사람들 중에서 내가 겪은 시련과 수모를 겪은 사람은 또 없을 거야."

"거래에서 스놉스를 이겼으면 기분이 아주 좋겠군." 내가 말했다. "스놉스에게 뭘 준 건가, 앤스?"

앤스는 나를 보지 않았다. "경운기하고 파종기를 동산담보로 주었지." 앤스가 말했다.

"그렇지만 그것들은 40달러도 안 되잖아. 40달러짜리 노새를 가지고 어디까지 가려는 건가?"

이제 그들은 모두 숨죽이고 앤스를 보고 있었다. 주얼이 반쯤 돌아가다가 멈춰서는 말에게 가려고 기다리고 있었다. "다른 것도 줬지." 앤스가 말했다. 앤스는 누군가 자신을 때려도 아무것도 하지 않으리라 이미 결심했다는 듯 그 자리에 서서 다시 입을 우물거리고 있었다.

"다른 거 뭐요?" 달이 말했다.

"망할." 내가 말했다. "내 노새를 가져가게. 다시 갖다 주면 되잖아. 난 그럭저럭 지낼 테니."

"그래서 지난밤 캐시 옷을 그러고 계셨던 거군요." 달이 말했다. 달은 마치 신문에서 읽듯이 그 말을 했다. 자신은 어떻게 되든지 전혀 상관없다는 듯이. 주얼은 이제 돌아와서 구슬 같은 눈으로 앤스를 보며 서 있다. "캐시는 그 돈으로 슈래트에게서 축음기를 사려고 했어요." 달이 말했다.

앤스는 입을 우물거리며 그 자리에 서 있었다. 주얼이 앤스를 지켜보았다. 아직 눈도 한 번 깜빡이지 않았다.

"하지만 8달러 더 보탰을 뿐이잖아요." 자신은 그저 듣고 있을 뿐이고 전혀 상관없다는 듯한 그 목소리로 달이 말했다. "아직 노새를 사기에는 모자라잖아요."

앤스가 주얼 쪽으로 미끄러지듯 눈을 돌려 재빠르게 주얼을 보더니 다시 눈을 내리깔았다. "나 같은 사람이 또 있는지 어찌 알겠나." 앤스가 말한다. 아직까지도 그들은 아무 말도 하지 않았다. 그저 기다리며 앤스를 지켜보았을 뿐이고 앤스는 그들의 발과 다리 쪽을 훑어보았지만 더 위를 보지는 않았다. "그리고 그 말." 앤스가 말한다.

"무슨 말을 말씀하시는 거예요?" 주얼이 말했다. 앤스는 서 있기만 했다. 정말이지 아버지가 돼 가지고 아들 하나 제대로 다루지 못한다면 아들이 얼마나 컸든 간에 집에서 쫓아내야 하는 거다. 그리고 그렇게 할 수 없으면 정말이지 자기가 떠나야 한다. 맹세코 난 안 그럴 거다. "그러니까 제 말을 바꾸려고 하셨다는 거예요?" 주얼이 말한다.

앤스가 팔을 달랑거리며 서 있다. "15년 동안 난 이 없이 살았다." 앤스가 말한다. "신께서 알고 계시지. 신께서 힘내라고 인간이 먹도록 하신 양식을 내가 15년 동안 먹지 못하고, 여기저기에서 한 푼씩 아껴서 내 가족이 고통 받지 않게 하고, 이를 해 넣어서 신께서 정해 주신 음식을 먹을 수 있도록 해 왔다는 걸 그분은 알고 계신다. 난 그 돈을 줬어. 내가 먹지 않고 살 수 있다면 내 아들들은 말을 타지 않고 살 수 있을 거라 생각했다. 내가 그랬다는 건 신께서 아시지."

주얼은 앤스를 보며 손을 허리에 걸치고 서 있다. 그러더니 시선을 돌린다. 다른 사람이 다른 사람의 말에 대해 이야기를 하고 있고 자신은 듣고 있지도 않다는 듯 바위처럼 고요한 얼굴로 주얼이 들판 너머를 내다보았다. 그러다가 주얼은 천천히 침을 뱉고 "망할"이라고 말하더니 몸을 돌려 대문으로 가서 매인 말을 풀어 올라탔다. 주얼이 안장으로 가자 말은 움직이고 있었고, 주얼이 말에 오를 때쯤 둘은 경찰이 뒤에 있기라도 하듯 길을 없애버릴 기세로 달리고 있었다. 그길로 둘은 얼룩무늬 사이클론 같은 모습으로 시야에서 사라졌다.

"저기." 내가 말한다. "내 노새를 가져가게." 내가 말했다. 하지만 앤스는 그렇게 하려 하지 않았다. 그리고 그들은 머물러 있으려고도 하지 않았고, 그 아이는 뜨거운 햇빛 아래에서 나머지 사람들만큼이나 거의 미칠 지경이 될 때까지 하루 종일 대머리 수리를 쫓고 있었다. "그러면 캐시를 여기 놓고 가게." 내가 말했다. 하지만 그들은 그렇게 하려 하지 않았다. 캐시를 위해서 이불로 관 위에다 받침대를 만들어 캐시를 그 위에 눕히고 옆에 연장을 놓아주었고, 우리는 내 노새를 데려와 길을 따라 1마일 정도 마차를 끌었다.

"여기서 우리가 자네에게 폐를 끼치면 말이지." 앤스가 말한다. "그렇다고 얘기하게."

"그러지." 내가 말했다. "여긴 괜찮을 거야. 안전하기도 하고. 이제 돌아가서 저녁 먹자고."

"고맙네." 앤스가 말했다. "바구니에 뭐가 약간 있어. 그럭저럭 해결할 수 있네."

"그건 어디서 났나?" 내가 말했다.

"집에서 가져왔지."

"하지만 지금쯤이면 상했을 텐데." 내가 말했다. "와서 따끈한 양식을 좀 들지."

하지만 그들은 오려고 하지 않았다. "그럭저럭 해결할 수 있을 것 같아." 앤스가 말했다. 그래서 나는 집으로 가서 밥을 먹고 바구니를 다시 가져다준 다음 다시 집 안으로 청했다.

"고맙네." 앤스가 말했다. "그럭저럭 해결할 수 있을 것 같아." 그래서 나는 작은 불가에 쭈그리고 앉아 있는 그들을 두고 왔다. 왜 저러고들 있는지는 신께서 아실 일이다.

나는 집에 온다. 거기 있는 그 사람들에 대해, 말을 타고 급히 가던 녀석에 대해 계속 생각했다. 그들이 그 녀석을 보는 건 그게 마지막일 것이다. 그리고 정말이지 난 그 녀석을 책망할 수 없었다. 자기 말을 포기하고 싶어 하지 않아서가 아니라 앤스 같은 망할 바보와 인연이 끊어진 걸 비난한다면 말이다.

아니 그게 그때 내가 한 생각이었다. 정말이지 앤스 같은 바보 녀석에게는 바로 다음 순간 발로 차버리고 싶어지리라는 걸 알면서도 도와줘야겠다는 생각이 들게 하는 뭔가가 있으니까. 다음 날 아침 식사한 지 한 시간 정도 지났을 때 스놉스네에서 일하는 유스타스 그림이 앤스를 찾으며 노새 한 쌍을 데리고 온다.

"스놉스와 앤스가 거래할 일은 없을 거라 생각했는데." 내가 말했다.

"그렇죠." 유스타스가 말했다. "둘이 좋아한 거라곤 그 말뿐이었으니까요. 제가 스놉스 씨한테 얘기한 것처럼 이 노새를 50달러에 주려고 했는데, 스놉스 씨 삼촌인 플렘이 그 텍사스 말들을 가지고 있었을 때 계속 가지고 있었으면 앤스는 절대로……"

"그 말이라고?" 내가 말했다. "앤스 아들이 그 말을 데리고 지난밤에 떠났는데, 아마 지금쯤이면 텍사스로 절반쯤 갔을 텐데, 앤스는……"

"그걸 누가 가져왔는지는 모릅니다." 유스타스가 말했다. "전 본 적이 없거든요. 오늘 아침 먹이를 주려고 갔다가 헛간에서 그 말을 봤고 스놉스 씨한테 얘기했더니 노새를 데리고 여기로 가라던데요."

그럼 이제 말할 것도 없이 그게 그들이 마지막으로 그 녀석을 본 것일 테지. 크리스마스 때가 되면 그 녀석이 텍사스에서 보낸 엽서를 받을지도 모르겠다. 그리고 그게 주얼이 아니었다면 내가 그랬을 것 같다. 나도 앤스에게 그만큼 갚아줄 게 많으니까. 정말이지 앤스는 어떤 식으로든 다른 사람에게 매달린다. 정말이지 꼴불견이다.

# 바더만

이제 작게 까만 원을 그리는 그것들이 일곱 마리다.

"봐봐, 달." 내가 말한다. "보이지?"

달이 올려다본다. 우리는 움직이지 않은 채 작고 길쭉한 까만 원을 그리는 그것들을 지켜본다.

"어제는 네 마리밖에 없었는데." 내가 말한다.

헛간에 네 마리도 넘게 있었다.

"저게 다시 마차에 내려오려고 하면 내가 어떻게 할 건지 알아?" 내가 말한다.

"어떻게 할 건데?" 달이 말한다.

"엄마한테 내려오게 두지 않을 거야." 내가 말한다. "캐시한테도 내려오게 두지 않을 거야."

캐시가 아프다. 캐시가 관 위에서 아프다. 하지만 우리 엄마는 물고기다.

"못슨에서 약을 좀 구해야겠다." 아버지가 말한다. "그래야 할 것 같아."

"좀 어때, 캐시?" 달이 말한다.

"아무렇지도 않아." 캐시가 말한다.

"좀 더 높게 받쳐줄까?" 달이 말한다.

캐시 다리가 부러졌다. 다리가 두 번 부러졌다. 머리 밑에는 이불을 말아서 대고 무릎 아래에는 나무 조각을 댄 채 캐시가 관 위에 누워 있다.

"캐시를 암스티드 집에 놓고 왔어야 했나 보다." 아버지가 말한다.

난 다리가 부러지지 않았고 아버지도 그렇고 달도 그렇고 "그냥 부딪친 거예요."라고 캐시가 말한다. "울퉁불퉁한 부분에서 약간 같이 쏠린 거예요. 아무렇지도 않아요." 주얼이 가 버렸다. 주얼이랑 말이 어느 날 저녁에 가 버렸다.

"엄마는 우리가 신세지는 걸 원하지 않았을 테니까." 아버지가 말한다. "맹세코 난 할 수 있는 최선을 다하고 있다고." 주얼의 엄마가 말이라서 그런 거야, 달? 내가 말했다.

"줄을 좀 더 팽팽하게 당겨도 될 것 같은데." 달이 말한다. 그래서 주얼과 나는 둘 다 헛간에 있었고 엄마는 마차에 있었던 거야 말은 헛간에 살고 난 계속 대머리수리를 쫓아내야 하니까

"그러고 싶으면." 캐시가 말한다. 듀이 델은 다리가 부러지지 않았고 나도 그렇다. 캐시는 우리 형이다.

우리가 멈춘다. 달이 줄을 느슨하게 하자 캐시가 다시 땀을 흘리기 시작한다. 캐시의 이가 드러나 보인다.

"아파?" 달이 말한다.

"원래대로 하는 게 낫겠어." 캐시가 말한다.

달이 줄을 세게 당기며 제자리에 놓는다. 캐시의 이가 드러나 보인다.

"아파?" 달이 말한다.

"아무렇지도 않아." 캐시가 말한다.

"아버지한테 마차를 더 천천히 몰아 달라고 할까?" 달이 말한다.

"아냐." 캐시가 말한다. "뒤처질 시간 없어. 아무렇지도 않아."

"못슨에서 약을 좀 구해야겠다." 아버지가 말한다. "그래야 할 것 같아."

"아버지한테 계속 가라고 해." 캐시가 말한다. 우리는 계속 간다. 듀이 델이 몸을 뒤로 젖혀 캐시의 얼굴을 닦아준다. 캐시는 **우리 형이다**. 하지만 주얼의 엄마는 말이다. 우리 엄마는 물고긴데. 달은 우리가 다시 물가로 가면 엄마를 볼 수도 있다고 하는데 듀이 델은 엄마는 관 속에 있어. 어떻게 나오시겠니? 라고 말했다. 엄마는 내가 뚫은 구멍에서 나와서 물로 들어갔어, 라고 내가 말했고, 우리가 다시 물가로 가면 난 엄마를 볼 거다. 우리 엄마는 관 속에 없다. 엄마에게서는 그런 냄새가 나지 않는다. 우리 엄마는 물고기다.

"제퍼슨에 도착할 때쯤 그 케이크가 잘도 제 모습으로 있겠다." 달이 말한다.

듀이 델은 돌아보지 않는다.

"못슨에서 팔아보는 게 좋을 거야." 달이 말한다.

"못슨에는 언제 도착하는데, 달?" 내가 말한다.

"내일." 달이 말한다. "이 노새가 산산조각나지 않으면. 스놉스 아저씨가 톱밥을 먹인 게 분명해."

"아저씨가 왜 노새한테 톱밥을 먹였는데, 달?" 내가 말한다.

"봐봐." 달이 말한다. "보여?"

이제 작고 길쭉한 까만 원을 그리는 길쭉한 그것들이 아홉 마리다.

언덕 아래에 오자 아버지가 멈추고 달과 듀이 델과 내가 내린다. 캐시는 다리가 부러져서 걸을 수가 없다. "올라와, 노새들아." 아버지가 말한다. 노새가 열심히 걷는다. 마차가 삐걱거린다. 달과 듀이 델과 나는 마차 뒤에서 걸으며 언덕을 오른다. 언덕 꼭대기에 오자 아버지가 멈추고 우리는 마차에 다시 탄다.

이제 하늘에서 작고 길쭉한 까만 원을 그리는 길쭉한 그것들이 열 마리다.

# 모슬리

어쩌다가 고개를 들었는데 창밖에서 안을 들여다보고 있는 여자가 보였다. 유리창에 바짝 붙어 있지도, 뭔가를 정해 놓고 보고 있지도 않았다. 이쪽으로 고개를 돌리고 시선을 내게 온전히 주는 것 같으면서도 신호를 기다리듯 뭔가 멍한 눈으로 그 자리에 서 있을 뿐이었다. 내가 다시 고개를 들자 여자가 문가로 움직이고 있었다.

여자는 사람들이 그러는 것처럼 잠시 칸막이 문에서 갈팡질팡하는 듯하더니 들어왔다. 챙이 뻣뻣한 밀짚모자를 머리에 쓰고 신문으로 싼 꾸러미를 들고 있었다. 기껏해야 25센트나 1달러를 가지고 있겠거니, 그리고 잠시 우두커니 서 있다가는 값싼 빗이나 흑인들이 쓰는 화장수 한 병이나 사 가겠거니 생각해서 잠깐 동안 여자를 방해하지 않았는데, 약간 뚱하고 어색한 게 예쁜 아가씨였고 마음을 정해서 결국 무엇을 사든지 간에 지금 입고 있는 체크무늬 면치마와 민낯이 훨씬 더 예쁘리라 생각했다. 아니 뭘 사려고 하는지 물어보지도 않았다. 여자가 들어오기 전에 이미 결정했다는 걸 나는 알고 있었다. 하지만 손님이 천천히 할 수 있게 해주어야 한다. 그래서 앨버트가 소다수 판매대에서 여자를 상대하겠거니 생각하고 내가 하고 있는 일을 계속하고 있었는데 앨버트가 내 쪽으로 돌아왔다.

"저 여자 말이에요." 앨버트가 말했다. "저 여자가 원하는 게 뭔지 약사님이 가 보시는 게 좋을 것 같은데요."

"원하는 게 뭔데?" 내가 말했다.

"모르겠어요. 저 여자한테서 아무것도 알아낼 수가 없어요. 약사님이 상대하시는 게 좋겠어요."

그래서 나는 카운터를 돌아서 갔다. 익숙한 듯 맨발로 바닥에 발을 붙이고 편하게 서 있는 여자가 보였다. 여자가 꾸러미를 들고 나를 뚫어지게 보고 있었다. 여자는 내가 본 중에 눈이 가장 검었고, 낯선 이였다. 전에 못슨에서 이 여자를 본 기억이 없었다. "어떻게 도와드릴까요?" 내가 말했다.

아직도 여자는 한마디도 하지 않았다. 눈도 깜빡이지 않고 나를 빤히 쳐다보았다. 그러다가 판매대에 있는 사람들을 돌아보았다. 그러더니 나를 지나쳐 가게 뒤편을 보았다.

"화장품 종류를 보고 싶은 건가요?" 내가 말했다. "아니면 원하는 게 약인가요?"

"그거예요." 여자가 말했다. 여자가 재빨리 판매대 쪽을 다시 보았다. 그래서 나는 여자의 엄마나 다른 사람이 여자들이 먹는 약을 사오라고 시켜서 여자가 달라고 하기 부끄러워하나보다 하고 생각했다. 안색이 저런 여자는 그 약으로 뭐하는 건지를 알 정도의 나이가 되기는커녕 그걸 직접 쓸 리가 없다는 걸 나는 알고 있었다. 여자들이 약으로 스스로 몸을 망치다니 안타까운 일이다. 하지만 그걸 갖춰 놓지 않았다가는 이 지역에서 가게를 닫게 될 것이다.

"아." 내가 말했다. "어떤 걸 쓰시나요? 우리는……" 여자가 거의 쉿 이라고 말했다는 듯 다시 나를 보더니 다시 가게 뒤편을 보았다.

"저 뒤쪽으로 갔으면 하는데요." 여자가 말했다.

"그러죠." 내가 말했다. 손님의 비위를 맞춰야 하니까. 그렇게 해서 시간을 버는 거다. 나는 여자를 따라 뒤로 갔다. 여자가 문에 손을 얹었다. "뒤에는 조제실밖에 없어요." 내가 말했다. "필요한 게 뭐죠?" 여자는 멈춰서 나를 보았다. 마치 여자가 얼굴과 눈을 덮은 뚜껑을 연 것 같았다. 멍청한 듯 희망에 차 있으면서도 동시에 뚱하게 기꺼이 실망을 감수하려는 건 여자의 눈이었다. 하지만 여자는 뭔가 난처한 상황에 놓여 있었다. 그건 알 수 있었다. "문제가 뭔가요?" 내가 말했다. "원하는 게 뭔지 말을 해봐요. 내가 좀 바빠서." 여자를 재촉하려는 건 아니었지만 난 밖에 있는 사람들에게는 있는 시간이란 게 없는 사람이니까.

"여자들이 겪는 문제예요." 여자가 말했다.

"아." 내가 말했다. "그게 다인가요?" 나는 여자가 보기보다 어려서 초경에 놀랐거나 젊은 여자들이 그러곤 하듯이 생리가 약간 불규칙했나보다 하고 생각했다. "어머니는 어디 계신가요?" 내가 말했다. "어머니는 계신가요?"

"엄마는 저기 마차에 있어요." 여자가 말했다.

"약을 먹기 전에 어머니하고 얘기를 해보는 게 어때요." 내가 말했다. "누구라도 여자라면 그런 얘기를 해주었을 텐데." 여자가 나를 보았고 나는 여자를 다시 보며 "몇 살이죠?"라고 말했다.

"열일곱이에요." 여자가 말했다.

"아." 내가 말했다. "내 생각에는 아가씨가……" 여자가 나를 보고 있었다. 그러나 그때 여자의 눈은 나이도 없고 어쩐지 세상만사를 다 알고 있는 것처럼 보인다. "생리가 너무 규칙적인 건가요, 아니면 불규칙해서 그러는 건가요?"

여자는 내게서 시선을 거뒀지만 움직이지 않았다. "네." 여자가 말했다. "그런 것 같아요. 맞아요."

"저, 어느 쪽이라는 건지?" 내가 말했다. "모르나요?" 이건 범죄고 수치다. 그렇지만 결국 그런 사람들은 누군가에게서 그 약을 사겠지. 여자는 나를 보지 않은 채 그 자리에 서 있었다. "생리를 멈추게 하는 약이 필요한 건가요?" 내가 말했다. "그런 거예요?"

"아뇨." 여자가 말했다. "이제 어쩔 수 없어요. 이미 멈췄거든요."

"그럼, 뭘……" 여자들이 남자를 상대할 때면 늘 그렇듯 여자가 고개를 숙이고 가만히 있어서 남자는 다음에 어디에서 번개가 칠지 전혀 알지 못한다. "아가씨 결혼 안 했죠, 그렇죠?" 내가 말했다.

"네."

"아." 내가 말했다. "생리가 멈춘 지는 얼마나 됐나요? 다섯 달 정도?"

"두 달밖에 안 됐어요." 여자가 말했다.

"저기, 우리 가게에 아가씨가 사려고 하는 거 아무것도 없어요." 내가 말했다. "젖병 꼭지라면 모를까. 그리고 그거 사서 집에 돌아가 아버지가 계시면 아버지한테 말씀드리고 혼인신고나 해달라고 해요. 필요한 건 그게 다인가요?"

하지만 여자는 나를 보지 않고 그 자리에 서 있을 뿐이었다.

"저 돈 있어요." 여자가 말했다.

"아가씨 돈인가요, 아니면 그 사람이 남자답게 행동해서 아가씨한테 그 돈을 준 건가요?"

"그 사람이 줬어요. 10달러. 그거면 충분할 거라고 했는데."

"1000달러가 있다고 해도 우리 가게에 있는 거 살 수 없을 거고 10센트가 있다고 해도 못 살 거요." 내가 말했다. "내 충고 듣고 집에 가서 아버지나 오빠들이 있으면 오빠들, 아니면 길에서 첫 번째로 마주치는 사람한테 얘기해요."

하지만 여자는 움직이지 않았다. "레이프가 약국에서 살 수 있다고 말했어요. 약사님이 그걸 우리한테 팔았다는 얘기는 아무한테도 안 할 거라고 얘기하라고 레이프가 그랬어요."

"그런데 난 아가씨의 그 소중한 레이프가 그 약을 구하러 직접 왔더라면 할 뿐이야. 그게 내가 원하는 바지. 모르긴 몰라도 그땐 그 청년이 조금은 사람처럼 보이겠지. 그러니 아가씨가 돌아가서 내가 그렇게 말했다고 전해요. 그 청년이 지금쯤 텍사스로 절반쯤 가고 있지 않다면 말이지, 뭐 물론 그러고 있겠지만. 난 약국을 꾸리면서 가족을 부양해온 존경받는 약사고 이 마을에서 56년 동안 교회에도 다녔지. 아가씨의 가족이 누군지만 안다면 그분들에게 직접 이야기해 줄 생각도 있어요."

이제 여자는 처음 창문을 통해 보았을 때처럼 눈과 얼굴이 약간 다시 멍해진 채 나를 보고 있었다. "몰랐어요." 여자가 말했다. "약국에서 물건을 구할 수 있을 거라고 레이프가 얘기해 줬는데. 나한테 그걸 팔고 싶어 하지 않을 수도 있겠지만 10달러를 가지고 가서 아무한테도 얘기 안 할 거라고 하면……"

"그 청년이 꼭 이 약국엘 가라고 한 건 아니잖아요." 내가 말했다. "그 청년이 그랬거나 내 이름을 언급했다면 내가 증명해 보라고 할 거요. 다시 말해 보라고 하거나 온전하게 법적 절차를 밟아서 고소할 거라고, 그 사람한테 그렇게 전해요."

"하지만 다른 약국에서는 팔지도 모르는데요." 여자가 말했다.

"그건 내 알 바가 아니지. 난, 그러니까……" 그러다가 나는 여자를 보았다. 하지만 여자들의 삶은 고되다. 때때로 남자가…… 죄에 대한 핑계가 있다고 해도 그건 변명 거리가 될 수 없다. 하지만 인생이란 건 쉽게 살아지는 게 아니다. 그렇다면 선량한 사람이 죽을 이유라는 건 없어야겠지. "여길 봐요." 내가 말했다. "아가씨는 그런 생각을 떨쳐내야 해. 주님께선 아가씨가 가진 걸 주신 거야. 악마를 이용하셨다 하더라도 말이지. 주님께서 하고자 하신다면 아가씨가 가진 걸 가져가도록 해드려요. 레이프에게 돌아가서 그 10달러 쓰지 말고 둘이 그걸로 결혼해요."

"약국에서 물건을 구할 수 있을 거라고 레이프가 그랬어요." 여자가 말했다.

"그러면 가서 구해요." 내가 말했다. "여기서는 못 구할 테니까."

여자가 발로 바닥에서 약간 쉬익 하는 소리를 내며 꾸러미를 가지고 나갔다. 여자는 문에서 다시 갈팡질팡하다가 나갔다. 유리창을 통해 여자가 거리를 따라 내려가는 모습이 보였다.

나머지 얘기를 내게 해준 건 앨버트였다. 그러밋의 철물점 앞에 마차 한 대가 멈췄는데 여자들이 전부 손수건으로 코를 막고 거리에서 뿔뿔이 흩어졌고, 고집 센 남자와 사내아이들 한 무리가 마차 주변에 서서 보안관이 어떤 남자와 말싸움하는 걸 들었다고 했다. 마차에 앉아 있는 그 남자는 키가 좀 크고 수척했는데, 여긴 누구나 지나다닐 수 있는 거리이니 다른 사람과 마찬가지로 같은 권리가 있다고 생각한다고 말했고, 보안관은 이동하라고 말했다. 사람들이 참을 수 없어 한다고. 죽은 지 8일 됐대요, 라고 앨버트가 말했다. 저 사람들은 요크나파토파군 어디 출신인데 저걸 가지고 제퍼슨까지 가려는 중이란다. 썩은 치즈 한 조각이 개미집에 들어오는 것 같았겠지, 집에서 만든 저 관과 그 위에 이불을 깔고 누워 있는 다리 부러진 녀석, 자리에 앉은 아버지와 어린 사내아이를 싣고 마을을 벗어나기도 전에 금방이라도 망가질 듯한 마차가 산산이 부서지지 않을까 사람들이 걱정한다고 앨버트가 말해줬고, 보안관은 저 사람들을 마을 밖으로 보내려 하고 있었다.

"여긴 누구나 지나다닐 수 있는 거리라고요." 그 남자가 말한다. "다른 사람들과 마찬가지로 우리도 멈춰서 뭔가 살 수 있는 거잖습니까. 물건 살 돈도 있고 자기가 원하는 곳에서 자기 돈을 쓸 수 없다는 법이 있는 것도 아니고."

저들이 시멘트를 조금 사려고 멈췄다. 다른 아들은 그러밋네 가게에 있는데 그러밋에게 포대를 뜯어서 10센트 어치를 가져가게 해달라고 해서, 그 아이를 쫓아내려고 결국 그러밋이 포대를 뜯었다. 부러진 다리를 어떻게든 고정시켜 보겠다고 시멘트를 샀다고 한다.

"이런, 이러다가 저 아이 죽겠습니다." 보안관이 말했다. "이러면 저 아이 다리를 잃을 겁니다. 아이는 의사한테 보이고 이건 최대한 빨리 묻어요. 공중 보건을 저해하면 투옥될 수 있다는 걸 모릅니까?"

"우린 최선을 다하고 있어요." 아버지라는 사람이 말했다. 그러더니 자신들은 마차가 돌아오기를 기다려야 했고 다리가 씻겨 내려갔으며 다른 다리를 찾아 8마일을 갔더니 그 다리도 없어져서 다시 돌아와 헤엄쳐서 여울을 건너다가 노새들이 익사해서 다른 노새를 구했더니 길이 씻겨 없어진 걸 알게 되어 못슨으로 우회해야 했다는 긴 이야기를 했는데, 그때 아이가 시멘트를 들고 돌아와 아버지를 말렸다.

"곧 갈 겁니다." 아이가 보안관에게 말했다.

"누구에게도 폐 끼칠 생각은 없었습니다." 아버지라는 사람이 말했다.

"저 친구 의사에게 데려가 봐." 보안관이 시멘트를 든 아이에게 말했다.

"괜찮은 것 같아요." 아이가 말했다.

"우리가 냉정해서가 아닙니다." 보안관이 말했다. "하지만 여러분 스스로도 어떤 상황인지 아시리라 생각합니다."

"물론이죠." 남자가 말했다. "듀이 델이 오는 대로 떠날 겁니다. 꾸러미를 전해 주러 갔어요."

그들은 그 자리에 서 있었고 사람들은 손수건을 얼굴에 댄 채 뒤로 물러났으며, 잠시 후 여자애가 신문으로 싼 꾸러미를 들고 올라왔다.

"서둘러." 시멘트를 든 아이가 말했다. "시간을 너무 지체했어." 그렇게 그들은 마차를 타고 갔다. 내가 저녁을 먹으러 갔을 때 아직도 냄새가 나는 것 같았다. 그리고 다음 날 보안관과 나는 쿵쿵대기 시작하다가 말했다.

"무슨 냄새가 납니까?"

"지금쯤이면 그 사람들 제퍼슨에 있을 겁니다." 보안관이 말했다.

"아니면 감옥에 있겠지요. 자, 그게 우리 감옥이 아니라 다행입니다."

"그건 그러네요." 보안관이 말했다.

# 달

"여기다." 아버지가 말한다. 아버지가 노새를 끌어다 놓더니 그 집을 보면서 앉는다. "저기에서 물을 좀 얻을 수 있을 거다."

"알겠어요." 내가 말한다. "저 사람들한테서 양동이 하나 빌려야겠다, 듀이 델."

"신께서 아시지." 아버지가 말한다. "내가 신세지지 않을 거란 걸 신께서 아시지."

"크기 적당한 깡통 보면 가지고 와." 내가 말한다. 듀이 델이 꾸러미를 들고 마차에서 내린다. "못슨에서 그 케이크 팔면서 생각했던 것보다 문제가 많았나 봐." 내가 말한다. 우리의 삶은 어떻게 해서 바람도 없고 소리도 없고 지치도록 반복되는 지친 몸짓들이 되어가는 건지. 줄에 매이지 않은 손이 없는 오래된 충동의 메아리. 해질녘 우리는 몹시 화난 태도와 인형의 죽은 몸짓에 빠져든다. 캐시는 다리가 부러졌고 이제는 톱밥이 떨어져 간다. 출혈이 심해 죽을 지경이 된 캐시다.

"난 신세지지 않을 거다." 아버지가 말한다. "신께서 아시지."

"그러면 직접 물을 좀 만들어 내시던가요." 내가 말한다. "캐시 모자를 쓰면 되겠네요."

듀이 델이 돌아오면서 옆에 그 남자가 같이 온다. 그러자 남자가 멈춰 서고 듀이 델이 올라오는데 남자는 그 자리에 서 있다가 얼마 후 집으로 돌아가 우리를 보며 현관에 서 있다.

"캐시를 들어서 내리려고 하지 않는 게 좋겠다." 아버지가 말한다. "여기서 고칠 수 있어."

"들어서 내려 줄까, 캐시?" 내가 말한다.

"제퍼슨에 내일 도착하는 거 아니야?" 캐시가 말한다. 캐시가 질문을 가득 담고 집중한 듯 슬픈 눈으로 우리를 지켜보고 있다. "버틸 수 있어."

"이렇게 하면 네가 더 견디기 쉬울 게다." 아버지가 말한다. "마찰을 막아줄 거야."

"참을 수 있어요." 캐시가 말한다. "멈추면 시간을 버릴 거예요."

"벌써 시멘트를 샀어." 아버지가 말한다.

"참을 수 있을 거예요." 캐시가 말한다. "하루만 더 가면 되잖아요. 정말 아무렇지도 않아요." 캐시가 우리를 보는데, 마른 잿빛 얼굴에서 커 보이는 눈이 무언가 묻는 듯하다. "그렇게 하실 거군요." 캐시가 말한다.

"벌써 사 놨다." 아버지가 말한다.

나는 연한 녹색의 걸쭉한 고리 모양에 천천히 물을 넣고 저어서 깡통에 시멘트를 섞는다. 깡통을 마차로 가져와 캐시가 볼 수 있게 해준다. 캐시가 등을 대고 누워 있는데 실루엣으로 보이는 마른 옆모습이 하늘을 배경으로 금욕적이고 심원하다. "제대로 된 것 같아?" 내가 말한다.

"물을 너무 많이 부으면 잘 안 될 거야." 캐시가 말한다.

"이건 너무 많은가?"

"모래를 조금 넣어도 될 걸." 캐시가 말한다. "하루만 더 가면 되는데." 캐시가 말한다. "나는 아무렇지도 않아."

바더만이 길을 따라 우리가 지류를 건넜던 곳으로 돌아가더니 모래를 가지고 돌아온다. 깡통에서 만들어지고 있는 걸쭉한 고리 모양에 모래를 천천히 붓는다. 나는 다시 마차로 간다.

"괜찮아 보여?"

"응." 캐시가 말한다. "참을 수 있었는데. 나는 아무렇지도 않아."

우리는 부목을 느슨하게 하고 캐시의 다리 위로 천천히 시멘트를 부어준다.

"상처 조심해." 캐시가 말한다. "되도록이면 상처에 안 닿게 해줘."

"응." 내가 말한다. 캐시 다리에서 시멘트가 뚝뚝 떨어지자 듀이 델이 꾸러미에서 종이 한 조각을 찢어 상처 위의 시멘트를 닦아준다.

"느낌이 어때?"

"괜찮아." 캐시가 말한다. "차가워. 그런데 괜찮아."

"네게 조금이라도 도움이 되면 좋겠구나." 아버지가 말한다. "네게 용서를 구하마. 너도 그랬겠지만 이런 일이 일어나리라고는 생각 못했다."

"괜찮아요." 캐시가 말한다.

그저 시간 속으로 풀려 들어갈 수 있다면. 좋겠지. 그저 시간 속으로 풀려 들어갈 수 있다면 좋을 것 같다.

우리는 부목과 끈을 바꾸고 단단히 당긴다. 연한 녹색의 걸쭉한 시멘트가 줄 사이로 천천히 감겨 오는데, 캐시는 그 심원하고 묻는 듯한 표정으로 우리를 조용히 지켜보고 있다.

"이렇게 하면 고정될 거야." 내가 말한다.

"응." 캐시가 말한다. "고마워."

그러고 나서 우리는 모두 마차 위에서 몸을 돌려 주얼을 본다. 우리 뒤에서 나무 같은 등에 나무 같은 얼굴을 하고서는 허리께 아래만 움직이면서 길을 올라오고 있다. 주얼은 높이 솟은 뚱한 얼굴에 박힌 창백하고 굳은 눈으로 한마디 말도 없이 오더니 마차에 탄다.

"여긴 언덕이야." 아버지가 말한다. "너희는 내려서 걸어야 할 것 같다."

# 바더만

달과 주얼, 듀이 델, 나는 마차 뒤에서 언덕을 걸어 올라가고 있다. 주얼이 돌아왔다. 주얼이 길을 올라와 마차에 탔다. 걷고 있었다. 주얼에게는 더 이상 말이 없었다. 주얼은 우리 형이다. 캐시는 우리 형이다. 캐시는 다리가 부러졌다. 우리는 캐시의 다리를 고쳐서 아프지 않도록 해주었다. 캐시는 우리 형이다. 주얼도 우리 형이지만 다리가 부러지지는 않았다.

이제 작고 길쭉한 까만 원을 그리는 길쭉한 그것들이 다섯 마리다.

"쟤네는 밤에 어디에 있는 거야, 달?" 내가 말한다. "우리가 밤에 헛간에서 머물면 쟤네는 어디에 있어?"

언덕이 하늘 속으로 가 버린다. 그때 언덕 뒤에서 태양이 올라오고 노새와 마차와 아버지가 태양 위를 걷는다. 천천히 태양 위를 걷는 그들의 모습이 보이지 않는다. 제퍼슨에 있는 그게 진열창 뒤 선로 위에서 빨갛다. 선로가 빛나며 돌고 돈다. 듀이 델이 그렇다고 한다.

오늘 밤 우리가 헛간에 있는 동안 저것들이 어디에 머무는지 봐야겠다.

# 달




"주얼." 내가 말한다. "넌 누구 아들이야?"

바람이 헛간에서 불어오고 있어서 우리는 엄마를 사과나무 아래에 놓았다. 길고 잠자는 듯한 판자 위로 달빛이 사과나무에 그림자를 드리우는데, 그 안에서 엄마가 때때로 비밀스럽고 속삭이는 거품이 터져 작게 졸졸 흐르는 소리로 이야기한다. 나는 그걸 들려주려고 바더만을 데리고 갔다. 우리가 다가가자 고양이가 관 위에서 뛰어내리더니 은빛 발톱과 은빛 눈을 하고는 그림자 속으로 휙 사라졌다.

"네 어머니는 말이었는데 네 아버지는 누구였어, 주얼?"

"이 망할 거짓말쟁이 자식."

"나한테 그런 말 하지 마." 내가 말한다.

"이 망할 거짓말쟁이 자식."

"나한테 그런 말 하지 마, 주얼." 길게 드리워지는 달빛 속에서 주얼의 눈이 높이 뜬 작은 축구공에 붙은 하얀 종잇조각처럼 보인다.

저녁 식사 후 캐시가 약간 땀을 흘리기 시작했다. "조금 더워지고 있어." 캐시가 말했다. "햇볕이 그 위에 하루 종일 내리쬐서 그런가 봐."

"거기다가 물 좀 부어 줄까?" 우리가 말한다. "그러면 조금 나아질지도 몰라."

"그래주면 고맙지." 캐시가 말했다. "햇볕이 그 위에 하루 종일 내리쬐서 그런가 봐. 그 생각을 하고 여길 덮어뒀어야 했는데."

"우리가 생각을 했어야 하는 건데." 우리가 말했다. "형은 생각 못 했을 거야."

"이게 뜨거워지는 줄 몰랐어." 캐시가 말했다. "내가 신경 썼어야 하는 건데."

그래서 우리는 그 위에 물을 부어 주었다. 시멘트 아래에 있는 캐시의 다리와 발이 끓기라도 했던 것 같았다. "좀 나아?" 우리가 말했다.

"고마워," 캐시가 말했다. "괜찮아."

듀이 델이 치맛자락으로 캐시의 얼굴을 닦아준다.

"좀 자도록 해봐." 우리가 말한다.

"그래야지." 캐시가 말한다. "정말 고마워. 이제 괜찮아."

주얼. 내가 말한다. 네 아버지는 누구였던 거야, 주얼?

망할 자식. 망할 자식.

# 바더만

엄마는 사과나무 아래에 있었고 달과 나는 달[月]을 건너가고 고양이는 뛰어내려와 달려가고 우리는 나무 안에 있는 엄마 소리를 들을 수 있다.

"들려?" 달이 말한다. "귀를 가까이 대 봐."

귀를 가까이 대자 엄마 소리가 들린다. 엄마가 뭐라고 하는지 내가 못 알아들을 뿐이다.

"엄마가 뭐라고 하는 거야, 달?" 내가 말한다. "엄마가 누구한테 얘기하는 거야?"

"엄마가 하느님한테 얘기하고 있어." 달이 말한다. "하느님한테 도와달라고 하고 있어."

"하느님이 어떻게 해줬으면 하는데?" 내가 말한다.

"하느님이 엄마를 사람들한테서 숨겨줬으면 한대." 달이 말한다.

"엄마는 왜 하느님이 엄마를 사람들한테서 숨겨줬으면 한

대, 달?"

"그래야 자기 삶을 내려놓을 수 있으니까." 달이 말한다.

"엄마는 왜 자기 삶을 내려놓고 싶어 하는데, 달?"

"들어봐." 달이 말한다. 우리는 엄마 소리를 듣는다. 엄마가 옆으로 돌아눕는 소리가 들린다. "들어봐." 달이 말한다.

"엄마가 돌아누웠어." 내가 말한다. "나무를 뚫고 엄마가 나를 보고 있어."

"그래." 달이 말한다.

"엄마는 어떻게 나무를 뚫고 나를 볼 수 있는 거야, 달?"

"와 봐." 달이 말한다. "엄마가 조용히 있을 수 있게 해드려야 해. 와 봐."

"구멍이 뚜껑에 있어서 엄마는 밖을 못 봐." 내가 말한다. "엄마가 어떻게 볼 수 있는 거야, 달?"

"캐시가 어떤지 보러 가자." 달이 말한다.

그리고 나는 듀이 델이 아무에게도 말하지 말라고 한 걸 보았다.

캐시는 다리가 아프다. 오늘 오후에 다리를 고쳐주었는데 다시 다리가 아파서 침대에 누워 있다. 우리가 캐시 다리에 물을 부어주니 괜찮아진다.

"괜찮아." 캐시가 말한다. "너희한테 고마워."

"좀 자도록 해 봐." 우리가 말한다.

"괜찮아." 캐시가 말한다. "너희한테 고마워."

그리고 나는 듀이 델이 아무에게도 말하지 말라고 한 걸 보았다. 아버지에 대한 것도 아니고 캐시에 대한 것도 아니고 주얼에 대한 것도 아니고 듀이 델에 대한 것도 아니고 나에 대한 것도 아니다.

듀이 델과 나는 받침대에서 잘 거다. 뒷베란다에 있는데 거기에서 헛간도 보이고, 달이 받침대의 절반을 비추어서 우리는 다리에 달빛을 받으며 반은 하얀 곳에 반은 검은 곳에 눕겠지. 그러면 그때 나는 우리가 헛간에 있는 동안 그것들이 밤에 어디에 있는지 보러 갈 것이다. 오늘 밤 우리가 헛간에 있지는 않지만 헛간이 보이니까 그것들이 밤에 어디에 있는지 알아낼 것이다.

우리는 달에 우리 다리를 드러낸 채 받침대 위에 눕는다.

"봐봐." 내가 말한다. "내 다리가 검은색으로 보여. 누나 다리도 검은색으로 보여."

"자자." 듀이 델이 말한다.

제퍼슨은 멀리 있는 곳이다.

"듀이 델."

"지금은 크리스마스가 아닌데 그게 어떻게 거기 있게 될까?"

빛나는 선로에서 그게 돌고 돈다. 그러다가 선로가 반짝이며 돌고 돈다.

"뭐가 거기 있을 거라는 거야?"

"그 기차. 진열창 안에."

"잠이나 자. 그게 있는지 내일 보면 되잖아."

어쩌면 산타클로스 할아버지는 걔네가 시내 아이들이라는 걸 모를 수도 있다.

"듀이 델."

"잠이나 자라니까. 산타클로스 할아버지가 시내 아이들이 가져가도록 두지는 않을 테니까."

그건 진열창 뒤에, 선로 위에 빨갛게 있었고, 선로는 반짝이며 돌고 돈다. 그것 때문에 마음이 아팠다. 그리고 그때 아버지와 주얼, 달, 길레스피 아저씨의 아들이 보였다. 길레스피 아저씨 아들의 다리가 잠옷 아래로 나와 있다. 그가 달 속으로 들어가자 다리가 흐릿해진다. 그들이 집 주위를 돌더니 사과나무 쪽으로 간다.

"저 사람들 뭘 하려는 거야, 듀이 델?"

그들이 집 주위를 돌더니 사과나무쪽으로 갔다.

"엄마 냄새가 나." 내가 말한다. "누나도 맡아져?"

"쉿." 듀이 델이 말한다. "바람 방향이 바뀌었어. 자자."

그러니 나는 그것들이 밤에 어디에 있는지 곧 알게 될 거다. 사람들이 엄마를 어깨에 짊어지고 달빛을 받으며 마당을 가로질러 집을 돌아서 온다. 달빛이 골고루 조용하게 엄마를 비추고 그들이 엄마를 헛간으로 옮긴다. 그러더니 돌아와서는 다시 집 안으로 들어간다. 사람들이 달빛을 받는 동안 길레스피 아저씨 아들의 다리가 흐릿해졌다. 그러고 나서 나는 기다렸고 듀이 델? 이라고 말한 다음 기다렸고 그것들이 밤에 어디에 있는지 알아보러 갔다가 듀이 델이 아무에게도 말하지 말라고 한 뭔가를 보았다.

# 달

 환한 불빛이 일기 시작하자 어두운 현관에서 경주마처럼 호리호리한 주얼이 속옷 차림으로 어둠 속에서 나오는 것처럼 보인다. 몹시 화가 나 믿을 수 없다는 표정을 지으며 땅바닥으로 뛰어내린다. 주얼이 고개를 돌리지도 않았는데 환한 불빛이 작은 횃불 두 개처럼 헤엄치는 주얼의 눈이 나를 보았다. "서둘러." 헛간을 향해 언덕을 달려 내려가며 주얼이 말한다.

 헛간 다락이 가루로 가득 차 있기라도 했던 것처럼 한순간에 통째로 불타오르자 달빛을 받으며 은빛으로 달리던 주얼이 갑작스럽고 소리 없이 폭발하는 함석에서 깨끗이 잘려 나간 납작한 조각인 양 튕겨 나온다. 앞쪽에 있는 원뿔 모양의 건물 정면이 튀어나오는데, 현관의 네모난 구멍이 입체파가 그린 벌레처럼 톱질 받침대 위에 놓인 관의 땅딸막한 네모 모양으로만 부서져 있다. 내 뒤로 아버지와 길레스피 아저씨, 맥, 듀이 델, 바더만이 집에서 나온다.

 몸을 숙이며 관 앞에 멈춰 서서 나를 보는 주얼의 얼굴이 사납다. 머리 위로 불길이 천둥과도 같은 소리를 낸다. 서늘한 바람이 우리를 스치며 휙 지나간다. 바람에는 아직 열기가 전혀 없고, 갑자기 여물 한 줌이 솟아오르더니 말이 소리 지르고 있는 마구간을 따라 빠르게 빨려 들어간다. "빨리." 내가 말한다. "말이 있어."

 주얼이 조금 오래 나를 노려보다가 머리 위의 지붕을 노려보더니 말이 소리 지르는 마구간으로 뛰어오른다. 말이 거꾸러지면서 발길질을 하고, 요란하게 부서지는 소리가 불길 소리 속으로 빨려 들어간다. 불길이 끝도 없이 이어진 기차가 끝없는 가대를 건너는 것 같은 소리를 낸다. 길레스피 아저씨와 맥이 무릎까지 오는 잠옷을 입은 채 소리치며 나를 지나치는데, 목소리가 가늘고 높고 의미 없으면서도 굉장히 사납고 슬프다. "…… 젖소가…… 마구간에……" 길레스피 아저씨의 잠옷이 바람에 날려 털이 많은 허벅지 근처에서 부풀어 오르며 아저씨보다 앞서 달려 나간다.

 마구간 문이 휙 닫힌다. 주얼이 엉덩이로 문을 다시 밀면서 나타나는데, 머리를 잡아 말을 끌고 나오는 주얼의 등이 휘어지고 옷 사이로 근육이 나와 있다. 불빛 속에서 말의 눈이 부드럽고 빠르고 사나운 오팔 빛의 불을 내며 움직인다. 말이 머리를 흔들면서 근육을 모아 달리더니 주얼을 땅에서 완전히 들어올린다. 주얼이 말을 천천히, 멋지게 끌고 간다. 주얼이 분노에 차서 잠시 동안 어깨 너머로 나를 다시 한 번 노려본다. 그들이 헛간을 나갔는데도 말은 계속해서 몸부림치고 현관을 향해 뒤로 격하게 움직인다. 그러다가 길레스피 아저씨가 완전히 벌거벗은 채 잠옷을 노새 머리에 뒤집어씌우고 나를 지나치더니 광분한 말을 계속 때리며 문밖으로 나간다.

주얼이 뛰어서 돌아온다. 다시 관을 내려다본다. 그런데 주얼이 계속 다가온다. "젖소는 어디 있어?" 주얼이 나를 지나치면서 외친다. 내가 따라간다. 마구간에서 맥이 다른 노새와 씨름하고 있다. 노새의 머리가 불빛 속으로 돌아가자 눈도 사납게 움직이지만, 노새는 아무 소리도 내지 않는다. 어깨 너머로 맥을 지켜보면서 맥이 다가올 때마다 몸 뒤쪽 4분의 1을 맥을 향해 흔들며 그 자리에 서 있을 뿐이다. 맥이 우리를 돌아보는데 그의 눈과 입, 그러니까 구멍 세 개가 있는 얼굴에 난 주근깨가 접시 위에 놓인 영국 완두콩처럼 보인다. 맥의 목소리는 가늘고 높고 저 멀리에서 들린다.

"난 아무것도 못해." 그 소리가 입술에서 쓸려 올라갔다가 사라지고 엄청난 거리에서 우리에게 다시 말하는 것 같다. 주얼이 우리를 지나쳐 미끄러지듯 움직인다. 노새가 빙빙 돌다가 달려들지만 주얼이 이미 말머리를 잡았다. 내가 맥의 귀에다 몸을 기울인다.

"잠옷. 노새 머리에."

맥이 나를 빤히 쳐다본다. 그러다가 잠옷을 찢어서 노새 머리에 뒤집어씌우자 노새가 한순간에 고분고분해진다. 주얼이 맥에게 소리치고 있다. "젖소는? 젖소는?"

"뒤에." 맥이 외친다. "제일 끝 마구간."

우리가 들어가자 젖소가 우리를 본다. 고개를 숙인 채 구석에 몰려서는 여전히 빠르게 되새김질을 하고 있다. 하지만 아무런 움직임도 없다. 주얼이 올려다보면서 잠시 멈췄는데 갑자기 바닥 전체부터 다락까지 사라지는 모습이 우리 눈에 들어온다. 그냥 불로 변한다. 희미한 불꽃이 어지럽게 쏟아진다. 주얼이 흘끗 둘러본다. 여물통 아래 뒤편으로 우유를 짤 때 쓰는 다리 세 개짜리 의자가 있다. 주얼이 의자를 잡아 올리더니 뒷벽 나무판자에 대고 휘두른다. 나무판자 하나를, 그리고 또 하나를, 세 번째 판자를 쪼갠다. 우리는 조각을 떼어낸다. 틈에서 웅크리고 있는데 뭔가가 뒤에서 우리를 향해 돌진해온다. 젖소다. 휘파람 소리를 내듯 숨을 한 번 쉬더니 우리 사이를 비집고 들어와 틈을 뚫고 바깥쪽 불빛 속으로 내달리는데, 등뼈 끝에다가 빗자루를 수직으로 못 박은 듯 꼬리가 빳빳하게 똑바로 서 있다.

주얼이 돌아서 헛간으로 들어온다. "여기야." 내가 말한다. "주얼!" 나는 주얼을 붙잡으려고 한다. 주얼이 내 손을 쳐낸다. "이 바보야." 내가 말한다. "저 뒤쪽으로 못 가는 거 안 보여?" 복도가 탐조등 불빛이 빗줄기로 바뀐 것처럼 보인다. "서둘러." 내가 말한다. "이쪽으로 돌아서."

우리가 틈을 다 지나자 주얼이 달리기 시작한다. "주얼." 뛰면서 내가 말한다. 주얼이 모퉁이를 돌아 쏜살같이 달린다. 내가 다다랐을 때 주얼은 함석에서 떼어낸 조각상처럼 불길에 맞서 뛰면서 거의 다음 모퉁이에 도착해 있었다. 아버지와 길레스피 아저씨와 맥은 잠시 달빛이 물러간 어둠 속에서 분홍빛을 내고 있는 헛간을 쳐다보면서 약간 거리를 두고 떨어져 있다. "주얼을 잡아요!" 내가 외친다. "걔 좀 막아요!"

내가 앞문에 가니 주얼이 길레스피 아저씨와 씨름하고 있다. 속옷을 입은 한 명은 호리호리하고 다른 한 명은 완전히 벌거벗고 있다. 붉게 빛나는 빛 때문에 두 사람은 마치 모든 현실에서 고립된, 그리스 프리즈에 있는 조각상인 것 같다. 내가 두 사람에게 다가가기 전에 주얼이 길레스피 아저씨를 때려눕히고 몸을 돌려 헛간으로 뛰어 들어간다.

강물 소리가 그랬듯 이제 소리가 꽤 평화로워졌다. 현관 앞쪽이 무너지면서 주얼이 달려가 관 가장 끝 쪽에 쭈그리고는 그 위로 몸을 굽히는 모습이 보인다. 잠시 동안 주얼이 위를 보더니 불붙은 구슬 커튼같이 타면서 비처럼 쏟아지는 건초 사이로 우리를 본다. 주얼의 입모양을 보니 내 이름을 부르고 있다.

"주얼!" 듀이 델이 외친다. "주얼!" 5분 동안 듀이 델이 소리치던 게 이제 한꺼번에 들리는 듯하고, 아버지와 맥이 듀이 델을 잡자 듀이 델이 "주얼! 주얼!" 하고 소리치면서 몸싸움하고 몸부림치는 소리가 들린다. 하지만 주얼은 더 이상 우리를 보고 있지 않다. 주얼이 관을 세워 한 손으로 톱질 받침대에서 미끄러지게 하자 주얼의 어깨가 긴장한다. 관이 믿기 힘들 만큼 커서 주얼이 안 보일 정도다. 나는 애디 번드런이 편안하게 누울 공간이 그렇게 많이 필요하리라는 걸 믿지 않았을 것이다. 불꽃이 닿을 때 다른 불꽃이 생겨나듯 불꽃이 흩어져 터지며 관 위로 쏟아지고 잠시 동안 관이 똑바로 서 있다. 그러다가 관이 앞으로 넘어지면서 추진력을 얻자 주얼의 모습이 드러나고, 돌풍을 만들어 내면서 불꽃이 주얼 위에도 쏟아져 내리는 바람에 주얼이 얇은 불 구름에 갇힌 것처럼 보인다. 멈추지도 않고 말이 빙글빙글 돌고는 다시 뒷다리로 서서 잠시 멈춰 있다가 천천히 앞으로 부딪치더니 커튼을 뚫고 간다. 이번에는 주얼이 말에 타서 꼭 붙어 있다가 말이 쓰러지면서 주얼을 앞으로 깔끔하게 내던지자, 맥이 고기가 타는 듯한 옅은 냄새 쪽으로 뛰어들어 주얼의 속옷에서 꽃처럼 피는, 점점 넓어지면서 끄트머리가 진홍색인 구멍을 철썩 후려친다.

# 바더만

그것들이 밤에 어디에 있는지 알아보러 갔을 때 뭔가가 보였다. 그들이 "달은 어디 있는 거야? 달 어디 갔어?"라고 말했다.

사람들이 엄마를 사과나무 밑에다가 다시 옮겨 놓았다.

헛간은 아직도 빨간색이었지만 이제는 헛간이 아니었다. 폭삭 주저앉았고 빨간색이 빙빙 돌며 솟구쳤다. 헛간이 작고 빨간 조각이 되어 하늘과 별 쪽으로 빙빙 돌며 솟구치는 바람에 별들이 뒤로 물러났다.

그리고 그때 캐시는 여전히 깨어 있었다. 얼굴에 땀을 흘리며 이리저리 고개를 돌렸다.

"거기다가 물 좀 더 부어 줄까, 캐시?" 듀이 델이 말했다.

캐시의 다리와 발이 까맣게 변했다. 우리는 등불을 들고 까매진 캐시의 발과 다리를 보았다.

"발이 흑인 발 같아, 캐시." 내가 말했다.

"이걸 깨 버려야 할 것 같다." 아버지가 말했다.

"대체 그건 저기다가 왜 붙여 놓은 건가?" 길레스피 아저씨가 말했다.

"어느 정도 고정시켜 줄 거라고 생각했지." 아버지가 말했다. "캐시에게 도움이 되려고 했을 뿐이야."

어른들이 평평한 철판과 망치를 가져왔다. 듀이 델이 등불을 들었다. 시멘트를 세게 쳐야 했다. 그러자 캐시가 잠들었다.

"형 지금 잠들었어요." 내가 말했다. "잠들어 있으니까 안 아플 거예요."

시멘트가 갈라지기만 했다. 떨어지지가 않았다.

"살갗까지 벗겨질 거야." 길레스피 아저씨가 말했다. "대체 그건 저기다가 왜 붙여 놓은 건가? 먼저 다리에 기름칠을 해야 겠다는 생각은 아무도 안 한 거야?"

"난 캐시에게 도움이 되려고 했을 뿐이야." 아버지가 말했다. "그걸 붙인 건 달이라고."

"달은 어디에 있냐?" 어른들이 말했다.

"다들 그 정도밖에 생각을 못했다는 거야?" 길레스피 아저씨가 말했다. "어찌 됐든 달은 생각이 있을 거라고 생각은 했네만."

주얼이 얼굴을 묻고 엎드려 있다. 등이 빨갰다. 듀이 델이 약을 발라 주었다. 버터와 검댕으로 만들진, 화기를 빼는 약이다. 그러자 주얼의 등이 까매졌다.

"아파, 주얼?" 내가 말했다. "형 등이 흑인 등 같아." 내가 말했다. 캐시의 발과 다리가 흑인 같다. 그때 어른들이 시멘트를 깨뜨렸다. 캐시 다리에서 피가 났다.

"가서 누워." 듀이 델이 말했다. "너 잘 시간이야."

"달은 어디 있는 거야?" 어른들이 말했다.

달은 엄마가 있는 사과나무 아래에서 엄마 위에 누워 있다. 거기에서 고양이가 돌아오지 못하게 하고 있다. 나는 "고양이 쫓을 거야, 달?"이라고 말했다.

달빛이 달에게도 드리워졌다. 엄마에게는 가만히 있었는데 달에게는 아래위로 일렁였다.

"울 거 없어." 내가 말했다. "주얼이 엄마를 꺼내 왔어. 울 거 없어, 달."

헛간이 아직도 빨갛다. 아까는 이거보다 더 빨갰다. 그때 불빛이 빙빙 돌며 솟구쳐서 별들이 떨어지지 않고 뒤로 달리게 했다. 기차 때문이었던 것처럼 불빛 때문에 마음이 아팠다.

그것들이 밤에 어디에 있는지 알아보러 갔을 때 나는 듀이 델이 누구에게도 말해서는 안 된다고 한 무언가를 보았다.

# 달


우리는 아까부터 간판 여럿을 지나고 있다. 약국, 옷가게, 특허 약, 차량 정비소와 카페, 그리고 점점 줄어들면서 더 눈에 띄게 다시 쌓여 가는 이정표. 3마일. 2마일. 우리가 마차에 다시 타자 바람 없는 오후에 언덕 꼭대기에서부터 움직이지 않는 듯 보이는 연기가 낮고 편평하게 깔려 있다.

"저거야, 달?" 바더만이 말한다. "저게 제퍼슨이야?" 바더만도 살이 빠졌다. 우리처럼 바더만의 얼굴에도 긴장되고 몽롱하면서 수척한 표정이 어린다.

"응." 내가 말한다. 바더만이 고개를 들어 하늘을 본다. 하늘 높이 그것들이 좁아지는 원 모양으로 연기처럼 매달려 있다. 겉으로는 모양과 목적이 연기와 비슷해 보이지만 동작이라든지 앞 혹은 뒤로의 움직임을 보면 연기가 연상되질 않는다. 우리가 관 위에 캐시가 누워 있는 마차에 다시 오르는데, 들쭉날쭉한 시멘트 조각이 캐시 다리 주위에 갈라져 있다. 추레한 노새들이 언덕 내리막에서 달가닥거리고 짤랑이는 소리를 내며 축 처져 있다.

"캐시를 의사에게 데려가야 해." 아버지가 말한다. "달리 방법이 없는 것 같다." 주얼의 살이 닿는 셔츠 뒷부분이 기름으로 천천히 까맣게 얼룩진다. 생명은 계곡에서 만들어졌다. 해묵은 공포, 해묵은 욕정, 해묵은 절망을 타고 언덕 위로 불어왔다. 그래서 언덕을 내려갈 때 타고 갈 수 있도록 걸어서 올라가야 하는 것이다.

듀이 델이 신문지로 싼 꾸러미를 무릎에 올려놓고 자리에 앉아 있다. 우리가 빽빽한 나무 사이에서 길이 평평해지는 언덕 아래쪽에 다다르자 듀이 델이 한쪽에서부터 다른 쪽으로 길을 조용히 살펴보기 시작한다. 마침내 듀이 델이 말한다.

"저 잠깐 서야 해요."

듀이 델을 보는 아버지의 초라한 옆모습에 기대와 불만이 가득한 짜증이 담겨 있다. 아버지는 노새를 늦추지 않는다. "뭐 하려고?"

"덤불에 가야 돼요." 듀이 델이 말한다.

아버지는 노새를 멈추지 않는다. "시내에 도착할 때까지 기다릴 수는 없는 거냐? 이제 1마일도 안 남았는데."

"세워주세요." 듀이 델이 말한다. "덤불에 가야 돼요."

아버지가 길 한가운데에 멈추고 우리는 꾸러미를 가지고 내리는 듀이 델을 지켜본다. 듀이 델은 돌아보지 않는다.

"케이크는 여기 두고 가지 그래?" 내가 말한다. "우리가 볼 게."

듀이 델이 우리를 보지 않으면서 안정감 있게 내린다.

"우리가 시내에 도착할 때까지 기다리면 어디로 가야 할지 누나가 어떻게 알겠어?" 바더만이 말한다. "시내에서는 어디로 갈 건데, 듀이 델?"

듀이 델이 꾸러미를 들어서 내리고 몸을 돌려 나무와 덤불 사이로 사라진다.

"너무 오래 있지 마라." 아버지가 말한다. "지체할 시간이 없다." 듀이 델이 대답하지 않는다. 얼마 후 소리조차 들리지 않는다. "암스티드와 길레스피가 말한 것처럼 시내에 말을 전하고 땅을 파서 준비시켜 놨어야 하는 건데." 아버지가 말했다.

"왜 안 그러셨어요?" 내가 말한다. "전화해 놓을 수도 있었잖아요."

"뭐 하러?" 주얼이 말한다. "도대체 누가 땅에 구덩이 하나를 못 파는데?"

자동차 한 대가 언덕을 넘어온다. 속도를 낮추면서 경적을 울리기 시작한다. 바깥쪽 바퀴가 도랑에 빠진 채 저속기어로 길가를 따라 달리면서 우리를 지나쳐 가 버린다. 시야에서 사라질 때까지 바더만이 자동차를 쳐다본다.

"이제 얼마나 남았어, 달?" 바더만이 말한다.

"별로 안 남았어." 내가 말한다.

"그렇게 했어야 하는 건데." 아버지가 말한다. "그 사람의 혈육이 아닌 다른 누구에게도 절대 빚지고 싶지 않았다고."

"도대체 누가 땅에 망할 구덩이 하나를 못 판다는 거예요?" 주얼이 말한다.

"엄마 무덤에 대해 그런 식으로 얘기하는 건 공손하지 못하구나." 아버지가 말한다. "너희 전부 뭘 몰라. 너희 중 누구도 엄마를 진정으로 사랑하지 않았어." 주얼은 대답하지 않는다. 약간 뻣뻣하게 똑바로 앉아 몸을 구부려 셔츠에 닿지 않도록 한다. 붉은 기가 있는 주얼의 턱이 튀어나와 있다.

듀이 델이 돌아온다. 우리는 꾸러미를 들고 덤불에서 나와 마차에 올라타는 듀이 델을 지켜본다. 지금 듀이 델은 나들이옷을 입고 목걸이를 하고 신발과 스타킹을 신고 있다.

"그 옷들은 집에 두고 오라고 얘기했던 것 같은데." 아버지가 말한다. 듀이 델은 대답하지도, 우리를 보지도 않는다. 꾸러미를 마차에 놓더니 들어온다. 마차가 움직여 간다.

"이제 언덕을 몇 개나 넘어야 하는 거야, 달?" 바더만이 말한다.

"딱 하나." 내가 말한다. "다음 언덕이 시내까지 바로 연결돼 있어."

붉은 모래로 되어 있는 이 언덕의 양쪽 가장자리에는 흑인들이 사는 오두막이 늘어서 있다. 앞쪽 하늘에는 전화선이 가득 있고 법원의 시계탑이 나무들 틈으로 솟아 있다. 바로 그 땅이 우리가 들어가려는 소리를 낮추려는 듯 바퀴가 모래 속에서 속살거린다. 언덕이 오르막에 접어들면서 우리가 내려간다.

우리가 마차와 속살거리는 바퀴를 따라가면서 오두막을 지나치는데, 하얀 눈을 한 얼굴들이 갑자기 문가에 나타난다. 갑자기 외치는 목소리들이 들린다. 주얼은 이쪽저쪽을 보고 있다. 주얼이 고개를 앞으로 돌리자 훨씬 더 맹렬하고 깊어진 붉은 색조를 띠고 있는 귀가 보인다. 흑인 세 명이 우리 앞에서 길가를 걷는다. 그들보다 10피트 앞에서 백인 남자 한 명이 걷는다. 우리가 지나치자 충격과 본능적인 분노에 찬 표정으로 흑인들이 갑자기 고개를 돌린다. "맙소사." 한 명이 말한다. "저 사람들 마차에다 뭘 실은 거야?"

주얼이 몸을 획 돌린다. "개자식." 주얼이 말한다. 그러면서 잠시 멈춘 백인 남자와 나란히 서게 됐다. 주얼이 잠깐 눈이 먼 듯했는데, 주얼이 획 돌아선 게 그 남자 쪽이기 때문이다.

"달!" 캐시가 마차에서 말한다. 나는 주얼을 붙잡으려 한다. 백인 남자가 여전히 입을 떡 벌린 채 한 걸음 물러섰다. 그러다가 남자가 입을 딱 다문다. 턱 근육이 하얗게 질린 주얼이 남자의 위로 몸을 숙인다.

"너 뭐라고 했어?" 남자가 말한다.

"저기요." 내가 말한다. "얘가 별 뜻 없이 한 말이에요. 주얼." 내가 말한다. 내가 주얼을 건드리자 주얼이 남자를 향해 주먹을 휘두른다. 내가 주얼의 팔을 잡는다. 우리는 몸싸움을 한다. 주얼은 한 번도 나를 보지 않았다. 팔을 풀려고 애쓰고 있다. 내가 다시 남자를 보니 칼을 펴서 손에 쥐고 있다.

"잠깐만요." 내가 말한다. "제가 잡고 있어요. 주얼." 내가 말한다.

"빌어먹을 시내 녀석이라니까." 숨을 헐떡이고 내가 잡은 몸을 비틀면서 주얼이 말한다. "개자식." 주얼이 말한다.

남자가 움직인다. 옆구리 아래쪽에서 칼을 잡고 주얼을 보면서 내 주위를 돌기 시작한다. "그 누구도 나한테 그런 말을 할 순 없어." 남자가 말한다. 아버지가 내리고 듀이 델이 주얼을 밀면서 잡고 있다. 나는 주얼을 풀어 주고 남자를 바라본다.

"기다려요." 내가 말한다. "얘는 별 뜻 없이 한 말이에요. 아픈 아이입니다. 어젯밤 불이 났는데 화상을 입어서 제정신이 아니에요."

"불이 났든 안 났든." 남자가 말한다. "그 누구도 나한테 그런 말을 할 순 없다고."

"얘가 그쪽이 자기한테 뭐라고 했다고 생각했나 봅니다." 내가 말한다.

"난 저 사람한테 아무 말도 안 했어요. 본 적도 없는데."

"맙소사." 아버지가 말한다. "맙소사."

"압니다." 내가 말한다. "얘는 정말 별 뜻 없이 한 거예요. 그 말 취소할 겁니다."

"그러면 취소하게 하던가."

"칼 접으면 그렇게 할 거예요."

남자가 나를 본다. 주얼을 본다. 주얼은 이제 조용하다.

"칼 접어요." 내가 말한다.

남자가 칼을 접는다.

"맙소사." 아버지가 말한다. "맙소사."

"별 뜻 없이 한 말이라고 얘기해, 주얼." 내가 말한다.

"저 사람이 뭐라고 한 것 같았어." 주얼이 말한다. "저 사람이……"

"쉿." 내가 말한다. "뜻 없이 한 말이라고 해."

"뜻 없이 한 말이었습니다." 주얼이 말한다.

"그래야지." 남자가 말한다. "나한테……"

"얘가 그쪽한테 그런 말 하는 걸 겁낸다고 생각하는 겁니까?" 내가 말한다.

남자가 나를 본다. "난 그렇게 말한 적 없는데." 남자가 말했다.

"그렇게 생각하지도 말라고요." 주얼이 말한다.

"닥쳐." 내가 말한다. "가자. 계속 가요, 아버지."

마차가 움직인다. 남자가 우리를 보며 서 있다. 주얼은 돌아보지 않는다. "주얼이 저 사람 때릴 수도 있었을 텐데." 바더만이 말한다.

우리가 꼭대기로 가보니 거리가 뻗어 있고 자동차가 오간다. 노새가 마차를 위로 끌어 꼭대기에 올라가 거리에 진입한다. 아버지가 노새를 멈춘다. 거리가 뻗어있는 앞쪽에는 광장이 펼쳐져 있고 기념비가 법원 앞에 서 있다. 우리가 다 아는 그 표정을 하고서 다들 고개를 돌려 다시 마차에 오른다. 주얼만 빼고. 마차가 다시 출발했지만 주얼은 타지 않는다. "타, 주얼." 내가 말한다. "얼른. 여길 빠져나가자." 하지만 주얼은 타지 않는다. 굴러가는 뒷바퀴통에 발을 얹고 한 손으로는 의자 받침대를 잡는다. 발바닥 밑에서 바퀴통이 부드럽게 굴러가자 다른 발을 들어 그 자리에 쪼그리고 앉는데, 마치 호리호리한 나무에서 깎아내 쪼그리고 앉은 것처럼 미동도 않은 채 호리호리한 몸에 나무 같은 등을 하고서는 똑바로 앞을 응시한다.

# 캐시

달리 방법이 없었다. 달을 색슨으로 보내든지 길레스피 아저씨가 우리를 고소하게 두든지 해야 하는데, 어찌된 일인지 아저씨가 헛간에 불을 낸 게 달이라는 걸 알았기 때문이다. 아저씨가 어떻게 알았는지는 모르지만 그렇게 됐다. 바더만이 달을 보았지만 듀이 델 말고는 맹세코 아무한테도 말하지 않았다고 했고 듀이 델도 바더만에게 아무한테도 말하지 말라고 했다고 한다. 하지만 길레스피 아저씨가 알게 됐다. 어쨌든 아저씨가 곧 의심했겠지. 그날 밤 달의 행동만 보고도 의심했을 수 있다.

그래서 아버지는 "달리 방법이 없는 것 같구나."라고 말했고 주얼은 이렇게 말했다.

"지금 달을 손보고 싶으세요?"

"손본다고?" 아버지가 말했다.

"잡아다가 묶어 놓는 거죠." 주얼이 말했다. "빌어먹을, 달이 이 빌어먹을 노새와 마차에 불을 지를 때까지 기다리고 싶으신 거예요?"

하지만 아무 소용이 없었다. "아무 소용없어요." 내가 말했다. "엄마를 묻을 때까지 기다려 주죠." 여생을 갇혀 살게 될 사람이라면 가기 전에 누릴 수 있는 기쁨을 누릴 수 있도록 해주어야 할 테니까.

"달은 거기 있어야 할 것 같다." 아버지가 말한다. "맙소사, 내게 이건 시련이야. 일단 시작되면 불행에는 끝이 없는 것 같구나."

누가 미쳤고 누가 미치지 않았는지를 판단할 수 있는 권리가 대체 누구에게 있는 건지 가끔씩 나는 잘 모르겠다. 우리가 누군가에 대해 그렇게 말하기 전까지는 누구도 완전히 미치거나 완전히 제정신인 건 아니라는 생각을 가끔 한다. 어떤 행동을 하느냐가 중요한 게 아니라 대다수의 사람들이 그 행동을 어떻게 바라보는지가 중요한 것 같다.

주얼이 달에게 너무 빡빡하게 구니까. 물론 이렇게 시내 가까이까지 엄마를 모시고 오려고 주얼의 말을 거래했으니 어찌 보면 달이 태워버리려 한 건 그 말의 가치였다. 하지만 우리가 강을 건너기 전이나 후에도 신께서 엄마를 우리 손에서 데려가 엄마와의 연이 깔끔하게 끊어지게 하셨더라면 그게 축복이 아닐까 하고 몇 번이고 생각했고, 주얼이 그렇게 애써서 엄마를 강에서 건져내려 한 것이 어찌 보면 신의 뜻을 거스르는 듯해서 우리 중 누군가가 뭔가를 해야 할 것이라고 달이 생각했다면 나는 어떤 점에서는 달이 잘했다고 거의 믿을 수도 있다. 하지만 다른 사람의 헛간에 불을 지르고 가축을 위험에 빠뜨리고 재산을 훼손한 것에는 변명의 여지가 없다고 생각한다. 그래서 내가 달이 미쳤다고 생각하는 거다. 그래서 달이 다른 사람들과 생각이 같을 수가 없는 거다. 그리고 대부분의 사람들이 옳다고 하는 대로 하는 것 외에는 달리 방법이 없는 것 같다.

하지만 어찌 보면 부끄러운 일이다. 사람들은 뭔가를 만들 때에는 항상 자신이 편안하게 쓸 것처럼 못질을 하고 가장자리를 잘 다듬으라는 오래된 올바른 가르침에서 벗어나려 하는 것 같다. 어떤 사람들에게는 법원을 지을 매끄럽고 예쁜 판자가 있는데 다른 사람들에게는 닭장을 만드는 데나 쓰일 법한 거친 잡동사니밖에 없는 것 같다. 하지만 잘 짓든 못 짓든 조잡한 법원을 짓느니 튼튼한 닭장을 만드는 게 더 나은데, 어느 하나를 짓는다고 해서 기분이 더 좋아지거나 나빠지거나 하는 건 아니니까 말이다.

우리는 거리로 올라가 광장 쪽으로 갔는데, 달이 "우선 캐시를 의사에게 보여야 해요. 거기에 데려다 놓고 데리러 오면 되죠."라고 말했다. 그거다. 나와 달은 터울이 얼마 나지 않고 주얼과 듀이 델과 바더만은 거의 10년이 지나서야 태어났으니까. 물론 다른 동생들과도 친하지만 모르겠다. 그리고 내가 장남이라 그런지 달이 한 것과 똑같은 생각을 이미 한다. 모르겠다.

아버지가 입을 우물거리며 나를 보다가 달을 보고 있었다.

"가요." 내가 말했다. "우선 해 놓고요."

"엄마는 우리 모두가 있기를 바랄 거다." 아버지가 말한다.

"우선은 캐시를 의사에게 데려가요." 달이 말했다. "엄만 기다려줄 거예요. 벌써 9일이나 기다려 줬잖아요."

"너희 전부 모른다." 아버지가 말한다. "누군가와 젊은 시절을 함께 보내고 세월이 오는 걸 보면서 그 사람 안에서 나이 들고 그 사람은 내 안에서 나이 들고 나이 드는 건 중요하지 않다고 그 사람이 말하는 걸 듣고 그게 험한 세상 살면서 알게 된 진리고 사람의 슬픔이자 시련의 전부라는 걸. 너흰 전부 몰라."

"우리 땅도 파야 하잖아요." 내가 말했다.

"암스티드 아저씨랑 길레스피 아저씨 둘 다 미리 알리라고 아버지한테 얘기했잖아요." 달이 말했다. "지금 피바디 선생한테 가고 싶지 않아, 캐시?"

"계속 가." 내가 말했다. "지금은 많이 괜찮아졌어. 해야 할 곳에서 할 일을 끝내는 게 제일 좋지."

"구덩이만 파져 있으면 좋을 텐데." 아버지가 말한다. "삽도 잊어버렸네."

"네." 달이 말했다. "제가 철물점에 가 볼게요. 하나 사야겠어요."

"돈이 들 텐데." 아버지가 말한다.

"돈이 든다고 엄마를 원망하시나요?" 달이 말한다.

"가서 삽 하나 사오죠." 주얼이 말했다. "자, 저한테 돈 주세요."

하지만 아버지는 멈추지 않았다. "삽을 구할 수 있을 것 같다." 아버지가 말했다. "여기 크리스천들이 있을 거야." 그래서 달은 가만히 앉아 있고 우리는 계속 갔으며, 주얼은 뒷문에 쪼그리고 앉아 달의 뒤통수를 바라보고 있었다. 주얼은 불도그, 그러니까 줄에 매여 쪼그리고 앉은 채 자기가 달려들려고 기다리던 것을 지켜보면서 아무한테도 짖지 않는 개처럼 보였다.

주얼은 음악을 듣고 하얗고 굳어진 눈으로 달의 뒤통수를 쳐다보면서 우리가 번드런 부인의 집 앞에 있는 내내 그렇게 앉아 있었다.

집 안에서 음악이 나오고 있었다. 축음기에서 나오는 소리였다. 밴드가 연주하는 것처럼 자연스러웠다.

"피바디 선생한테 가고 싶어?" 달이 말했다. "다른 사람들은 여기에서 기다리고 아버지한테 말하고 나서 내가 피바디 선생 집에 형을 데려다 주고 돌아오면 돼."

"아냐." 내가 말했다. 이렇게 가까이에까지 왔으니 아버지가 삽을 빌릴 때까지만 기다렸다가 어머니를 땅에 묻는 게 나았다. 아버지는 음악 소리가 들리는 쪽 길을 따라 마차를 몰았다.

"여기에 삽이 있을지도 모르겠다." 아버지가 말했다. 아버지는 번드런 부인의 집 앞에 마차를 세웠다. 알고 있는 것 같았다. 게으른 사람 눈에 게으름이 보이는 만큼 일하는 사람 눈에 일이 보이는 게 아닐까 하는 생각을 가끔 한다. 아버지는 알고 있었던 것처럼 음악 소리가 나는 그 작은 새 집 앞에 멈췄다. 우리는 음악을 들으며 거기서 기다렸다. 슈래트와 흥정을 해서 5달러에 축음기 하나를 살 수도 있었을 텐데. 편안하다, 음악이라는 게.
"여기에 삽이 있을지도 모르겠다." 아버지가 말한다.

"주얼보고 들어가라고 할까요." 달이 말한다. "아니면 제가 하는 게 더 나은가요?"

"내가 가는 게 낫겠다." 아버지가 말한다. 아버지가 내려서 길을 따라 올라가더니 집 뒤쪽으로 돌아간다. 음악이 끊겼다가 다시 흘러나온다.

"아버지도 얻어 올 수 있을 거야." 달이 말했다.

"응." 내가 말했다. 마치 달이 알고 있었고, 벽 너머와 10분 뒤에 일어날 일을 꿰뚫어 보는 것 같았다.

10분이 넘게 걸렸다는 것만 달랐을 뿐이었다. 음악이 끊겼다가 번드런 부인과 아버지가 뒤에서 이야기하는 꽤 오랫동안 다시 흘러나오지 않았다. 우리는 마차에서 기다렸다.

"내가 형을 피바디 선생한테 데려다 줄게." 달이 말했다.

"아냐." 내가 말했다. "엄말 묻어야지."

"아버지가 돌아와야 말이지." 주얼이 말했다. 욕을 하기 시작했다. 주얼이 마차에서 내리기 시작했다. "나 간다." 주얼이 말했다.

그때 아버지가 돌아오는 모습이 보였다. 집을 돌아 나오면서 삽 두 개를 들고 있었다. 아버지가 삽을 마차에 놓은 후 올라탔고 우리는 계속 나아갔다. 음악은 다시 흘러나오지 않았다. 아버지가 뒤에 있는 그 집을 보고 있었다. 아버지가 손을 약간 들었는데 창가의 그림자가 약간 거둬져 창문에 번드런 부인의 얼굴이 보였다.

그런데 가장 의아한 건 듀이 델이었다. 그게 놀라웠다. 그동안 내내 사람들이 달이 이상하다고 얘기하는 걸 보아 왔지만 바로 그렇기 때문에 누구도 악감정이 있어서 그런 말을 하는 게 아닌 것이다. 달도 다른 사람들과 마찬가지로 개의치 않는 것 같았고, 그런 말에 화를 낸다는 건 자신이 들어갔기 때문에 튄 흙탕물에 화를 내는 것과 마찬가지였으니까. 그런데 나는 항상 달과 듀이 델 둘이서만 아는 뭔가가 있다는 생각을 했다. 듀이 델이 우리 중에 특히 더 좋아하는 사람이 있다고 한다면 그건 달이라고 말할 수 있을 거다. 하지만 마차에 짐을 싣고 덮어 대문 밖으로 나와 그 사람들이 기다리고 있는 길로 들어서자 그 사람들이 나와서는 달에게 달려들었는데, 달이 뒤로 홱 움직였을 때 주얼이 달을 잡기도 전에 달을 위에서 누른 건 듀이 델이었다. 그리고 그때 나는 어떻게 길레스피 아저씨가 자기 헛간에 불이 났는지 알게 됐는지 안 것 같다.

그 사람들이 달을 데리러 왔다고 하면서 뭘 원하는지 말하고 달이 뒤로 돌자, 한마디도 하지 않고 달을 쳐다보지도 않았던 듀이 델이 살쾡이처럼 달에게 달려들었다. 그 바람에 그 사람들

중 한 명이 손을 놓고 듀이 델을 잡아야 했고, 듀이 델이 살쾡이처럼 그 사람을 긁고 할퀴는 동안 다른 사람과 아버지와 주얼이 달을 넘어뜨려, 등을 대고 누워 나를 올려다보는 달을 붙잡았다.

"형이 나한테 말해줄 거라 생각했어." 달이 말했다. "형이 말을 안 해줄 거라고는 생각도 안 했는데."

"달." 내가 말했다. 하지만 달은 다시 몸부림쳤고, 달과 주얼, 그 사람, 듀이 델을 붙잡고 있는 다른 사람, 바더만은 소리쳤으며 주얼은 이렇게 말했다.

"죽여 버려. 저 개자식 죽여 버려."

상황이 정말 좋지 않았다. 좋지 않았다. 부정직한 일을 해놓고 빠져나갈 수는 없는 거다. 그럴 수는 없다. 달에게 말하려고 했지만 달은 그저 "형이 나한테 말해줄 거라 생각했어. 아니 내가."라고 말하더니 웃기 시작했다. 다른 사람이 주얼을 당겨 달에게서 떼어놓자 달은 땅바닥에 앉아 웃었다.

달에게 말해 주려 했다. 내가 움직일 수만 있었다면, 앉을 수만 있었더라도. 그런데 내가 달에게 말해 주려 하자 달이 나를 올려다보며 웃음을 그쳤다.

"내가 갔으면 좋겠어?" 달이 말했다.

"그게 너한테 더 좋을 거야." 내가 말했다. "거기 가면 귀찮고 그런 거 아무것도 없이 조용할 거야. 그게 너한테 더 좋을 거야, 달." 내가 말했다.

"더 좋다고." 달이 말했다. 달이 다시 웃기 시작했다. "더 좋다고." 달이 말했다. 달은 웃느라 거의 말을 할 수가 없었다. 달은 땅바닥에 앉아 웃고 또 웃었고 우리는 달을 지켜보았다. 좋지 않았다. 정말 좋지 않았다. 정말이지 웃을 일이라고는 없었는데. 누군가 스스로 땀 흘려서 짓고 땀의 결실을 저장해 놓은 걸 고의적으로 망가뜨린 건 그 무엇으로도 정당화할 수 없으니까.

하지만 뭐가 미친 거고 뭐가 아닌지 판단할 수 있는 권리가 대체 누구에게 있는 건지 나는 잘 모르겠다. 누구에게나 자기 안에 미친 짓이든 아닌 짓이든 저질렀던 사람이 들어 있어서 그 사람의 미친 짓과 아닌 짓을 예전과 똑같은 공포와 경악에 가득 차서 지켜보는 게 아닐까.

# 피바디

나는 "곤경에 빠진 사람이라면 빌어먹을 노새처럼 빌 바너에게 대충 치료해 달라고 할 수도 있겠지만, 정말이지 앤스 번드런이 시멘트로 치료란 걸 하게 해 준 사람은 나보다 다리가 여러 개인가 보군."이라고 말했다.

"그저 좀 편하게 해주려고 그러신 거예요." 캐시가 말했다.

"편하게 해주려 했다고, 망할." 내가 말했다. "너를 다시 마차에 싣게 내버려둔 암스티드는 대체 무슨 생각을 한 거지?"

"관이 꽤 눈에 띄어 가고 있었거든요." 캐시가 말했다. "기다릴 시간이 없었어요." 나는 캐시를 쳐다보기만 했다. "전 아무렇지도 않았어요." 캐시가 말했다.

"너 지금 거기 누워서 부러진 다리로 스프링도 없는 마차를 엿새씩이나 탔는데 아무렇지도 않았다고 말하려는 거야."

"전 정말 괜찮았어요." 캐시가 말했다.

"앤스가 괜찮았다는 거겠지." 내가 말했다. "사람들이 다 지나다니는 거리에서 그 불쌍한 녀석을 쓰러뜨리고 망할 살인자처럼 수갑을 채워서 보낸 것만큼 괜찮았겠지. 말도 마라. 그 콘크리트를 떼어내려면 60 평방인치 정도 살점이 떨어져 나갈 텐데 괜찮을 거라는 말도 말고. 그리고 네가 평생을 짧아진 한쪽 다리로 절뚝거리며 다녀야 하는 것도 괜찮을 거라 말하지 말고. 네가 다시 걷게 될 수나 있다면 말이지. 콘크리트라니." 내가 말했다. "맙소사, 앤스는 왜 가장 가까운 제재소로 가서 네 다리를 톱에다가 들이밀지 않은 거지? 그랬으면 치료가 됐을 텐데. 그러면 너희가 앤스 머리를 톱에다 들이밀어서 가족 전체를 구했을 텐데…… 그나저나 앤스는 어디에 있는 거야? 그 사람 지금 뭐 하는 거지?"

"빌린 삽을 가져다주러 가셨어요." 캐시가 말했다.

"그렇구나." 내가 말했다. "자기 아내를 묻을 삽을 빌려야 했겠지. 아니면 묻을 구덩이를 빌리든가. 너희가 앤스도 같이 묻어버리지 않았다니 안됐구나…… 아프냐?"

"별로요." 구슬 같은 땀방울이 얼굴에서 흘러내리고 압지 같은 얼굴색을 하고서 캐시가 말했다.

"물론 안 아프겠지." 내가 말했다. "내년 여름쯤이면 이쪽 다리로 절뚝거리면서 웬만큼 걸을 수 있을 거야. 그러면 별로 안 아프겠지…… 너한테 운이라는 게 있다면 전에 다쳤던 그 다리가 부러진 것일 게다." 내가 말했다.

"아버지도 그렇게 말씀하세요." 캐시가 말했다.

# 맥고완

내가 조제실 뒤에서 초콜릿 소스를 붓고 있는데 조디가 돌아와서는 "이봐, 스키트, 앞에 어떤 여자가 와서 의사를 만나고 싶다고 하는데 내가 어떤 의사를 찾으시나요, 라고 했더니 여기서 일하는 의사를 보러 왔는데요, 라고 해서 여기엔 의사가 없는데요, 라고 했더니 이쪽을 돌아보면서 그냥 저기 서 있어."라고 말했다.

"어떤 여잔데?" 내가 말한다. "위층 앨포드네 사무실에 가보라고 해."

"시골 여자야." 그가 말한다.

"법원으로 보내." 내가 말한다. "의사들이 전부 이발사 대회 때문에 멤피스에 갔다고 해."

"알았어." 조디가 가면서 말한다. "시골 여자애치고는 꽤 괜찮아 보이던데." 그가 말한다.

"잠깐만." 내가 말한다. 조디가 기다렸고 나는 틈을 통해 엿보았다. 하지만 빛에 비친 여자의 다리가 꽤 괜찮았다는 것 말고는 알 수 있는 게 없었다. "어리다고 했던가?" 내가 말한다.

"시골 여자애치고는 꽤 죽이는데." 조디가 말한다.

"이거 받아." 조디에게 초콜릿을 주면서 내가 말한다. 앞치마를 벗고 그쪽으로 갔다. 여자는 꽤 괜찮았다. 바람을 피웠다가는 곧바로 칼로 찔러 버릴 듯한 검은 눈을 가진 그런 여자였다. 꽤 괜찮았다. 가게에는 아무도 없었다. 식사 시간이었다.

"뭘 도와드릴까요?" 내가 말한다.

"그 의사분이신가요?" 여자가 말한다.

"맞습니다." 내가 말한다. 여자가 내게서 시선을 거두더니 주위를 두리번거리고 있었다.

"저 뒤쪽으로 가도 될까요?" 여자가 말한다.

12시 15분밖에 되지 않았지만 나는 가서 조디에게 망을 보다가 주인 영감이 보이면 휘파람을 불어 달라고 얘기했는데, 영감은 1시 전에는 절대 돌아오지 않기 때문이었다.

"그만두는 게 좋겠어." 조디가 말한다. "영감이 눈 깜짝할 틈도 안 주고 자넬 확 잘라버릴 걸."

"1시 전에는 절대 안 돌아오잖아." 내가 말한다. "영감이 우체국으로 들어가는 거 보이지. 이제 눈 똑바로 뜨고 휘파람이나 불어줘."

"뭐하게?" 조디가 말한다.

"망이나 봐. 나중에 얘기해 줄게."

"나한테는 기회도 안 줄 건가?" 조디가 말한다.

"이게 뭐라고 생각하는 거야?" 내가 말한다. "종마 사육이라도 되는 줄 알아? 영감 오나 잘 봐줘. 난 상담 들어갈 테니까."

그래서 나는 뒤쪽으로 간다. 거울 앞에 멈춰서 머리를 손질하고 나서 조제실 뒤로 갔더니 여자가 기다리고 있었다. 여자는 약장을 보다가 나를 본다.

"자, 아가씨." 내가 말한다. "뭐가 문제지요?"

"여자들이 겪는 문제예요." 나를 쳐다보며 여자가 말한다. "돈은 있어요." 여자가 말한다.

"아." 내가 말한다. "여자들이 겪는 문제가 있는 건가요, 아니면 그걸 원하는 건가요? 그렇다면 맞게 찾아오셨네요." 시골 사람들이란. 절반은 자신들이 뭘 원하는지 모르고 나머지는 그걸 말할 줄 모른다. 시계가 12시 20분을 가리켰다.

"아뇨." 여자가 말한다.

"뭐가 아니라는 건가요?" 내가 말한다.

"생리가 없어요." 여자가 말한다. "그거예요." 여자가 나를 보았다. "돈은 있어요." 여자가 말한다.

그래서 여자가 무슨 얘기를 하고 있는 건지 알게 되었다.

"아." 내가 말한다. "배 속에 없었으면 하는 게 있는 거군요." 여자가 나를 본다. "좀 더 컸으면 하는 건가요, 줄었으면 하는 건가요?"

"돈은 있어요." 여자가 말한다. "약국에 가면 구할 수 있을 거라고 그 사람이 그랬어요."

"누가 그렇게 말한 거죠?" 내가 말한다.

"그 사람이 그랬어요." 여자가 나를 보며 말한다.

"누군지 밝히고 싶지 않은 거군요." 내가 말한다. "아가씨 배 속에 도토리를 심은 사람인가요? 아가씨한테 말한 사람이 그 사람이에요?" 여자는 아무 말도 하지 않는다. "아가씨 결혼 안 했죠, 그렇죠?" 내가 말한다. 반지를 본 적이 없었다. 그런데 아니나 다를까 시골 사람들이 반지를 쓴다는 말은 아직 들어본 적도 없었다.

"돈은 있어요." 여자가 말한다. 여자가 손수건에 싸맨 돈을 보여주었다. 현금 10달러.

"정말 돈이 있군요." 내가 말한다. "그 사람이 준 건가요?"

"그래요." 여자가 말한다.

"어느 남자인가요?" 내가 말한다. 여자가 나를 본다. "남자들 중에 누가 주던가요?"

"한 명밖에 없는데요." 여자가 말한다. 여자가 나를 본다.

"계속해 봐요." 내가 말한다. 여자는 아무 말도 하지 않는다. 지하 저장고의 문제는 출구가 하나밖에 없는데 그게 내부 계단과 연결돼있다는 거다. 시계가 1시 25분 전을 가리킨다. "아가씨처럼 예쁜 여자가." 내가 말한다.

여자가 나를 본다. 손수건에 다시 돈을 싸매기 시작한다. "잠시 실례하겠습니다." 내가 말한다. 조제실을 돌아 나온다. "귀를 뺀 친구 얘기 들어본 적 있어?" 내가 말한다. "그렇게 된 다음에 트림 소리도 못 듣는다던데."

"영감 오기 전에 저 여자 데리고 나오는 게 좋을 거야." 조디가 말한다.

"영감이 자네한테 거기 있으라고 돈을 주는 거니까 자네가 계속 그 앞에 있으면 영감한테는 나만 보일 거야." 내가 말한다.

조디가 천천히 앞쪽으로 간다. "그 여자한테 무슨 짓을 하는 거야, 스키트?" 조디가 말한다.

"말 못해." 내가 말한다. "윤리에 어긋나니까. 저기 가서 망이나 봐."

"얘기해, 스키트." 조디가 말한다.

"아, 계속 가라니까." 내가 말한다. "난 약 만들어주는 거 말고는 안 하고 있으니까."

"영감이 저 뒤에 있는 여자한테는 아무 짓도 안 할지 모르겠지만 자네가 약 가지고 장난치는 걸 알면 자네 엉덩일 지하 저장고 계단으로 차버릴 거라고."

"영감보다도 더 덩치 큰 인간들한테 엉덩이 차인 적도 있어." 내가 말한다. "가서 이제 영감 오나 망이나 봐."

그렇게 나는 돌아온다. 시계가 1시 15분 전을 가리켰다. 여자가 돈을 손수건에 싸매고 있다. "당신, 의사 아니죠." 여자가 말한다.

"나 의사 맞아요." 내가 말한다. 여자가 나를 지켜본다. "내가 너무 젊어 보여서 그러는 건가요, 아니면 내가 너무 잘생겨서 그러는 건가요?" 내가 말한다. "예전에는 흐물흐물한 늙은 의사들이 많이 있었죠." 내가 말한다. "제퍼슨이 예전에는 '늙은 의사들의 고향' 같은 곳이었어요. 그런데 사업이 잘 안 되기 시작했고 사람들이 너무 건강해서 어느 순간 여자들이 아예 아프지를 않게 된 거예요. 그래서 늙은 의사들을 다 쫓아내고 여자들이 좋아할 젊고 잘생긴 우리 같은 의사들을 데려왔더니 여자들이 다시 아프기 시작했고 장사가 잘됐죠. 전국적으로 사정이 이래요. 이런 얘기 들어본 적 없나요? 없다면 아가씨는 의사가 필요했던 적이 한 번도 없었나 보네요."

"지금 필요해요." 여자가 말한다.

"그리고 맞게 찾아오셨습니다." 내가 말한다. "이미 그 말씀은 드렸죠."

"그거에 듣는 약 있어요?" 여자가 말한다. "돈은 있어요."

"저." 내가 말한다. "물론 의사라면 감홍[8] 싸는 법이라든지 온갖 것을 배워야 하죠. 혼자서는 어떻게 안 돼요. 그런데 아가씨 문제에 대해서는 내가 모르겠어요."

"뭔가를 구할 수 있을 거라고 그 사람이 그랬어요. 약국에서 구할 수 있을 거라고 그랬는데."

---

8) 염화 제일수은. 이뇨제, 수은 연고 등으로 쓰임.

"그 사람이 약 이름을 알려주었나요?" 내가 말한다. "돌아가서 물어보는 게 좋겠어요."

여자가 손 안에서 손수건을 만지작거리며 내게서 시선을 거둔다. "난 뭐라도 해야 돼요." 여자가 말한다.

"그 뭔가를 얼마나 간절하게 하고 싶은 겁니까?" 내가 말한다. 여자가 나를 본다. "물론 의사라면 사람들이 모를 거라고 생각하는 온갖 것들을 배우죠. 하지만 자기가 아는 모든 걸 말해야 하는 건 아닙니다. 법에 어긋나죠."

저 앞에서 조디가 말한다. "스키트."

"잠시 실례하겠습니다." 내가 말한다. 앞쪽으로 갔다. "영감이 보여?" 내가 말한다.

"아직 안 끝났어?" 조디가 말한다. "자네가 여기로 와서 망을 보고 내가 상담을 하는 게 나을지도 모르겠어."

"자넨 완전히 망칠지도 몰라." 내가 말한다. 내가 돌아온다. 여자가 나를 보고 있다. "아가씨가 원하는 걸 해드리면 제가 교도소에 갈지도 모른다는 것쯤은 알고 계시겠죠." 내가 말한다. "면허를 잃게 되면 막노동이라도 해야겠죠. 알고 계신가요?"

"10달러밖에 없어요." 여자가 말한다. "나머지는 다음 달에 가져올 수 있을 거예요, 아마도."

"쳇." 내가 말한다. "10달러요? 저기요, 제 지식과 능력에는 값을 매길 수가 없어요. 얼마 되지도 않는 10달러짜리는 더더욱 아니죠."

여자가 나를 본다. 눈도 깜빡이지 않는다. "그래서 원하는 게 뭔가요?"

시계가 1시 4분 전을 가리켰다. 그래서 여자를 내보내는 게 더 나으리라 생각했다. "세 번 안에 맞히면 보여드리지요." 내가 말한다.

여자는 눈도 깜박하지 않는다. "난 뭐라도 해야 해요." 여자가 말한다. 여자가 자신의 뒤와 주변을 보더니 앞쪽을 본다. "우선 약부터 주세요." 여자가 말한다.

"그러니까 지금 준비가 됐다는 건가요?" 내가 말한다. "여기에서요?"

"약부터 주세요." 여자가 말한다.

그래서 나는 미터글라스를 들고 여자를 향해 등을 약간 돌리고는 적당해 보이는 병을 하나 꺼냈다. 어쨌든 라벨도 붙이지 않은 병에 독을 담아두는 사람은 감옥에 가야 하니까. 병에서는 테레빈 냄새가 났다. 유리잔에 조금 부어 여자에게 준다. 여자가 유리잔 너머로 나를 보며 냄새를 맡는다.

"테레빈 냄새가 나는데요." 여자가 말한다.

"그렇죠." 내가 말한다. "그게 치료의 시작이에요. 오늘 밤 10시에 다시 오시면 나머지 약을 드리고 수술을 해드릴 겁니다."

"수술이라고요?" 여자가 말한다.

"아프지 않을 거예요. 아가씨는 전에도 같은 수술을 받은 적이 있죠. 독을 독으로 푸는 거랄까?"

여자가 나를 본다. "효과가 있을까요?" 여자가 말한다.

"당연히 효과가 있을 겁니다. 아가씨가 다시 와서 치료를 받는다면."

여자는 그게 뭐였든 눈 깜짝하지도 않고 마셔 버리고는 밖으로 나갔다. 나는 앞쪽으로 갔다.

"못했어?" 조디가 말한다.

"뭘 해?" 내가 말한다.

"아, 왜 이래." 그가 말한다. "난 그 여자를 가로채려는 게 아니야."

"아, 그 여자." 내가 말한다. "그냥 약이 필요하다던데. 이질에 심하게 걸렸는데 거기서 낯선 사람한테 그 얘길 하는 게 좀 창피했대."

나는 어차피 밤에 당직이라 장부를 확인하는 영감을 도와주고 모자도 씌워 주고 8시 반쯤 가게에서 내보냈다. 모퉁이까지 같이 가서 영감이 가로등 두 개를 지나 시야에서 사라질 때까지 지켜보았다. 그리고 나서 가게로 돌아와 9시 반까지 기다리다가 앞쪽 불을 끄고 문을 잠그고 뒤쪽에 불빛 하나만 남겨 놓고는 뒤로 가서 텔컴파우더[9]를 캡슐 6개에 넣고 지하 저장고를 좀 치우니 준비가 다 되었다.

여자는 시계가 울리기도 전에 10시에 딱 맞춰서 온다. 내가

---

9) 활석 가루. 땀띠약이나 화장품에 쓰임.

들어오게 해주자 여자가 빠른 걸음으로 들어온다. 문밖을 보았지만 작업복을 입고 연석에 앉은 남자아이 말고는 아무도 없었다. "뭐가 필요하니?" 내가 말한다. 아이는 나를 바라볼 뿐 아무 말도 하지 않았다. 나는 문을 잠그고 불을 끄고 들어갔다. 여자가 기다리고 있었다. 여자는 이제 나를 보지 않았다.

"어디 있나요?" 여자가 말했다.

나는 여자에게 캡슐이 든 상자를 주었다. 여자가 상자를 손에 들고 캡슐을 보았다.

"효과가 있을 거라 확신하시나요?" 여자가 말한다.

"물론이죠." 내가 말한다. "아가씨가 나머지 치료를 받으면 말이죠."

"어디서 받으면 되나요?" 여자가 말한다.

"아래쪽 지하 저장고에서요." 내가 말한다.

# 바더만

이제는 더 넓고 밝아졌지만 다들 집으로 가 버려서 가게가 어둡다. 가게는 어둡지만 우리가 지나갈 때 불빛이 창문을 지나친다. 법원 주위의 나무에 불빛이 있다. 불빛이 나무에서 쉬고 있지만 법원은 어둡다. 법원 위의 시계탑은 어둡지 않아서인지 사방을 다 본다. 달도 어둡지 않다. 그렇게 어둡지는 않다. 잭슨에 간 달은 우리 형이다 달은 우리 형이다 그것만이 선로에서 빛나며 저쪽에 있었다.

"저쪽으로 가자, 듀이 델." 내가 말한다.

"뭐 하러?" 듀이 델이 말한다. 선로가 반짝이며 진열창 주위를 돌았고, 선로 위에 그게 빨갰다 하지만 주인이 시내 애들한테는 팔지 않을 거라고 듀이 델이 말했다. "하지만 크리스마스에는 있을 거야." 듀이 델이 말한다. "주인이 다시 가져다 놓을 때까지 기다려야 돼."

달이 잭슨에 갔다. 많은 사람이 잭슨에 가지 않았다. 달은 우리 형이다. 우리 형이 잭슨에 가고 있다

우리가 걷는 동안 불빛이 나무에서 쉬면서 돌아다닌다. 어딜 보나 똑같다. 불빛이 법원 주위를 돌아다니다가 보이지 않는다. 하지만 검은 유리창 너머에서는 보인다. 나와 듀이 델을 빼고는 전부 다 집에 가서 잔다.

잭슨까지 기차를 타고 간다. 우리 형

저 뒤에 있는 가게에 불빛이 하나 있다. 창가에는 빨간색과 초록색 소다수가 큰 유리잔 두 개에 담겨 있다. 남자 둘이서도 못 마실 것이다. 노새 두 마리도 못 마실 것이다. 젖소 두 마리도 못 마실 것이다. 달

어떤 남자가 문으로 온다. 남자가 듀이 델을 본다.

"넌 여기 밖에서 기다려." 듀이 델이 말한다.

"나는 왜 못 들어가는데?" 내가 말한다. "나도 들어가고 싶어."

"넌 여기 밖에서 기다려." 듀이 델이 말한다.

"알았어." 내가 말한다.

듀이 델이 들어간다.

달은 우리 형이다. 달은 미쳐버렸다

걷는 게 땅바닥에 앉아 있는 것보다 힘들다. 남자가 열린 문쪽에 있다. 나를 본다. "뭐가 필요하니?" 남자가 말한다. 그 남자의 머리가 반지르르하다. 주얼의 머리도 가끔 반지르르한데. 캐시의 머리는 반지르르하지 않다. 달이 잭슨에 갔다 우리 형 달

거리에서 캐시가 바나나를 먹었다. 바나나 먹지 않을래? 듀이 델이 말했다. 크리스마스까지 기다려. 그때 있을 거야. 그러면 볼 수 있어. 그러면 우리는 바나나를 먹을 거다. 나랑 듀이 델이랑 한 자루 가득 먹을 거다. 남자가 문을 잠근다. 듀이 델이 안에 있다. 그때 불이 꺼진다.

달이 잭슨에 갔다. 미쳐서 잭슨에 갔다. 많은 사람이 미치지 않았다. 아버지와 캐시, 주얼, 듀이 델, 나는 미치지 않았다. 우리는 결코 미친 적이 없었다. 우리는 잭슨에도 가지 않았다. 달

나는 젖소가 오랫동안 거리에서  딸가닥거리며 걷는 소리를 들었다. 그러다가 젖소가 광장으로 들어온다. 광장을 가로질러 가는데 고개를 숙이고  딸가닥거린다  . 젖소가 낮게 음매 하고 운다. 젖소가 낮게 음매 하고 울기 전까지 광장에는 아무것도 없었지만 비어 있진 않았다. 이제 젖소가 낮게 음매 하고 울고 나니 비어 있다. 젖소가 계속 딸가닥거리며 간다  . 젖소가 낮게 음매 하고 운다. 우리 형은 달이다. 달이 기차에 실려 잭슨에 갔다. 기차를 타서 미친 게 아니다. 우리 마차에서 미쳐버렸다. 달 듀이 델은 그 안에 오래 있었다. 그리고 젖소도 없다. 오래. 듀이 델은 젖소보다 그 안에 더 오래 있었다. 하지만 텅 빌 만큼 오래는 아니다. 달은 우리 형이다. 우리 형 달

듀이 델이 나온다. 나를 본다.

"이제 저쪽으로 돌아서 가자." 내가 말한다.

듀이 델이 나를 본다. "효과가 없을 거야." 듀이 델이 말한다. "저 개자식."

"뭐가 효과가 없을 거라는 거야, 누나?"

"그러리라는 걸 난 그냥 알아." 듀이 델이 말한다. 듀이 델은 아무것도 보고 있지 않다. "그냥 안다고."

"저쪽으로 가자." 내가 말한다.

"우린 숙소로 돌아가야 해. 늦었어. 안 들키고 들어가야 한다고."

"지나가면서 어떻게든 볼 수는 없을까?"

"그러지 말고 바나나 먹지 않을래? 그러지 않을래?"

"좋아." 우리 형이 미쳐서 형도 잭슨에 갔다. 잭슨은 미친 것보다 더 멀리 있다

"효과가 없을 거야." 듀이 델이 말한다. "그러리라는 걸 난 그냥 알지."

"뭐가 효과가 없을 거라는 거야?" 내가 말한다. 달은 잭슨에 가는 기차에 타야 했다. 난 기차를 타본 적이 없지만 달은 기차를 타 봤다. 달. 달은 우리 형이다. 달. 달

# 달

달이 잭슨에 가 버렸다. 그들은 웃으면서 달을 기차에 태웠고, 기다란 차량에서 웃고 있었고, 달이 지나가자 사람들이 올빼미가 고개를 돌리듯 고개를 돌렸다. "뭘 보고 웃는 거지?" 내가 말했다.

"그래 그래 그래 그래 그래."

남자 둘이 달을 기차에 태웠다. 그들은 오른쪽 뒷주머니 위가 불룩하게 튀어나온, 잘 어울리지도 않는 코트를 입고 있었다. 요즘 이발사들은 하나같이 캐시처럼 분필선을 가지고 다니는지 머리 선까지 목에 면도가 되어 있었다. "총 때문에 웃는 건가?" 내가 말했다. "왜 웃는 거지?" 내가 말했다. "웃는 소리가 싫어서인가?"

그들은 자리 두 개를 같이 끌어와 달이 창가에 앉아 웃을 수 있게 해주었다. 한 명은 달 옆에 앉았고 다른 한 명은 앞에 마주

보고 앉아 거꾸로 가고 있었다. 한 명이 거꾸로 가야 했던 것은 주(州)에서 쓰이는 돈이 얼굴과 엉덩이, 엉덩이와 얼굴이 붙어 있기 때문인데, 그들이 그 돈으로 기차를 타고 가는 건 근친상간이다. 5센트짜리 동전의 한쪽에는 여자가, 다른 쪽에는 물소가 있다. 얼굴만 두 개 있고 뒷면이 없다. 그게 뭔지 모르겠다. 달에게는 전쟁 중에 프랑스에서 구한 작은 망원경이 있었다. 망원경에는 여자 한 명과 돼지 한 마리가 있는데 뒷면만 두 개고 얼굴이 없다. 난 그게 뭔지 안다. "그래서 웃고 있는 거야, 달?"

"그래 그래 그래 그래 그래 그래."

마차가 매여 광장에 서 있는데 노새들은 움직임도 없고 고삐는 좌석 스프링에 둘러져 있고 마차 뒤쪽은 법원 방향을 향해 있다. 거기 있는 다른 마차 백 대와 다를 것 하나 없어 보인다. 주얼이 그날 시내의 여느 사람과 마찬가지로 마차 옆에 서서 거리를 올려다보는데, 무언가 다른, 독특한 게 있다. 기차에서 느껴지는 분명하고 임박한, 틀림없는 분위기가 감도는데 아마도 자리에 앉은 듀이 델과 바더만, 마차 바닥에 놓인 받침대 위에 있는 캐시가 종이 봉지에서 바나나를 먹고 있다는 사실 때문일 것이다. "그래서 웃고 있는 거야, 달?"

달은 우리 형제다, 우리 형제 달. 우리 형제 달이 잭슨의 새장에서 때 묻은 양손을 조용한 틈에 가볍게 놓고 밖을 보며 거품을 뿜겠지.

"그래 그래 그래 그래 그래 그래 그래 그래."

# 듀이 델

아버지가 그 돈을 보았을 때 나는 "제 돈이 아니에요, 제 것이 아니라고요."라고 말했다.

"그러면 누구 거냐?"

"코라 툴 아줌마 돈이에요. 툴 아줌마 거라고요. 케이크 팔아 생긴 돈이에요."

"케이크 두 개에 10달러라고?"

"만지지 마세요. 제 돈이 아니라고요."

"넌 케이크를 가져온 적도 없잖아. 거짓말이야. 그 꾸러미에 있던 건 나들이옷이었잖아."

"만지지 마시라고요! 그거 가져가시면 아버진 도둑이에요."

"내 딸이 나더러 도둑이라고 손가락질을 하다니. 내 딸이."

"아버지. 아버지."

"난 널 먹이고 재워줬어. 사랑하고 아껴줬는데 내 딸이, 죽은 내 아내가 낳아 준 딸이 제 엄마 무덤에서 나더러 도둑이라네."

"제 돈이 아니에요, 정말. 제 돈이면 정말 가지셔도 돼요."

"그 10달러 어디서 난 거냐?"

"아버지. 아버지."

"말하지 않는구나. 너무 부끄럽게 얻은 돈이라 감히 말을 못하는 거냐?"

"제 돈이 아니에요, 정말. 제 돈이 아니라는 거 모르시겠어요?"

"내가 안 갚겠다는 게 아니다. 그런데 제 아버지더러 도둑이라고 하다니."

"그럴 수 없어요, 정말. 진짜 제 돈이 아니에요. 제 돈이면 가지셔도 된다니까요."

"안 가져간다. 내가 17년 동안 먹여 키운 내 딸이 10달러를 빌려 간다고 원망하는구나."

"제 돈이 아니에요. 그럴 수 없어요."

"그러면 누구 돈이냐?"

"받은 거예요. 그걸로 뭘 좀 사라고."

"뭘 사라고?"

"아버지. 아버지."

"그냥 빌리는 거다. 정말이지 내 피를 나눈 자식들이 나를 책망하는 건 싫다. 하지만 난 자식들에게 아낌없이 내 것을 주는데. 아낌없이 기꺼이 준다고. 그런데 자식들은 나를 부인하는군.

애디. 당신이 죽은 게 다행이야, 애디."
"아버지. 아버지."
"정말 운이 좋았지."
아버지는 돈을 가지고 나가 버렸다.

# 캐시

삽을 빌리러 거기 들렀을 때 집 안에서 축음기 소리가 흘러나오고 있었는데, 삽을 다 쓰고 나자 아버지가 "내가 가져다주는 게 좋겠다."라고 말한다.

그래서 우리는 그 집에 다시 갔다. "캐시를 피바디 선생에게 데려다 주는 게 좋겠어요." 주얼이 말했다.

"잠깐이면 될 거다." 아버지가 말했다. 아버지가 마차에서 내렸다. 음악 소리는 나지 않고 있었다.

"바더만더러 하라고 하죠." 주얼이 말했다. "아버지보다 시간이 반도 안 걸릴 텐데요. 아니면 주세요, 제가……"

"내가 하는 게 나을 것 같다." 아버지가 말한다. "이걸 빌린 게 나였으니까."

그래서 우리는 마차에 앉아 있었는데 음악 소리가 나지 않고 있었다. 우리에게 축음기가 하나도 없는 게 좋은 일인 것 같다.

음악을 들으면서는 일을 하나도 하지 못할 것 같다. 음악이 사람이 가질 수 있는 가장 좋은 건지 난 모르겠다. 밤에 피곤해져서 들어오면 음악을 좀 틀어놓고 쉬는 것만 한 게 없는 것 같다. 손잡이며 뭐며 해서 가방처럼 닫히는 축음기가 있어서 원하면 어디든 가지고 다닐 수 있도록 된 것도 본 적이 있다.

"아버지가 뭐하고 계신 것 같아?" 주얼이 말한다. "지금쯤이면 삽을 열 번도 더 주고받았겠다."

"천천히 하시게 둬." 내가 말했다. "아버지는 너처럼 빠르지 않아, 알잖아."

"그러면 형은 왜 내가 가져다주게 하지 않은 거야? 형 다리를 고쳐야 내일 집으로 출발할 수 있잖아."

"시간은 많아." 내가 말했다. "할부로 사면 저 기계가 얼마나 할지 궁금한데."

"뭘 할부로 사?" 주얼이 말했다. "살 돈은 있는 거야?"

"그거야 모르는 일이지." 내가 말했다. "슈래트에게서 그걸 5달러에 살 수도 있었을 텐데 말이야."

아버지가 돌아오고 우리는 피바디 선생에게 갔다. 우리가 거기에 있는 동안 아버지는 면도하러 이발소에 가겠다고 했다. 그리고 그날 밤 아버지는 볼일이 있다는 말을 하면서 우리에게서 시선을 돌리는 것 같았고, 머리를 매끈하고 반지르르하게 빗어 넘기고 달콤한 향수 냄새를 풍겼는데 나는 그렇게 하시게 두라고 했다. 음악을 조금 더 듣는 것도 나쁘지 않을 것 같았다.

그리고 다음 날 아침 아버지는 다시 나갔다가 돌아와서 우리에게 노새를 마차에 매서 출발 준비를 하고 나중에 보자고 하고는 애들이 나가자 이렇게 말했다.

"네가 가진 돈이 더 이상 없을 것 같은데."

"피바디 선생이 숙박비 낼 만큼만 줬어요." 내가 말했다. "다른 건 더 필요 없잖아요, 그렇죠?"

"그렇지." 아버지가 말했다. "그렇지. 필요한 거 없지." 아버지는 나를 보지 않은 채 그 자리에 서 있었다.

"우리에게 필요한 게 있다면 그건 피바디 선생일 거예요." 내가 말했다.

"아냐." 아버지가 말했다. "다른 건 없어. 다들 모퉁이에서 기다려."

주얼이 노새를 끌고 내게로 오자 애들이 마차에 있는 받침대에 나를 고정시켰고 우리는 아버지가 말한 모퉁이까지 광장을 가로질러 갔다. 거기에서 듀이 델과 바더만은 바나나를 먹으며 마차에서 기다리고 있었는데, 두 사람이 거리를 올라오고 있었다. 아버지는 어머니가 좋아하지 않으리라는 걸 알면서도 어떤 일을 할 때처럼 도전적이면서도 쭈뼛거리는 표정으로 손에 큰 가방을 하나 들고 있었고 주얼이 말했다.

"저 사람 누구지?"

그때 우리는 아버지가 달리 보인 게 가방 때문이 아니라는 사실을 알게 되었다. 아버지 얼굴 때문이었는데 주얼이 "아버지가 이를 해 넣으셨어."라고 말한다.

그랬다. 이 때문에 아버지는 1피트는 더 커 보였고 고개를 세우고 쭈뼛거리면서도 자랑스러워하고 있었다. 그러다가 아버지 뒤에서 다른 가방을 들고 있는 여자, 약간 오리같이 생겨서는 옷을 차려입은 여자가 보이는데, 그 누구도 아무 말 하지 말라는 듯 냉정해 보이는 눈이 튀어나와 있었다. 그 자리에서 우리가 두 사람을 보고 있었는데 듀이 델과 바더만은 입을 반쯤 벌리고는 반쯤 먹은 바나나를 손에 들고 있었고, 그 여자는 아버지 뒤에서 돌아 나오더니 누구에게나 대들듯이 우리를 본다. 그리고 그때 그 여자가 가지고 있던 가방이 조그만 축음기 하나라는 게 눈에 들어온다. 정말로 그림처럼 예쁘게 딱 닫혀 있었다. 매번 우편 주문한 새 레코드가 오면 우리는 겨울에 집 안에 앉아 음악을 들으면서 달도 이걸 즐기지 못하다니 안타깝다고 생각하겠지. 하지만 그게 달에게는 더 나을 것이다. 이 세상은 달의 세상이 아니니까. 이 삶은 달의 삶이 아니니까.

"이 아이들이 캐시, 주얼, 바더만, 듀이 델이에요." 우리를 쳐다보려 하지도 않았지만 왠지 쭈뼛거리면서도 해 넣은 이며 모든 것에 자랑스러워하면서 아버지가 말한다. "번드런 부인이시다." 아버지가 말한다.

# 옮긴이의 말

《내가 누워 죽어갈 때》는 20세기 미국 문학을 대표하는 작가 윌리엄 포크너가 1930년에 쓴 작품이다. 미국 남부 어느 농촌에 사는 앤스라는 농부의 아내 애디가 죽으면서 멀리 떨어져 있는 자신의 고향에 묻어달라며 남긴 소원을 이루어주기 위한 가족들의 여정을 그린 소설이다. 집에서 직접 만든 관에 애디의 시신을 넣어 마차에 싣고 홍수로 불어난 강을 힘겹게 건너다가 노새를 잃는 등 순탄치 않은 여정을 여러 인물의 시각에서 묘사하고 있다.

줄거리 자체만 놓고 보면 죽은 사람을 묻으러 가는 가족들의 이야기로서 그리 복잡하다고 볼 수는 없지만, 획기적인 서사 구조와 실험적인 기법이 단순한 줄거리를 상쇄하고도 남을 읽는 즐거움을 선사하는 소설이다. 우선 이 소설에서 구조상 가장 두드러지는 특징은 15명의 화자가 등장해 59개의 독백으로 서사를 이끌어간다는 점이다. 앤스와 애디, 이들 부부의 자녀인 다섯 남매와 주변 사람들이 등장해 각자의 시각에서 사건을 서술하는 방식으로 이야기가 전개된다. 엉성한 듯 정교하고 복잡한 플롯을 해체하며 화자 각자의 성격과 입장을 파악해나가는 재미도 쏠쏠하다.

여러 명의 화자 중에서 가장 큰 비중을 차지하는 사람은 19개의 독백을 진행하는 둘째아들 달이다. 등장인물 중에서 가장 추상적이고 사변적인 서술을 하는 화자로서 존재론적인 의문을 가지고 있는 인물이다. 달은 나중에 정신병원으로 끌려가게 되는데, 이 소설에서 그림을 그리듯 생생한 묘사와 철학적인 질문은 대부분 달의 독백에 나타나 있다. 이웃들은 생각이 많은 달을 이상한 아이라 여기며 불편해하지만 어머니의 죽음으로 인한 고통을 가장 통렬히 느끼며 사건의 본질을 꿰뚫는 직관적인 인물이기도 하다.

달 다음으로 많은 독백을 하는 인물은 막내아들 바더만이다. 어법에 맞지 않는 문장이 바더만의 독백에 많이 등장하는데, 성숙하지 못한 어린 아이의 내면을 텍스트화한 것이라 볼 수도 있다. 바더만은 어머니가 죽기 전에 잡은 물고기를 어머니와 동일시하는 하는데, 죽음을 현실적으로 받아들이기보다는 주변에서 일어나는 일상의 사건들에 쉽게 주의가 분산되는 인물이다.

이외에도 현실적이고 차분한 성격의 맏아들 캐시, 목석같은 셋째아들 주얼, 17살의 나이에 임신하여 어머니를 묻으러 가는 길에 유산 효과가 있는 약을 구하려는 딸 듀이 델, 이웃에 사는 버논 툴과 코라 툴 부부 등이 등장한다. 특히, 이기적인 구두쇠 앤스는 죽음이라는 소재를 다루어 자칫 무거워질 수 있는 이야기 곳곳에서 웃음을 불러일으켜 소설 전체에 희비극의 성격을 부여하고 있다. 관점과 태도, 욕망이 상이한 여러 인물이 등장하여 하나의 사건에 대해 복수의 시각을 확보하는 효과가 있으며, 미국 남부 농촌 공동체의 인물 군상을 현실감 있게 묘사해내고 있다.

이 소설이 흥미로운 요소를 많이 갖추고 있는 텍스트임에는 분명하지만 다소 난해한 측면이 있는 것도 사실이다. 문법과 구두법을 무시하고 서술된 부분도 상당히 많이 있고 대명사 사용도 정돈되어 있지 않은 편이다. 대명사 사용 빈도가 상대적으로 낮은 우리말로 옮기면서는 인물들 간의 관계를 반영하여 대명사를 최대한 명시하려 했지만, 대명사가 지칭하는 바가 불분명한 부분도 군데군데 있다. 또한, 포크너의 창의적인 언어 사용도 난해함의 원인이 된다. 기존의 두 단어를 합쳐 새로운 단어를 합성해낸다거나 일견 모순되는 의미의 단어를 병치한다든지, 독특한 단어 선택을 통해 이미지를 생성하고 묘사하는 방식은 원문 자체의 이해도 쉽지 않지만 번역되었을 때 그 괴리감이 더 커진다.

그러나 텍스트 이해의 난해함과는 별개로 포크너가 이 소설에서 시도하고 있는 실험적인 기법은 눈여겨볼 만하다. 화자의 의식이 흘러가는 대로 서술하면서 포크너는 두 가지 글씨체를 사용하여 드러난 의식과 잠재된 의식을 동시에 표현한다. 여러 층위의 의식을 보여줌으로써 독백을 통해 화자의 생각을 더욱 풍부하게 보여주고, 인간의 내면에 대해 심도 있고 적나라하게 묘사하고 있다. 또한, 언어화하기 힘든 층위의 의식까지 언어로 포착해내고, 생경하고 낯선 비유나 묘사를 수용할 수 있도록 하는 장치로 이 기법을 활용하고 있다.

또 다른 획기적인 시도는 텍스트 내에 도형을 삽입하거나 문장 내에 일부러 많은 여백을 두어 시각적인 효과를 준 것이다. 애디의 시신이 들어갈 관 모양을 묘사하는 부분에서 삽입된 도형이나 소설 후반부에서 소가 딸가닥거리며 천천히 걷는 모습을 형상화하는 여백 등은 단어를 통한 설명보다 더 효과적으로 독자의 이해를 돕고 이미지를 시각화하는 역할을 하는데, 텍스트가 무엇인지에 대해 참신한 시각을 보여준다고 할 수도 있겠다.

그리 길지 않은 소설 속에서 포크너는 삶과 죽음, 윤리, 종교, 인종 등 여러 문제를 복합적으로 다루고 있다. 1920~30년대 인종차별이 남아 있는 미국 남부 농촌이라는 특수한 지역을 배경으로 하고 있지만, 인간 존재 전반에 걸친 보편적인 문제의식을 유지하고 있어 영어권뿐만 아니라 전 세계 독자들에게 호소력을 지닌 작품이다. 생생한 대화체와 감각적인 묘사, 진중한 고민이 담긴 서술이 조화를 이룬 독특한 구조의 이 소설을 읽는 기쁨을 많은 독자가 누렸으면 한다.

김명주의 번역본 《내가 죽어 누워 있을 때》(민음사, 2003)를 참고하였으며, 번역 상의 오류나 미흡함은 전적으로 역자의 책임임을 밝혀둔다. 포크너의 작품을 만날 수 있도록 기회를 주신 한국외국어대학교 통번역대학원 정철자 교수님과 꼼꼼하게 원고를 검토해주신 부북스 신현부 대표님께 감사의 인사를 전한다.

내가 누워 죽어갈 때

초판 1쇄 인쇄 2013년 6월 3일
초판 1쇄 발행 2013년 6월 7일

**지은이** 윌리엄 포크너
**옮긴이** 김경민
**발행인** 신현부
**발행처** 부북스

**주소** 100-835 서울시 중구 신당2동 432-1628
**전화** 02-2235-6041
**팩스** 02-2253-6042
**이메일** boobooks@naver.com

ISBN 978-89-93785-53-1  04080
ISBN 978-89-93785-07-4  (세트)

이 도서의 국립중앙도서관 출판시도서목록(CIP)은 서지정보유통지원시스템 홈페이지(http://seoji.nl.go.kr)와 국가자료공동목록시스템(http://www.nl.go.kr/kolisnet)에서 이용하실 수 있습니다. (CIP제어번호 : CIP2013006701)